Roope Lipasti
Ausflug mit Urne

Roope Lipasti

Ausflug mit Urne

Roman

Aus dem Finnischen von Regine Pirschel

Blessing Verlag

Originaltitel: *Perunkirjoitus*
Originalverlag: Atena, Jyväskylä

Dieses Werk wurde durch die Stilton Literary Agency,
Finnland vermittelt.

Verlagsgruppe Random House FSC®N001967
Das für dieses Buch verwendete
FSC®-zertifizierte Papier *EOS*
liefert Salzer Papier, St. Pölten, Austria.

1. Auflage
Copyright © 2013 by Roope Lipasti
Copyright © 2014 by Karl Blessing Verlag, München,
in der Verlagsgruppe Random House GmbH
Umschlaggestaltung: Geviert, Michaela Kneißl unter Verwendung
zweier Motive von © plainpicture, Ingo Kuckartz/
© shutterstock, Kavring
Satz: Christine Roithner Verlagsservice, Breitenaich
Druck und Einband: Pustet, Regensburg
Printed in Germany

ISBN: 978-3-89667-528-6

www.blessing-verlag.de

1

Heutzutage sind die Autos so gestaltet, dass man an der Innenseite der Windschutzscheibe nichts mehr hinlegen kann. Früher gab es auf der Beifahrerseite häufig eine kleine Ablage, auf der man allerlei Kleinkram aufbewahren konnte, den das Leben in seinen Taschen birgt: Schrauben, Parkscheiben, halb volle Dosen Lippenfett. Aber heute nicht mehr. Jetzt sind Rundungen angesagt, was sowohl im Hemden- als auch im Automobildesign sichtbar wird. Wir hatten also ein Stellproblem.

»Wir müssen eine Halterung anbringen«, meinte Janne.

»Und wo?«, fragte ich.

»Über der Gangschaltung. Zwischen Heizung und Blinkanlage. Hinter dem Armaturenbrett ist es hohl. Da kann man das Ding gut befestigen.«

»Dann kommt man aber nicht ans Radio ran«, gab ich zu bedenken. »Auch nicht an die Lüftung.«

»Hier gibt es keine Lüftung.«

Auch sonst gab es im Auto nicht viel. Ein Wunder, dass es überhaupt fuhr. Die Wahrscheinlichkeit, dass es die geplante Tour überstehen würde, war gering. Jannes Renault hatte seine besten Tage hinter sich, dabei war er noch nicht mal alt. Er war nur nicht gepflegt worden. Autos und Kinder ähneln sich insofern, als sie verwahrlosen, wenn man nicht konsequent an ihnen herumpusselt. Vorn kommt die Nahrung rein, in der Mitte wird gestreichelt oder gewienert, hinten überprüft man Ausscheidungen. Eigentlich schade, dass ich keine Kinder oder Autos habe. Ich würde definitiv mit beiden gut zurechtkommen.

Die Stelle, die Janne vorgeschlagen hatte, befand sich in der Mitte. Genau richtig. Wenn man die Halterung hoch genug anbringen würde, ließe sich von dort aus gut beobachten, wohin die Fahrt geht. Das war wichtig. Welchen Sinn hätte das Ganze, käme Jalmari nicht an einen Platz, an dem er auch etwas sieht?

»Wart mal kurz«, sagte Janne und ging in die Garage. Sie war ein altes, mit weißen Mineritplatten verkleidetes Hofgebäude, das vermutlich mal ein Schuppen gewesen war. Sie war auch nicht mehr weiß, sondern möwengrau, und eine Wand war geöffnet und mit einer Tür versehen worden, durch die ein Auto passte. Nach einer Weile kam Janne zurück, er trug eine Blumenampel, so ein Ding, das man an der Wand befestigt, um Pelargonien oder Ähnliches hineinzustellen, ich kenne mich mit Blumen nicht aus, und einen Hammer und einen langen Nagel. Er steckte den Nagel durch die Öse der Blumenampel, hielt diese an eine Stelle unter dem Autoradio, an der sie nicht störte, wenn man die Gangschaltung betätigte, und dann hämmerte er drauflos.

Der Nagel durchdrang mühelos den Kunststoff, er saß zwar lose, weil hinter der Konsole ein Hohlraum war, aber er hielt.

»Nicht schlecht«, fand Janne.

»Wo ist die Urne?«, fragte ich.

»Du hast sie zuletzt gehabt.«

»Stimmt nicht«, erwiderte ich. Ich war mir meiner Sache sicher. Außerdem ist Janne derjenige von uns, der immer alles verlegt. Wahrscheinlich hatte er die Urne in seiner Zerstreutheit irgendwo abgestellt und dann vergessen. Wenn wir sie im Kühlschrank gefunden hätten, hätte mich das überhaupt nicht gewundert.

Janne knurrte, dass sie nicht weit sein könne. Eine Urne könne nicht laufen, und er habe sie nach der Trauerfeier nicht weggebracht. Wir machten uns auf die Suche. Janne ging ins Haus, das seinem Besitzer ähnelte. Ramponiert, nicht gerade liebevoll gepflegt. Der alte Kunststoffanstrich war schlecht aufgetragen; es sah aus, als läge über den Brettern eine Gummischicht. Das Dach war verrostet, die Fenster verlangten nach Farbe. Wie dem auch sei, das Haus gehörte Janne, und es steht mir nicht zu, die Wohnlösungen anderer zu kritisieren. Ich selbst wohne in einem Mehrfamilienhaus zur Miete.

Als Ziel meiner Entdeckungstour wählte ich statt des Hauses die Garage, denn dort verbringt Janne einen beträchtlichen Teil seiner Zeit. Man könnte fast sagen, sie ist sein Büro. Ich stolperte, noch bevor ich richtig drinnen war. Zwar konnte ich den Sturz mit den Händen abfangen, aber der Fußboden in der Garage war uneben, und meine Hand schrammte schmerzhaft über einen Betonhöcker. Eine Wunde entstand. Weil nirgends Papier zu sehen war, reinigte ich die Wunde mit der Zunge. Der Eisengeschmack erinnerte in seiner Unverfälschtheit an uralte Sehnsüchte, ferne Länder zu erobern, um zu rauben, zu brandschatzen und zu vergewaltigen. Oder wenigstens um Urlaub zu machen. Wenn wir nur erst Jalmari fänden, kämen wir raus aus dieser Stadt, selbst das wäre schon eine willkommene Abwechslung.

Dass ich stürzte, war kein Wunder, denn der ganze Raum war vollgestellt; da waren Pappkartons und anderer Krempel, zwei Fahrradgerippe und allerlei Kleinkram, den Janne verscherbelte. Größtenteils gestohlen, glaube ich. Janne hielt sich für einen Geschäftsmann, aber für Buchhaltung und Steuererklärung konnte er kein Interesse aufbringen. Mehr als rote und schwarze Zahlenkolonnen waren ihm die Grauzonen vertraut.

Mein Blick wanderte von einem nagelneuen DVD-Player nach oben ins Regal. Neben altem Schusterbedarf standen dort allerlei Büchsen, Farben und Öle. Ich wühlte in der Schusterkiste, sie enthielt Garn, einen kleinen Hammer und Miniaturnägel sowie verschiedene Messer zum Lederschneiden. Und dann fand ich dort auch einen hölzernen Leisten. Er war schön, die menschliche Fußsohle ist im Idealfall herrlich geformt. Der Lack war im Laufe der Jahre stellenweise vom Holz abgeblättert, aber das machte den Leisten nur noch individueller. Mein Blick wanderte unwillkürlich zu meiner linken Hand, die ebenfalls individuell ist. Vom Zeigefinger ist nur der Stumpf übrig. In der Holzbearbeitungsklasse schnitt die Bandsäge den Finger zusammen mit einem Stück Sperrholz ab, das für einen Streichholzständer gedacht war. Damit endete meine

Tischlerlaufbahn, die angesichts meiner Fähigkeiten ohnehin kaum Aussicht auf Erfolg gehabt hätte. Der Verlust des Fingers störte mich nicht weiter, aber ich bekam oft Bemerkungen über dieses Defizit zu hören, und noch in der Oberstufe diente ich dem Lehrer als Modell, wenn er zur Vorsicht an den Maschinen mahnte. So vorgeführt zu werden ist für einen Jugendlichen nicht angenehm.

Ich stellte die Kiste wieder ins Regal und ließ den Blick wandern. Silberspray, Putzwolle, eine ziemlich große Lampe mit Farbspritzern, ein staubiger und ölbefleckter alter Kalender, Terpentin. Und Jalmari.

Jalmari stand in einer Reihe mit Rost- und Schimmelentferner. Er gehörte nicht dahin, und das lag nicht allein an der Formgebung. Anders nämlich als die bauchigen Flaschen mit den Garagenflüssigkeiten war die Urne quadratisch, sie wurde nach oben hin breiter und war aus Holz. An einer Seite war sie mit einem Kreuz verziert, und sie hatte kaum Gewicht. Ich hob sie herunter. Wenn das Leben auch nicht immer leicht ist, der Tod jedenfalls ist es, dachte ich bei mir.

Aber vor allem passte Jalmari deshalb nicht hierher, weil die Garage nicht sein Platz war. Er war eher ein Mann von Welt gewesen, kein typisch finnischer Mann, der vor seiner Familie oder vor sich selbst in seine Garage, sein selbst geschaffenes Minireich, flüchtet. Jalmari war ein Kaufmann und eine unruhige Seele gewesen, ein Verharren an Ort und Stelle wäre für ihn einem Gefängnisurteil gleichgekommen. Ihm hätte niemals das kleine Stück Himmel gereicht, das durchs Fenster der Garage zu sehen war.

Ich trauerte nicht um ihn, aber sein Leben beschäftgte mich, und sein Tod ließ mir keine Ruhe.

Ich stellte Jalmari in die Halterung im Auto. Janne schaute durch die andere Tür zu, und wir waren mit dem Ergebnis im Großen und Ganzen zufrieden: Das Stellproblem war gelöst.

2

»*Karelien ... Wo genau müssen* wir da hin?«, fragte
Janne und stellte Becher für uns hin. Er wischte die Platte
nicht vorher ab, wie es sich gehört hätte: Es war kein Vergnügen, an einem Tisch Kaffee zu trinken, der mit den
Resten von Hackfleischsoße beschmiert war. Gebäck gab
es keines, sodass ich eine Tüte mit Toffees aus der Tasche
holte, Janne bot ich keine an. Ich musterte ihn befremdet.
Natürlich wusste ich, dass der Bildungsweg meines Bruders nicht geradlinig verlaufen war, trotzdem wunderte
ich mich. Wie kann man die Gesamtschule besuchen, ohne
anschließend zu wissen, wo Karelien liegt?

»Ziemlich nah bei Kuopio«, antwortete ich. Aus Turkuer Sicht war das präzise genug.

»Nee, an welchen Ort in Karelien fahren wir?«

»Nach Punkaharju.«

»Wo ist das?«

»In Karelien, in der Nähe von Kuopio«, antwortete ich,
denn mich ärgerte dieses geografische Verhör. Woher sollte
ich das denn so genau wissen? Helsinki war der östlichste
Punkt Finnlands, den ich bisher besucht hatte. Auf jeden
Fall liegt Ostfinnland da irgendwo im Osten. Das sagt ja
schon der Name, und alles Weitere sagt einem die Karte.

Janne war damit zufrieden und schenkte sich Kaffee nach. Wir tranken und schwiegen. Die Geografie stimmt den Menschen nachdenklich. Die Welt ist irritierend groß. Wohin man sich auch wendet, sie reicht immer noch weiter, und es begegnen einem neue Menschen, seltsame Sitten und fremde Landschaften, oder Essen, das auf sechs Beinen geht. Deshalb reise ich im Allgemeinen nur durch Nordeuropa: Menschen, die uns selbst ähneln, gefallen uns am besten. Genau deshalb schuf Gott den Menschen ja nach seinem Ebenbild, und aus demselben Grund suchen die Menschen ihren Ehepartner nach den eigenen guten Seiten aus oder, wenn sie klug genug sind, nach Eigenschaften, die das eigene Ich ergänzen. Auf jeden Fall lässt sich alles darauf zurückführen, was man im Spiegel sieht.

Jalmari hatte die Geografie fast zu Zwangshandlungen veranlasst. Wenn man sich die Unterlagen ansah, die der Notar von Jalmaris Wohnorten besorgt hatte, wurde einem schnell klar, dass er nicht hatte still halten können. Er hatte in Südfinnland an mehr als fünfzig verschiedenen Adressen gewohnt – und das waren noch nicht einmal alle, einige fehlten, wie der Notar sagte. Aber schon die vorhandenen bedeuteten weniger als zwei Jahre pro Adresse. In der Praxis bedeutete das, dass Jalmari, wenn auch die allerletzte Teetasse ihren Platz gefunden hatte, schon wieder ans Packen dachte. Sogar in seinem letzten Lebensjahr war er noch einmal umgezogen, nach Imatra, ehe man ihn ins Pflegeheim der Kriegsveteranen einwies. Dort hatte er dann auch noch zweimal das Zimmer gewechselt, eine gute Leistung für einen 94-Jährigen. In seinem Imatraer Zuhause war ich nie gewesen, wohl aber im Pflegeheim. Es befand sich in Hanko.

Janne bekam eine Textnachricht, er las sie und wirkte nachdenklich, so als müsste er auf die Frage, ob er den Arbeitsplatz annimmt oder nicht, antworten. Er fuhr sich mit den Fingern durch sein dunkles Haar. Er hat immer dichtes Haar gehabt, aber ich glaube, dass er auch jung ergrauen wird. Unsereinem mit undefinierbarer Haarfarbe bleibt das erspart, weil dem die Glatze zuvorkommt.

»Schlechte Nachrichten?«

»Nein.«

Wir schwiegen wieder, bis Janne erst auf die Uhr und dann nach draußen blickte.

»Wir sollten starten.«

»Warum so eilig?«

»Wozu hier herumhocken? Wenn wir fahren wollen, dann fahren wir«, sagte er und wirkte seltsam nervös. Vielleicht lag es an der Textnachricht.

Im Grunde genommen war ich derselben Meinung. Reisetage soll man möglichst früh beginnen, weil man an solchen Tagen sowieso sonst nichts Vernünftiges zustande bringt. Man rennt nur im Kreis, sieht auf die Uhr und denkt an den Aufbruch. Zeit geht verloren, und das ist schlecht. Der Mensch hat keine Zeit zu verschenken, sein Leben ist kurz – abgesehen von Jalmaris.

Wir standen auf. Janne kündigte an, sein Gepäck zu holen. Er verschwand im Schlafzimmer und erschien mit einem Rucksack auf dem Rücken, wie ein Schuljunge. Ich musste daran denken, wie ich einst als Erstklässler aus der Schule kam und so tat, als wäre ich furchtbar müde. Unsere Mutter machte mir Kakao und forderte Klein-Janne auf, still zu sein, weil Teemu einen so schweren Schultag hinter sich hatte. Das schmeichelte mir, erhob mich über den kleinen Bruder, fast in den Kreis der Erwachsenen.

Ich musterte Janne und sah in seinen Augen den Blick unserer Mutter.

»Was ist?«, fragte er.

Ich schüttelte den Kopf. Nichts.

Janne holte einen Flachmann aus der Tasche und nahm einen Schluck.

»Einverstanden, wenn du fährst?«

Ich hatte sowieso damit gerechnet. Janne fuhr nicht gern, auch wenn er neuerdings ein Auto hatte. Wir warfen unser Gepäck auf die Rückbank, ich bekam die Schlüssel, und wir stiegen ein. Ich musterte Jalmari und stieß leicht gegen die Urne, um zu prüfen, ob sie standfest war. Sie wankte. Ich würde vorsichtig fahren müssen, damit sie beim Bremsen nicht herunterfiel. Die Asche des Menschen hinterlässt ebenso viel Dreck wie seine Haltungen und Bosheiten. Es wäre respektlos, wenn man den Verstorbenen vom Fußboden oder vom Schoß fegen müsste. Auch die Jeans würden dreckig.

Ich erinnerte mich, gelesen zu haben, dass es in Amerika eine Firma gibt, die aus den Produkten eines Krematoriums kleine Diamanten herstellt. Der Mensch besteht zum größten Teil aus Kohlenstoff, sodass man, um einen Diamanten zu gewinnen, nichts weiter tun muss, als ihm ein wenig

Druck hinzuzufügen. Die wenigsten von uns sind allerdings so edel, weshalb, würde man nur den Charakter dazu verwenden, kaum ein Halbedelstein entstünde.

Ich musterte meinen Bruder und fragte mich, was durch dieses Verfahren aus ihm werden würde, Katzengold? Ich war mir nicht sicher. Ebenso wenig war ich mir sicher, was Jalmaris Karatzahl betraf – andererseits hatte Großmutter in der Sache keine Zweifel gehabt, und in diesen Dingen zählt nur die Meinung der Liebsten.

»Wenn man dich unter hohem Druck zusammenpressen würde, was käme heraus?«, fragte ich.

»Kryptonit«, antwortete er sofort, so als hätte er schon oft darüber nachgedacht. »Und bei dir?«

»Kryptonit ist kein Edelstein«, merkte ich an.

»Wer sagt, dass es ein Edelstein sein muss? Edelsteine sind nutzlos. Mit Granit kann man Häuser fundamentieren, mit Diamanten verursacht man nur Kriege oder Beziehungsprobleme.«

»Mit Diamanten behebt man Beziehungsprobleme.«

»Tut man nicht, glaub mir«, sagte Janne.

Ich glaubte es, ich verriet aber nicht, welcher Edelstein aus mir werden würde: ein Saphir. Joanna Lumley hieß in einer alten TV-Serie Saphir. Sie war eine Reisende und korrigierte Probleme, die die Zeit mit sich gebracht hatte. Genau darum ging es auch hier auf dieser Reise, ums Korrigieren. Wenn wir Jalmari los wären, so schien mir, würde sich der Erdball ein ganz klein wenig zurechtrücken, ein bisschen so, als würde eine eingefrorene Handbremse nach kurzer Fahrt auftauen.

Ich klemmte den Stapel mit den amtlichen Bescheinigungen zwischen Urne und Halterung. Auf jedem der Papiere waren die Dauer und der Ort von Jalmaris jeweiligem Wohnsitz vermerkt. Wir würden einige besuchen, ehe wir an unser Ziel gelangen würden, um dort die Asche in den Puruvesi-See zu streuen.

»Wie viel mag es sein?«, fragte Janne.

»Was?«

»Geld. Wie viel ist wohl noch da?«

»Bald wissen wir es«, antwortete ich.

»Eine Million Euro pro Nase?«, fragte Janne hoffnungsvoll.

Ich lächelte ein wissendes Lächeln, bald würden alle Herrlichkeiten dieser Welt mir gehören. Eine Million klang gut.

»In Finnische Mark umgerechnet, macht das sechs Millionen«, erklärte ich. Auf diese Weise war die Summe noch größer.

»Im Tresor«, fuhr Janne fort und lachte. »Im Geldschrank. Geld im Schrank! Hihii.«

Jalmaris Tresor war weiter herumgekommen als ein rumänisches Zigeunerlager. Der Tresor war ein grün angestrichenes Ungetüm von etwa sechzig Zentimetern im Quadrat, für dessen Transport eine Schubkarre erforderlich gewesen war, und selbst so war es mühsam gewesen. Im kalten Stahl des Tresors verdichtete sich nach Jalmaris Meinung alles, was auf dieser Welt von Wert war, abgesehen von Großmutter vielleicht. Der Inhalt des Tresors war ein streng gehütetes Geheimnis. Niemand durfte ihn anrühren. Jalmari stopfte all sein Geld hinein, wie eine Habichtseule, die für den Winter Mäuse sammelt.

Wenn Jalmari die Geldbörse für das Symbol des Mannes hielt, so sah er im Tresor das eines großen Mannes. Der Tresor war definitiv ein Gegenstand, der aus seinem Besitzer eine bedeutende Persönlichkeit machte, eine Art Westernhelden seines eigenen Lebens, der nicht die Dienste einer Bank benötigt, weil er selbst sein eigenes Bankschließfach hat. Der Tresor ist das extremste Symbol von Unabhängigkeit. Banken können stürzen, man kann sie ausrauben oder das Geld mit der Schere zerschneiden, aber wenn ein Mann im Kleiderschrank einen Tresor stehen hat, können ihm weder Tod noch Teufel etwas anhaben.

Der Tresor war auch deshalb wichtig, weil Jalmari Bargeld liebte. Er hatte stets viele Tausender in der Tasche und dicke Bündel im Tresor. Und er konnte sich nicht verkneifen, damit zu prahlen. Das war kindisch, wenn auch verständlich. Dem Geld kann man verfallen. Mit dem Geld ist es jedoch wie mit dem Schnaps: Man muss ihm auf die richtige Weise verfallen. Über Geld muss man sich freuen können, so wie sich ein Kind im Sandkasten über das Loch freut, das es gegraben hat. Die Gefahr dabei ist, dass man misstrauisch und dass das Geld zu einer Bürde wird: Dann muss man sich ständig darum sorgen und zwanghaft immer mehr sammeln. Man wird süchtig nach Geld, und das ist auch für die Angehörigen nicht angenehm.

Der Herbstanfang lag so sehr in der Luft, dass man ihn schon mit Händen greifen konnte. Morgens war es kalt, aber noch nicht so, dass etwa die Autofenster in den frühen

Morgenstunden einfroren. Solange man nicht kratzen muss, besteht noch Hoffnung. Ich stieß rückwärts vom Hof, hielt auf der Straße kurz an, umklammerte mit den Händen das Lenkrad, blickte in die Zukunft, die sich über viele Hundert Kilometer vor mir erstreckte, und gab Gas.

3

Zum ersten Mal begegnete ich Jalmari auf meiner Abiturfeier. Ich war der erste Abiturient der Familie. Und der letzte, wie ich glaube. Janne schloss nicht mal die Gesamtschule ab. An dem Tag, an dem er sechzehn wurde, kam er ausnahmsweise und nur deshalb in die Schule, um laut zu verkünden, dass seine Schulpflicht beendet sei. Als die Klingel die Schüler nach drinnen rief, steckte Janne sich eine Zigarre an, lehnte sich an die Laterne, die mitten auf dem Hof stand, leuchtete aber in seiner Revolte kaum heller als diese. Als sich niemand für ihn interessierte, ging er. Die Lehrer waren erleichtert.

Schulpflicht ist ein komisches Wort, dachte ich, als ich auf die Autobahn abbog. Die Pflicht, zur Schule zu gehen, zu lernen. Wenn man nun aber nichts lernt? Wenn die Worte zum einen Ohr hineingehen und zum anderen wieder herauspurzeln, hinunter auf die Bank und von da weiter auf den Fußboden, wo die Schaufel der Putzfrau sie aufnimmt und in den Müll befördert – in Jannes Fall passierte genau das. Ich selbst hingegen war immer lernwillig gewesen, liebte von klein auf Bücher, und deshalb wollte ich auch unbedingt das Abitur machen. Nur im Fach Deutsch war ich schwach, ansonsten schloss ich mit »Sehr gut« ab.

Janne holte etwas aus dem Handschuhfach, wobei ein Haufen Müll herausfiel. Leere Eistüten, Parkscheine und Schrauben. Wir waren ein Müllplatz auf vier Rädern, zweifellos entgegen allen EU-Richtlinien. Das ganze Armaturenbrett war von dickem Staub bedeckt, da musste dringend ein Lappen her. Ich machte eine entsprechende Bemerkung. Janne musterte erstaunt sein Auto, so, als sähe er es zum ersten Mal. Er fuhr mit dem Finger über das Armaturenbrett. Der Finger pflügte über den Kunststoff wie eine Egge über ein Feld und hinterließ eine saubere Furche. Janne gab zu, dass ich bezüglich des Lappens recht hatte, doch stand leider kein solcher zur Verfügung.

»Ich habe Feuchttücher in der Tasche«, sagte ich.

Er sah mich an, als zweifelte er, ob ich es ernst meinte. Dann drehte er sich um und fummelte an meiner Tasche herum. Außer den Feuchttüchern zerrte er ein T-Shirt heraus, das er sich um den Kopf band, so wie es früher die Frauen mit ihren Tüchern machten. Er sagte, er sei die Putzfrau, und machte sich daran, das Armaturenbrett vom gröbsten Staub zu befreien. Ich wäre beinah in den Graben gefahren, als Janne putzte, aber das Ergebnis bewirkte, dass ich mich sofort besser fühlte. In sauberer Umgebung lebt es sich angenehmer.

Janne betrachtete zufrieden die Spuren seines Wirkens und warf das benutzte Feuchttuch und mein T-Shirt unbekümmert auf die Rückbank

»Ist nicht meine Schuld«, verteidigte er sich, als ich ihn missbilligend ansah. »Der Müll kommt ganz von allein hier rein. Nachts macht es draußen plop-plop, wenn neue

Bolzen, Fahrradschlösser, Eisstiele, Pinsel, Quittungen, Enteiserspraydosen und Münzen hier drinnen das Licht der Welt erblicken. Das hat mit dem Auto zu tun, nicht mit mir.«

Ich schnaubte nur. Jannes Theorien waren nicht sehr wissenschaftlich, allerdings behauptete er das auch nicht. Für mich selbst war die Wissenschaft – auf jeden Fall aber der akademische Grad – immer sehr wichtig. Die Abiturfeier war einer der Höhepunkte meines Lebens, das Tor ins fast Unmögliche, wie es im Lied heißt.

Auf der Feier gewann ich zunächst einen widersprüchlichen Eindruck von Jalmari. Als er der Familie vorgestellt wurde, waren er und Großmutter beide in den Siebzigern. Sie waren den ganzen Morgen gefahren, um von Ostfinnland bis an die Westküste zu gelangen. Jalmari war aufgeregt, was ich allerdings erst später begriff. Er wollte Eindruck schinden, hatte fünfhundert Mark in den Briefumschlag gesteckt. Es war die zehnfache Menge dessen, was die meisten anderen Briefumschläge enthielten.

Ich lernte damals, wie leicht es ist, Eindruck zu machen. Ich benutzte also Jalmaris Fünfhunderter und das andere Geld, das ich bekommen hatte, für den Kauf eines Autos, mit dem ich dasselbe tun und mir eine Bettwärmerin für die kalten Sommernächte suchen wollte. Gleich am ersten Wochenende rammte ich beim Zurückstoßen mit meinem weißen Toyota Mark II den einzigen Laternenpfahl mitten auf einem großen Parkplatz, was bei den Mädchen, die bei mir im Wagen saßen, keine größere Trost- oder Fürsorgebereitschaft weckte.

Großmutter war wegen der Abiturfeier nicht aufgeregt. Sie hatte nach dem Tod des Großvaters beschlossen, neu anzufangen – mit ein bisschen Glück würden ihr noch zwanzig Jahre bleiben. In dieser Zeit schafft man so allerlei. Zar Alexander eroberte in zehn Jahren die Welt. In zwanzig Jahren kann man ohne große Mühe ganze Völker oder Erdteile vernichten. Und man schafft auch anderes, etwa bis in den Tod zu lieben, wenn man so etwas mag.

Großmutter umarmte mich und gratulierte mir. Sie roch nach Zigarettenrauch. So roch sie immer. In meiner Kindheit fuhr sie sogar einen Mitsubishi Colt. Meine Mutter stellte das junge Paar vor und brachte es am Kaffeetisch unter. Die Situation war angespannt. Alle dachten insgeheim, dass Großvater dort sitzen müsste. Doch immerhin war auch dieser Mann ähnlich runzelig. Oder eigentlich noch runzeliger. Ein Gesicht aus der Steinmorchelabteilung. Die Generation, die im Krieg gewesen war, ließ noch Falten zu, heutzutage werden die Jahre mit Cremes glatt gebügelt.

Meine Mutter umsorgte die beiden, lobte sie lautstark, dass sie eine so lange Strecke gefahren waren, bestimmt waren sie müde. Jalmari spielte die Heldentat herunter und verwies darauf, dass sie ein gutes Auto hatten, anders als im Krieg, da man überhaupt kein Auto hatte und trotzdem weite Strecken zurücklegte.

Ich stand etwas abseits, im grauen Anzug und mit der Studentenmütze auf dem Kopf, und wusste nicht recht, wie ich mich verhalten sollte, ich übte noch. Zu allen Gästen sollte man etwas sagen, mit allen freundlich umgehen, sodass sich jeder wahrgenommen fühlte. Daraus besteht das Leben, andere wahrzunehmen. Die einen machen es gut, die anderen weniger. Janne saß unbeteiligt in der Ecke. Er schaute zu, wie sein großer Bruder den Erwachsenen spielte, und verstand nicht, was das für einen Sinn haben sollte. Er arbeitete in einer Baufirma und verdiente jeden Monat dieselbe Summe, die ich in meinen Briefumschlägen zu diesem einen besonderen Anlass bekam. Mein Vater war auf Reisen, ein Geschenk hatte er zwar geschickt, aber es beeindruckte mich nicht so sehr wie das von Jalmari.

Großmutter erklärte sich bereit, ein wenig Kuchen zu nehmen. Jalmari drängte zum Aufbruch. Meine Mutter war geschockt und protestierte, sie seien doch eben erst vom anderen Ende Finnlands gekommen, da könnten sie unmöglich gleich wieder abfahren.

Jalmari sah darin kein Problem. Außerdem behauptete er, dass Peni keine fremden Orte mochte. Peni war ein kleiner Hund, der sich nach meinem Eindruck auf der Feier äußerst wohlfühlte. Glaubte vermutlich, die Hauptperson zu sein. Jalmari schlürfte seinen Kaffee, und dann starteten sie. Ich sah zu, wie die Rücklichter ihres roten Peugeots – aus irgendeinem Grund fuhr Jalmari stets französische Wagen – in Richtung Karelien entschwanden. Ich war froh, dass sie abfuhren. Und mein Geld hatte ich ja bekommen.

Das nächste Mal sah ich beide, Großmutter und Jalmari, fünf Jahre später. Da waren sie verheiratet. Eine Einladung zur Hochzeit war nicht gekommen.

4

Janne sang Lieder von Eppu Normaali, ich sang dazu die zweite Stimme. So leer ist, da du fort bist, wieder dieses Haus. Ich erinnerte mich, wie Martti Syrjä den Titel »Ich bin ein Finne« in dem Film von Kaurismäki sang, und Kari Väänänen sang dasselbe auf Italienisch. Ein bisschen so wie wir jetzt, außer dass ich eine bessere Stimme habe als Syrjä.

Janne nahm ab und zu einen Schluck aus seinem Flachmann und stellte Überlegungen an, was er mit dem Geld machen würde.

»Jedenfalls höre ich auf zu arbeiten«, sagte er.

»Du gehst doch gar nicht arbeiten«, bemerkte ich.

»Aber ich *leiste* Arbeit. Sie ist nur nicht an die Stechuhr gebunden, so wie bei gewissen anderen Leuten.«

»Ich habe eine gleitende Arbeitszeit.«

»Du hast eine gleitende Auffassung davon, was richtig und was falsch ist«, sagte er und sah mich seltsam an, so, als wüsste er etwas von mir, dessen ich mir selbst nicht bewusst war. Vermutlich spielte er wieder auf meine Arbeit in dem Versicherungskonzern an, denn die hielt er für etwa ebenso moralisch wie einen Job in einem Konzern, der Euthanasiebüro und Pelztierfarm in einem war.

Auf jeden Fall war sein Kommentar so deftig, dass ich nicht antwortete. Meine Arbeit ist absolut ehrenwert, angesehen und für die Gesellschaft nützlich. Was man von Jannes Treiben nicht behaupten kann. Für ihn war die Arbeit nie ein Wert an sich, sondern ein Mittel, um Geld zu verdienen, mit dem er vor allem seine unmittelbaren Bedürfnisse befriedigt, die bei ihm mit den Körperfunktionen zusammenhängen.

»Du solltest mit Vater Kontakt halten«, sagte er, angelte nach dem Rucksack hinter sich und stieß dabei Jalmari an, sodass er beinah heruntergefallen wäre. Ich sah meinen Bruder verärgert an; mir ist schleierhaft, wie es in ein und derselben Familie so unterschiedliche Menschen geben kann. Stattdessen verstand ich jetzt, worauf er mit den gleitenden Moralvorstellungen anspielte – auf meine Meinungsverschiedenheiten mit unserem Vater. Die gingen ihn allerdings nichts an.

Janne kriegte endlich seinen Rucksack zu fassen, drehte sich wieder nach vorn um und schnaufte so, als hätte er gerade eine große sportliche Leistung vollbracht. Er öffnete den Rucksack und holte zwei Bündel mit Hunderterscheinen heraus. Damit wedelte er dicht vor meiner Nase herum, sodass ich beinah die Kontrolle über das Fahrzeug verlor.

»Wir haben massenhaft Kohle, können es richtig krachen lassen.«

»Wo kommt die denn her?«, wunderte ich mich. Janne war nicht gerade für seine Sparsamkeit bekannt.

»Vorschuss aufs Erbe.«

»Etwa vom Testamentsvollstrecker?«, wunderte ich
mich. Das war eine dumme Frage, denn von dem kriegte
man ja keinen Cent, ehe nicht wirklich alles geklärt war,
und das dauerte in vielen Familien Jahre.

»Hab es geliehen, als ich wusste, dass wir bald reich sind.
Jetzt können wir leben wie die Fürsten.«

Ich fragte nicht, wer sein Bekannter auf der Bank war,
bezweifelte allerdings, dass der Betreffende einen Abschluss
als Volkswirt gemacht hatte. Janne war kindlich begeistert,
und irgendwie erinnerte er mich an Jalmari. Vielleicht
kann man sich mit Genen anstecken wie mit einer Grippe.
Etwa wie wenn alle Menschen die gleichen Tasten in sich
tragen würden, ähnlich wie ein Klavier, und je nachdem,
wie wir leben und wem wir begegnen, beginnen die Tasten
zu klingen, oder sie bleiben stumm. Bei dem einen bringen
sie Molltöne hervor, der andere geht in Dur einher. Der
Dritte bleibt in einem Refrain stecken, der einmal frisch
und ansteckend gewesen war, aber, nachdem er zum tau-
sendsten Mal am Stammtisch in der Eckkneipe wiederholt
wurde, keinen mehr hinter dem Ofen hervorlockt.

Wie dem auch sei, mir gefiel es ebenfalls, so viel Geld zu
sehen. Man hatte Lust, es anzufassen. Janne faltete einen
Hunderter zu einem kleinen Flugzeug, öffnete das Fenster
und schickte den Flieger auf die Reise.

»Käpt'n Janne begrüßt euch auf dem Flug ins Geldreich.«

Ich schüttelte missbilligend den Kopf. Insgeheim fühlte
ich mich jedoch, als wäre ein Streichholz angerissen und
tief in meinem Inneren ein kleines Feuer entzündet worden, das mich wärmte und mir den Weg in eine Zukunft

leuchtete, in der ich ein reicher Mann sein würde. Es war irgendwie ein überwältigend gutes Gefühl. Wie kommt es nur, dass einen kaltes Bargeld dermaßen wärmt?

»Halt an!«, rief Janne kurze Zeit später. Ringsum waren keine Anzeichen größerer Katastrophen zu sehen. Tat es ihm etwa um den Hunderter leid? So ein Geizkragen. Ich hielt am Straßenrand, und Janne forderte mich auf zurückzustoßen.

»Zum Verkehrsschild da hinten.«

Ich hatte keine Lust, auf der Autobahn rückwärts zu fahren, und fragte, was dort sei.

»Ich weiß nicht«, sagte Janne und stieg aus, um zu Fuß hinzugehen. Ich folgte seinem Beispiel, ein wenig verärgert über sein Verhalten. Wir benahmen uns wie Erstklässler, die auf dem Heimweg jedes Modderloch durchwühlen, ehe sie weitergehen.

Janne eilte zum Verkehrsschild, das uns seine graue Rückfront zuwandte, wie eine stumme Aufforderung, vorn Ort und Kilometerzahl abzulesen, obwohl ich das gerade erst im Vorbeifahren getan hatte. Verkehrsschilder sind ein bisschen wie Armbanduhren: Man schaut nach der Zeit, muss aber fünf Sekunden später erneut hinsehen, weil die Information nicht bis ins Langzeitgedächtnis vorgedrungen ist. Das ist natürlich kein Wunder, weil man mit dieser Information ja nichts anfängt. Es hat keinen Sinn, damit Gehirnkapazität zu belasten.

Janne trat an den Straßengraben, und jetzt sah auch ich, dass dort ein verletztes Tier lag, ein Hund vielleicht. Sein Kopf bewegte sich, so, als versuchte er zu fliehen.

»Ein Luchs!«, rief Janne.

Ich trat näher heran. Die große Wildkatze sah uns einfach nur an, sie konnte nicht fliehen, sich nicht bewegen. Ich hatte nie zuvor einen Luchs gesehen. Mit seinen Fellohren war er bemerkenswert schön. Er hatte enorm lange Beine, und er wirkte nicht sehr gefährlich, jedenfalls jetzt nicht, da ein Auto seinen Hinterleib zerquetscht hatte. Ich hätte ihn am liebsten berührt, ihn gestreichelt, getröstet, wagte es aber nicht.

Janne redete beruhigend auf ihn ein, sah sich dabei die Verletzungen an. Er war traurig und froh zugleich, auch er hatte noch nie einen Luchs gesehen.

»Der überlebt nicht«, sagte er. »Wir müssen ihn einschläfern.«

»Wie denn?«, protestierte ich. Wie sollten wir ein so großes Tier einschläfern? Wir hatten kein Gewehr, kein Beil. Und ich jedenfalls wäre nicht imstande, ein Tier mit dem Beil totzuschlagen. Bestimmt würde das Blut nach allen Seiten spritzen. Eine Maus oder einen Vogel zu töten wäre einfacher, man brauchte nur mit dem Stiefel draufzutreten. Ein Luchs ist eine ganz andere Sache. Je größer das Tier, desto schwieriger das Töten. Die sauberste Lösung wäre, ihm eine Spritze zu geben.

Janne bestätigte die Schwierigkeiten.

»Aber wir können ihn doch nicht einfach hier liegen lassen.«

»Willst du ihn etwa bei uns im Auto auf die Rückbank legen?«, fragte ich. »Soll sich die Natur um die Ihren kümmern.«

28

Der Luchs sah uns seltsam gleichmütig an, so, als verstünde er, wovon wir sprachen, und würde die Entscheidung akzeptieren, wie immer sie ausfiele.

»Wir können ihn nicht leiden lassen«, sagte Janne und ging zum Auto. Ich blieb bei dem Tier und sah ihm beim Sterben zu. Tiere sind insofern bemerkenswert, als sie nicht klagen. Sie nehmen die Dinge so, wie sie kommen. Nur die Menschen klagen über alles, vor allem über ihre Sterblichkeit, aber auch über ihre kleinen Wehwehchen, ihre Narben, ihre Rückenschmerzen, ihren Liebeskummer, ihr Gehalt, ihre Verwandten, ihr Haus, ihr Auto, ihr Leben, an dem es zumeist gar nichts auszusetzen gibt.

Janne kehrte mit einem Radschlüssel zurück. Das ist ein Gerät aus Metall, einen halben Meter lang und in L-Form, mit dem man theoretisch die Schrauben der Reifen lösen kann. In Wahrheit werden die in der Werkstatt maschinell so festgezogen, dass man sie von Hand kaum wieder lockern kann. Eine Frau von durchschnittlicher Größe hat keine Chance, ein Mann eigentlich auch nicht.

Janne verbarg die Waffe hinter dem Rücken und beugte sich über den Luchs. Er berührte ihn, und das Tier war anscheinend zu fügsam und schwach, um zu beißen. Dann schlug Janne zu. Er war in Schlagspielen geübt und beherrschte die Technik: Er schlug schnell und hart. Es knirschte scheußlich. Janne schlug dem Luchs dreimal kurz hintereinander mitten auf die Stirn. Anders als ich vermutet hatte, trat kaum Blut aus. Das meiste war wohl schon aus dem Hinterleib geflossen. Janne wischte sein

Mordwerkzeug im Gras ab, sah auf das Tier nieder, stieß einen Laut des Mitleids aus und ging zum Auto. Ein scharfer Zahn des Luchses stach aus dem Maul hervor, seine Augen sahen nichts mehr. Als Nächstes würden ihn die Krähen fressen.

Als ich das Auto startete, wusste ich, dass ich nicht imstande gewesen wäre, den Radschlüssel zu schwenken.

5

»*Ihr Zivildienstleistenden seid aber* sehr mordlustig«, sagte ich.

»Leiden zu beenden ist keine Gewalt«, entgegnete Janne. Er starrte vor sich hin, und ich ahnte, wie es in seinem Inneren aussah. Zu töten ist eine unangenehme Sache. Deshalb ist Hackfleisch eine gute Erfindung: Vakuumverpackt entstellt es das Schicksal der Tiere so sehr, dass man nicht darüber nachdenken muss. Andernfalls würden viele Leute Vegetarier werden. Auch ich selbst könnte es in Erwägung ziehen, wenn vegetarisches Essen nicht so unglaublich schlecht wäre.

»Jetzt haben wir einen einzigen Luchs in unserem Leben gesehen, und auch den haben wir noch getötet«, sagte ich.

»Wir sind Menschen.«

Wir verfielen in Trübsinn. Das Schicksal des Luchses im Straßengraben stimmte uns eindeutig trauriger als das Jalmaris, wobei wir uns an Letzteres inzwischen gewöhnt hatten. Und vielleicht waren beide Schicksale auch irgendwie miteinander verknüpft: Der Tod ist immer gleich. Er bringt uns ins Grübeln.

Während seiner letzten Jahre hatte ich mich um Jalmari gekümmert – zumindest soweit es mir möglich war.

Hauptsächlich besuchte ich ihn. Janne tat nicht einmal das. Er spekulierte: Je weniger man dem Mann hilft, desto eher stirbt er, und wir bekommen das Erbe. Sehr schnell ging es allerdings nicht. Der Alte war zäh, sodass Janne, knapp bei Kasse, schon allen Ernstes vorschlug, mit einem kleinen Schubser nachzuhelfen. Natürlich wechselte ich rasch das Thema. Es reicht, wenn es in der Familie ein graues Schaf gibt, wir brauchen keine zwei schwarzen. Außerdem ist das Leben des Menschen heilig. Sogar der verstockteste Massenmörder wird im Krankenhaus zusammengeflickt, damit man ihn anschließend ins Gefängnis stecken kann.

Ich weiß nicht, warum ich Jalmari überhaupt half, schließlich war er eine Art Fleisch gewordener Klotz am Bein. Ein bisschen so wie ein Fersensporn. Janne interpretierte die Sache so, dass ich, während ich mich um Jalmari kümmerte, einen Vorwand hätte, anderswo nicht genauer hinzusehen. Damit meinte er vor allem unseren Vater. Aber er irrte sich. Janne begriff nicht, dass man Dinge auch aus Gutherzigkeit tun konnte.

Jalmari faszinierte mich schon allein wegen seiner Lebenserfahrung. Wenn jemand zum richtigen Zeitpunkt geboren wird, erlebt er innerhalb eines Jahrhunderts mehr Veränderungen als frühere Generationen in tausend Jahren. Das haut einen irgendwie um: Allein während der Zeitspanne, die Jalmaris Leben umfasste, erfand der Mensch den Wäschetrockner, die Atombombe, die Mondrakete, das Internet, den Faschismus, den Helikopter, Möbel zum Zusammenbauen, die Verhütungspille, die Volksrente, die

Rockmusik, das Radar, das Handy, Post-it-Aufkleber, die Klimaveränderung, Stringtangas und Nordic Walking. Die Welt, in die Jalmari hineingeboren wurde, war so anders als die, in der er starb, dass man hätte meinen können, Jalmaris Leben hätte sich auf zwei unterschiedlichen Planeten abgespielt. Somit ist es kein Wunder, dass es ihm noch zu Beginn des neuen Jahrtausends gelang, für sein Auto einen C-Kassettenrekorder anzuschaffen. Die Renault-Werke mussten ihn extra aus Malaysia bestellen.

Und da hatte ich nun den Kassettenrekorder direkt vor mir; Jalmaris altes Auto war über Umwege bei Janne gelandet. Ich spielte an den Knöpfen des Rekorders herum und überlegte, ob er wohl funktionierte.

Ich fragte Janne nach Kassetten, er öffnete das Handschuhfach und holte die Bestände heraus. Die Kassetten erinnerten mich an die Schallplattenläden und Tankstellen unserer Kindheit. Trotz all ihrer Brüchigkeit waren die Kassetten haltbarer als jede nachfolgende Technologie. Ich lenkte mit der linken Hand, und mit der rechten zeigte ich auf Eini. Die Kassettenhülle war zerschrammt, aber Eini selbst hatte im Dunkel des Handschuhfachs seinen Glanz bewahrt.

Die Musik gefiel mir nicht. Der Schlager ist der Minerit der Musikwelt, Humppa für jene Menschen, die sich geistig zu Heizdecken hingezogen fühlen. Jalmari war von seinem Musikgeschmack her ein ausgeprägter Humppaliebhaber gewesen. Er hätte Mozart nicht erkannt, selbst wenn der neben ihm gewohnt hätte. Das Requiem wäre dann vermutlich nie komponiert worden, weil Wolfgang ständig nach Jalmaris Rollator hätte suchen müssen. Jalmari vergaß nämlich stets, wo er ihn abgestellt hatte, und glaubte dann, er sei gestohlen worden.

Nach Großmutters Tod lebte Jalmari noch fünf Jahre, und während dieser Zeit erfuhr ich nach und nach einiges über sein Leben. Im Allgemeinen machte er nur knappe Andeutungen, aber manchmal ließ er sich auch dazu hinreißen, ausführlicher zu erzählen. Von seiner Kindheit sprach er wenig, aber einmal, als wir in Turku an seinem Küchentisch saßen und im Radio Mauno Kuusisto sang, erzählte er, dass er um ein Haar gar nicht geboren worden wäre.

Dann folgte Schweigen. Ich wartete darauf, dass er weiterredete und ich mich nicht demütigen müsste, Interesse zu zeigen. Aber in Jalmaris Welt fielen keine Worte, wenn man nicht darum bettelte. Mauno Kuusisto war fertig. Es folgte der Seewetterbericht. Beim Bottnischen Meerbusen hielt ich es nicht mehr aus und ließ die Bemerkung fallen, dass wir ja alle geboren worden waren.

Jalmari schnaubte nur. Er anscheinend nicht. Dann entschloss er sich doch noch, weiterzuerzählen. Vielleicht begriff er, dass man als alter Mensch eine Geschichte sofort erzählen sollte, wenn sie einem in den Sinn kam, denn man konnte ja nie wissen, ob das am nächsten Tag auch noch der Fall sein würde. Aus demselben Grund sollte man als junger Mensch auch zuhören.

Jalmari erzählte, wie seine Mutter in der Nähe von Mikkeli vor einem Hinrichtungskommando der Weißen gestanden hatte und plötzlich der Befehl gekommen war, die

Gefangenen nicht zu erschießen, weil ein Gerichtsprozess stattfinden würde. Die vorige Gruppe lag tot im Graben. Gliedmaßen kreuz und quer durcheinander, Blut, Därme, Scheiße. Einer lebte sogar noch. Der Geruch war furchtbar, erzählte Jalmari. Der Geruch des Todes, der Geruch der Angst. Die Leute weinten, einer weinte nicht einmal mehr, sondern hatte sich seinem Schicksal ergeben und wartete nur noch darauf, dass eine Kugel alledem ein Ende machte. Es nieselte, aber die Leute froren nicht wegen des Wetters, sondern wegen der menschlichen Kälte. Nicht einmal mehr der Hass wärmte.

Und gerade da, als alle Hoffnung verloren war, erschien ein Reiter. Jalmaris Gesicht hellte sich auf, als er davon erzählte. Der Reiter war wie ein hoher Offizier gekleidet und trug ein Schwert an der Seite. Sein Pferd war stolz und prächtig. Kein finnisches Pferd, sondern eine ganz andere Rasse. Der Offizier saß sehr aufrecht, und sein Blick war fest. Sein Erscheinen veranlasste das ganze Erschießungskommando, automatisch Haltung anzunehmen. Einer der Soldaten schlug die Stiefel gegeneinander, um den gröbsten Dreck zu entfernen. Ein zweiter war so aufgeregt, dass sich versehentlich ein Schuss aus seinem Gewehr löste und einen der Gefangenen ins Bein traf; dieser starb später, da sich das Bein entzündete.

Der Reiter grüßte und winkte den Gruppenführer zu sich. Er sagte etwas, und der Gruppenführer runzelte die Stirn, so, als wäre er nicht zufrieden mit dem, was er hörte. Jalmaris Mutter sah eine Krähe am grauen Himmel schweben, offenbar ziellos. Später erinnerte sie sich an dieses

Bild, an die Krähe, die ihr wie der Mensch oder die ganze Menschheit auf Flügeln vorgekommen war. Profil- und orientierungslos.

Der Reiter war Carl Gustav Mannerheim, es war der Mai 1918, und Jalmaris Mutter kam ungeschoren davon. Jalmari wurde im Juni geboren und blieb am Leben. Jalmari betonte, dass seine Mutter ihr Überleben zwei Männern zu verdanken hatte: Mannerheim und ihm. Weil sie schwanger war, schickte man sie ins Krankenhaus, sie bekam zu essen und blieb von Krankheiten verschont. Glück gehörte allerdings auch dazu, denn Barmherzigkeit stand zu jener Zeit nicht hoch im Kurs. Für einen Balg der Roten gab es kein Mitleid, aber einer der Wärter des Lagers war ein Bekannter, und mit seiner Hilfe konnte die Mutter schließlich nach Hause zurückkehren. Vielleicht wirkte sich auch aus, dass der General persönlich sie und die anderen begnadigt und dadurch die größte Lust am Töten erstickt hatte.

Als die Mutter schließlich Jalmari nach Hause trug, warteten dort vier ältere Geschwister, die vor Hunger halb tot waren, der Vater war im Winter gestorben. Die Nachbarn hatten geholfen, aber auch sie konnten nicht viel geben. Die Zeiten waren grausam.

Das Hinrichtungskommando stellte keine Bedrohung mehr dar, doch jetzt mussten sie den Hunger fürchten. Die Brüste der Mutter waren leer, also stand Jalmaris Überleben erneut auf der Kippe. Irgendwo trieb die Mutter Ziegenmilch, Kuhmilch oder Zuckerwasser auf. »Ich war ein Kümmerling, aber am Leben. So ein Volksaufstand konnte mich nicht umbringen«, sagte Jalmari selbstzufrieden.

Und ihn brachte tatsächlich gar nichts um. Er sog alle Nahrung auf, die er bekommen konnte, und hielt sich zäh am Leben. Er lernte laufen, später dann arbeiten, und als er für sich selbst sorgen konnte, machte er die Tür des Elternhauses hinter sich zu, ohne sich noch einmal umzudrehen. Er war zehn Jahre alt, und seine Mutter war noch immer nicht imstande, die Familie zu ernähren. Die älteren Geschwister taten ihr Möglichstes, aber bald schon hatte Jalmari noch drei jüngere Brüder, sodass er es für das Beste hielt, im gemeinsamen Bett Platz zu machen.

Ich dachte an meinen eigenen zehnten Geburtstag. Ich bekam ein Rennrad mit fünf Gängen, das einen gebogenen Lenker hatte und schneller war als der Wind. In Moskau fanden die Olympischen Spiele statt, und endlich hatte auch Finnland seine Chance, denn siebenundvierzig Länder boykottierten die Spiele. Finnland gewann dreimal Gold, einmal Silber und viermal Bronze. Ich wünschte mir damals, dass es einen entsprechenden Boykott auch zu den Weltmeisterschaften im Eishockey gäbe und dass er angeführt würde von der Sowjetunion.

Auf keinen Fall wäre ich klargekommen, wenn ich damals, zehnjährig, mit meinem Rennrad von zu Hause abgehauen wäre. Aber Jalmari kam klar. Er konnte lesen und schreiben und beherrschte die Zahlen, und er wusste, wer die Zahlen beherrscht, der beherrscht auch die Welt. Mit Zahlen werden Flugzeuge gestartet und Gewehrkugeln abgeschossen, mit Zahlen macht man aus Holz Papier und aus Kohle Strom. Mit Zahlen kauft man, verkauft man und bereichert man sich. Und das war sein Ziel.

Jalmari erzählte, dass er sich mithilfe der Zahlen ein eigenes Leben hatte aufbauen wollen. Er erklärte, dass er im Kopf Aufgaben ausrechnen konnte, die nicht mal der Lehrer in der Schule schaffte. Er hatte die Ergebnisse vor Augen, so, als hätte er tief in seinem Gehirn ein Fernrohr, mit dem er selbst in die geheimsten Winkel der Zahlenwelt blicken konnte. Jalmari gehörte zu jenen besonderen Menschen, die direkten Zugang zur Welt der Abstraktion hatten. Dorthin, wo die Lösungen aufblitzten wie neu entstandene Sterne, in konkreten Farben und Formen, und man sie einfach nur ablesen musste, ohne groß nachzurechnen. So jedenfalls erklärte Jalmari es.

Wir saßen in seiner Küche in einem Neubau und blickten aus dem Fenster. Draußen verbrachten Schulkinder ihre Pause. Sie rannten hin und her, weiteren sorglosen Jahren und warmen Mahlzeiten entgegen. Hierin bestand ein deutlicher Unterschied zu Jalmaris Kindheit. Aber auch zu meiner eigenen: Wir bekamen in der Schule jeden Tag einen Imbiss, und immer dienstags bestand der Imbiss aus einem Eis. Den unter dem Fenster spielenden Kindern bietet die Schule keinen Imbiss mehr. In dieser Hinsicht haben sich die Zeiten verschlechtert.

Die Mathematik verband mich mit Jalmari. Diese Begabung ist das einzig Positive, das ich vom Vater geerbt habe. In seiner Familie hat es viele mathematisch begabte Pastoren gegeben. Das Rechnen und die Frömmelei passen wohl irgendwie gut zusammen. Jene Pastoren beschäftigten sich gern mit der Unendlichkeit, doch lösten sie ganz bestimmt nicht mehr die klassischen Rechenaufgaben der Geistlichen, wie zum Beispiel, wie viele Engel auf einem Stecknadelkopf tanzen können. Eher dürften sie sich für Geometrie interessiert und errechnet haben, wie unendlich viele Liter Reue und Selbstekel das Herz eines sündigen Menschen fasst.

Janne ist auch hinsichtlich der mathematischen Begabung eine Ausnahme geblieben. Manchmal versuchte ich, ihm das Dividieren beizubringen, aber vergeblich. Das Teilen war nicht seine Sache. Im Gegenteil: Häufig hatte er eher Schulschluss als ich, und bis ich nach Hause kam, hatte er den Pudding restlos aufgegessen.

6

Wir machten einen Abstecher nach Forssa und Valkeakoski, ehe wir uns wieder in Richtung Lahti wandten. In
Forssa hatte Jalmari den Unterlagen zufolge in den Fünfzigerjahren gewohnt, in Valkeakoski zehn Jahre später. Wir
hatten keine Ahnung, was er an diesen Orten getrieben
hatte, sodass wir uns darauf beschränkten, sein jeweiliges
Wohnhaus zu suchen. In Forssa war es ein Eigenheim, das
recht nett aussah; die Spielhütte, die Schaukel und weitere
Utensilien im Vorgarten deuteten auf eine Familie mit Kindern hin.

Janne mochte Forssa nicht, aber ich fand die Stadt ak-
zeptabel. Das alte Zentrum erinnerte an die Zeit, da in
Finnland noch produziert wurde, Texte wie auch Textilien.
Ich musterte Jalmaris Haus. Janne kurbelte die Fenster-
scheibe herunter und ließ die Forssaer Luft herein. Ich sagte mir, dass es im Haus vielleicht noch irgendeine Leiste
oder Türzarge gab, die Jalmari angebracht hatte. Die jetzigen Bewohner wussten nichts davon, sie kannten weder
Jalmari noch all die anderen, die im Haus gewohnt hatten.
Unserer Hände Spuren sind nichtig, und kaum eines Menschen Geist lebt noch lange weiter, nachdem der Körper
gestorben ist. Der Wind weht die Fetzen der Erinnerung,

die weniger wiegen als Luft, zum Himmel hinauf. Den Lebenden bleibt alles Schwere: die Gegenstände, die Häuser und die Bitterkeit.

In der Ferne war die Sirene eines Einsatzfahrzeuges zu hören. Jemand starb oder wurde ausgeraubt, oder ein Feuer war ausgebrochen.

»Forssa brennt«, konstatierte Janne und wirkte nicht sonderlich betrübt.

»Weil du jetzt hier bist, vermutlich!«, entgegnete ich.

Janne schnaubte nur. Er hatte als Fünfjähriger versucht, kurz nachdem Vater von zu Hause ausgezogen war, die Reihenhaushälfte anzuzünden, in der unser Vater nun wohnte. Wir waren immer am Wochenende bei ihm; ein Umstand, der bei unseren Kumpels Verwunderung und Mitleid weckte, denn damals ließen sich nicht so viele Leute scheiden wie heute. Janne bekam von alledem einen Knacks weg und dachte sich wohl in seinem kleinen Kopf, dass der Papa rennt, wenn es brennt, und zwar zurück nach Hause. Janne selbst nannte es ein Versehen. Als alles aufgeklärt und die notwendige Schelte ausgeteilt war, wurde ihm verziehen, er saß lange bei unserem Vater auf dem Schoß, und sie sprachen vom Feuer und vom Auf-dem-Schoß-Sitzen. Damit war das Ganze erledigt. Als ich wenig später dasselbe tat, musste ich mir anhören, dass ich eine Gefahr für meine Umgebung darstellte und dass ich alt genug war, es besser zu wissen.

Ich glaube trotzdem, dass der Mensch nie alt genug ist, um vom Spiel mit dem Feuer die Finger zu lassen. Gefahr fasziniert. Feuer kann natürlich auch symbolische Bedeutung haben: Man gefährdet durch Sauferei den eigenen Arbeitsplatz, man betrügt den Ehepartner, man läuft aus Spaß aufrecht eine Wand hoch und nennt es Mut, obwohl es Dummheit ist.

Ich stoppte am Straßenrand. Janne stieg aus, um sich die Beine zu vertreten. Er reckte sich und krümmte den Rücken, der über dem Steißbein schmerzte. Das wusste ich, weil ich dasselbe Leiden habe. Eine Erbkrankheit. Wenn man den Rücken richtig rund macht und eine Weile in der Stellung verharrt, knackt es in den Wirbeln, ähnlich wie bei Frost im Gebälk eines Holzhauses, wenn Wind und Schnee angreifen.

Janne trat an die Pforte und betrachtete den Vorgarten. Die Haustür öffnete sich, und ein kleines Kind lugte heraus. Ich kann bei Kindern das Alter schlecht schätzen, aber dieses war bestimmt noch keine fünf Jahre alt. Es kam herausgelaufen, griff nach einem kleinen Fahrrad und setzte sich drauf. Die Stützräder hielten es aufrecht. Dann fuhr das Kind in Richtung der Pforte und entdeckte Janne.

»Hallo«, sagte Janne. »Tolles Rad.«

»Das ist ein Motorrad«, antwortete das Kind.

»Wie viel Kubik?«, fragte Janne sachkundig.

»Tausend.«

Das Kind machte mit dem Mund Fahrgeräusche, fuhr schneller und trat kurz vor der Pforte auf die Bremse. Janne applaudierte.

»Mein Papa fährt Rennen«, sagte das Kind. »Er wohnt aber gar nicht mehr hier.«

»Aha«, sagte Janne. »Rennen zu fahren ist prima. Dein Papa ist bestimmt superschnell.«

»Ja.«

Ich machte Janne Zeichen, dass wir verschwinden sollten, ehe jemand wegen Belästigung von Kindern die Polizei rief. Zu spät: Eine Frau war in der Haustür aufgetaucht. Janne rief ihr zu, dass der Junge ein schönes Motorrad habe. Sie kam näher und sah uns fragend an. Ich war ebenfalls aus dem Auto gestiegen und nickte zur Begrüßung. Janne erzählte, dass wir als Kinder hier gewohnt hätten und auf der Durchreise nachschauen wollten, wie das Haus heute aussah. Die Frau drehte sich zum Haus um, so, als wollte auch sie sich überzeugen. Es wirkte wie ein Zuhause, ein Heim, nach dem Krieg für den Frieden gebaut. Janne wünschte dem Jungen viel Spaß beim Fahren, nickte der Frau zu, und wir kehrten zum Auto zurück.

»Dort wäre die Stelle des Papas frei gewesen«, sagte Janne und blickte im Seitenspiegel zurück.

»Und du hast dich gar nicht beworben«, entgegnete ich.

In Valkeakoski hatte Jalmari in einem barackenähnlichen Mehrfamilienhaus gewohnt. Es wirkte so wenig verlockend wie ganz Valkeakoski. Jetzt, da es dort nicht mehr nach Zellulose roch, war es einfach nur stickig. Wir fuhren schweigend weiter und schienen beide mit der Frage nach dem Sinn all dieser zusätzlichen Abstecher beschäftigt. Die Tour war meine Idee gewesen. Ich hatte mir gesagt, so würde die lange Fahrt zur Nachlassaufstellung auf jeden Fall interessanter. Als Valkeakoski hinter uns lag, grübelte ich, was wohl aus uns geworden wäre, wenn wir dort unsere

Kindheit verbracht hätten. Etwas anderes sicherlich. Die Orte, an denen wir gewesen sind, leben ja in uns Menschen weiter, sie formen uns. Jede Stadt, jedes Haus und jeder Sommerhausstrand hinterlässt eine Spur. Jalmari zeigte diese Spuren, als hätte sie ein Maschinengewehr hinterlassen. Und hatte es etwas zu bedeuten, wenn es jemandem nirgends gefiel? Ich glaube nicht, dass sich Jalmari überhaupt an all seine Wohnungen erinnerte. Woran aber erinnerte er sich, an die Menschen? Oder an Umzugsautos, Pappkartons, an die Aufbruchsstimmung? An die Aufregung, wenn er sich zum ersten Mal in der neuen Wohnung schlafen legte und das Haus anders zu ihm sprach als jedes vorige? Sogar die Dunkelheit war vielleicht anders, flirrte von Versprechungen, dass künftig alles besser sein wird.

Vielleicht ist es so, dass man sich an das jeweilige Zuhause erinnert, nicht aber an die Häuser. Erst wenn das Haus zum Heim wird, wird es ein Teil von uns, und wir tragen es auch dann noch mit uns, wenn wir jene physischen Wände schon seit Jahren nicht mehr um uns haben.

Ich selbst erinnere mich an jedes Haus und jedes Zimmer, in dem ich einmal gewohnt habe. Auch an die meisten Möbel, an den alten Schreibtisch aus den Fünfzigerjahren, der mich durch meine ganze Kindheit begleitete und in den ich eine Kerbe geschnitzt und anschließend mit der Fingerfertigkeit eines Zweitklässlers versucht hatte, die Späne wieder anzukleben. Aber man kriegt die Späne nicht wieder an ihren Platz, wenn man sie einmal herausgeschlagen hat. Geschehenes kann man nicht ungeschehen machen.

Janne verlangte, dass ich anhielt. Er müsse pinkeln, sagte er.

»Zehn Kilometer weiter ist ein Motel. Dort kriegt man auch etwas zu essen.«

Janne gab sich damit zufrieden und sah angeödet nach draußen. Die Landschaft gefiel ihm nicht. Kein Wunder. Alle Straßen, die aus Varsinais-Suomi hinausführten, waren hässlich, und sie wurden auch tief in Häme, wo wir uns mittlerweile befanden, nicht schöner. Grässliche, schlecht gepflegte kleine Bauernhäuser unmittelbar an der Straße. Welchen Sinn hat es, aufs Land zu ziehen, wenn man an einer Straße wohnt? Der Wald war entweder öder Wirtschaftswald mit einheitlich hohen Bäumen oder Weidengestrüpp. Die Felder waren an sich hässlich, weil das Land so flach ist. Die Straßen waren schmal und in schlechtem Zustand. Braune Telefonmasten zerschnitten die Landschaft. Die Menschen, sofern man welche sah, trugen alte Jogginganzüge. Die Buswartehäuschen waren schief, und ein Bus kam nicht.

Aber Jannes finsterer Blick war wohl kaum auf die Eintönigkeit der Landschaft zurückzuführen. Irgendetwas bedrückte ihn. Ich kenne schließlich meinen Bruder. Vermutlich hing es mit der Textnachricht zusammen, die er bekommen hatte. Vielleicht hatte er Schwierigkeiten mit Frauen. Die hatte er immer. Allerdings meist in der Form, dass er zu viele Frauen hatte, was Logistikprobleme verursachte: Er erschien am falschen Treffpunkt oder verwechselte die Namen. Das gibt immer Ärger. Es ist ein bisschen so, wie wenn gute Bekannte sich neu verheiraten: Man ist total daran gewöhnt, beide Partner in einem Atemzug zu nennen, TeroundRiitta, und wenn Riitta dann verschwindet und Minna an ihre Stelle tritt, beißt man sich am Kaffeetisch ständig auf die Zunge, um nicht den falschen Namen zu sagen, was einem dann natürlich prompt passiert.

»Was ist?«

»Nichts.«

Jetzt war ich mir bereits sicher. Ich hatte fünfzehn Jahre mit ihm im selben Zimmer gewohnt. Wir schliefen in einem Doppelstockbett, er oben, ich unten. Das war praktisch, vor allem dann, wenn ich ihn ärgern wollte. Ich konnte von meinem eigenen Bett aus mit den Füßen seine Matratze hochheben, sodass er fürchten musste herunterzufallen. Das Ende vom Lied war, dass eines Abends die ganze Matratze samt Janne auf mich draufkrachte. Eine Ecke der Holzfaserplatte traf mich an der Schulter, die Narbe ist immer noch zu sehen. Kein Problem, denn Narben machen den Mann. Nach dieser Logik lässt sich auch der kleine Defekt an meiner Hand besser erklären. Der halbe Finger ist gar kein Schönheitsfehler, sondern eine Art Kriegsverletzung aus Friedenszeiten, auf die man stolz sein kann.

Aus Sicht unserer Mutter war meine Schulterverletzung auf jeden Fall meine eigene Schuld, aber ganz so würde ich es nun nicht sehen. Sie war einfach immer auf Jannes Seite.

»Ich sehe doch, dass etwas ist.«

»Soll ich beichten? Hat der Herr Pastor Zeit?«

»Man wird ja wohl noch fragen dürfen«, sagte ich ein wenig beleidigt. Janne litt an dem urmännlichen Verstocktheitssyndrom, das jeden Informationsfluss zwischen dem Gefühlszentrum des Gehirns und dem Mund verhinderte. Es war eine Art Nervenbahnbaustelle, die zu seinen Lebzeiten nicht mehr fertig werden würde. Andererseits interessierten mich seine Probleme gar nicht so sehr, mir war eher wichtig, Bescheid zu wissen.

Als wir dem Doppelstockbett entwachsen waren, wurde unser Zimmer mit einem Vorhang geteilt. Ich durfte meine Hälfte zuerst wählen und nahm die größere. Janne protestierte nicht, aber ich fand den wichtigsten Teil meiner Münzsammlung nie wieder, einen Lederbeutel mit silbernen Markstücken.

»Hast du das Geld genommen?«, fragte ich, da mir die Sache eben wieder einfiel.

»Welches Geld?«

»Das weißt du genau. Die silbernen Markstücke.«

Wir hatten bereits früher darüber gesprochen. Ich wollte, dass er gestand, aber das tat er nicht. Auch jetzt zuckte er nur die Achseln.

»Die Markstücke von 1969 waren nicht mehr aus Silber, du hast es selbst gesagt.«

Es stimmte. Aber sie waren dennoch aus den Sechzigerjahren und somit historisch. Geschichte ist alles, was vor der eigenen Geburt geschehen ist. Das eigene Leben ist uns präsent, und es ist deshalb nicht Geschichte, sondern Gegenwart, die ständig mit uns lebt und mal schwerer, mal leichter ist. Die Geschehnisse vor der eigenen Geburt sind anderer Art, da handelt es sich um abstrakte Weltkriege und Machtbestrebungen großer Männer, in denen Doppelstockbetten und Münzgeld nichts zu suchen haben. Geschichte muss man versuchen zu interpretieren, ähnlich wie einen pubertierenden Jugendlichen, der in der Zimmerecke vor sich hin schmollt. Gegenwart interpretiert man nicht, man lebt sie.

Janne öffnete das Fenster und warf seinen Kaugummi hinaus. Kaugummi verrottet schwer. Ich machte eine entsprechende Bemerkung:

»Kleine Vögel sterben, wenn sie Kaugummi gefressen haben.«

»Ja, und warum fressen sie ihn dann?«, wollte Janne wissen.

Er schloss dass Fenster und nahm wieder einen Schluck von seinem Getränk. Sein Flachmann war schön und aus Silber, und er steckte in einer Lederhülle in fröhlichem Orange. Das Leder verlieh ihm eine Spur Luxus, aber auch eine gewisse Nonchalance, die andeutete, dass der Besitzer einer so eleganten Flasche keineswegs ein Alkoholproblem hat, sondern dass es sich nur um eine harmlose Tradition im Zusammenhang mit der Fasanenjagd und Ähnlichem handelt. Ich sagte:

»Hast du je bedacht, dass man etwas am einfachsten dadurch zu einer Tugend macht, indem man das, was man tut, als eine Tugend bezeichnet?«

»Hä?«

Ich nickte zu seinem Flachmann hin:

»Die britische Oberschicht verwandelte ihren Alkoholismus in moralische Geradlinigkeit, indem sie es sich zur Regel machte, nicht vor dem Mittag mit dem Trinken anzufangen. Sobald eine Regel besteht, die alle befolgen, scheint es, als wäre alles in Ordnung.«

»Ein bisschen so wie damals bei dir mit Heke und Hanna.«

Das saß. Heke war seinerzeit mein Freund und Hanna sein Mädchen, bei dem ich zu landen versuchte. Die Freundinnen der anderen anzubaggern widersprach dem Moralkodex unter den Jungen, sodass ich mich zunächst absichtlich mit Heke verkrachte.

Janne hatte ein gutes Gedächtnis. Ich versuchte das Thema zu wechseln:

»Du trinkst zu viel.«

»Deshalb müssen wir ja auch anhalten, damit ich aufs Klo gehen kann«, entgegnete Janne und versuchte, um Jalmari herumzugreifen und das Radio einzuschalten. Der Kanal war nicht richtig eingestellt, der Ton war breiig. Auch das ist das Leben: Der eine versucht irgendwo etwas zu sagen, und der andere anderswo versteht es nicht. Janne schaltete das Radio wieder aus.

»Ich will allerdings aufhören.«

»Wann?«

»Tja, kommt ein bisschen drauf an«, meinte Janne zögernd. »Nicht jetzt, wo es ans Feiern geht.«

»Gibt es etwa Grund zu feiern, wenn ein Mensch stirbt?«, schalt ich. Ich hätte eine gute Mutter abgegeben.

»Keine Umzüge mehr«, sagte Janne und sah auf die Urne. »Das hier ist Jalmaris letzter.«

Unter dem Aspekt des Umziehens befand sich Jalmari jetzt zweifellos in seiner kompaktesten Form. Ich vermute, dass er, wäre er nicht eingeäschert worden, auch den Friedhof noch wechseln würde. Er würde sich nicht wohlfühlen, wenn alle ringsum so tot sind.

»Ich habe die Sofas gehasst«, sagte Janne.

»Alle vier«, ergänzte ich. Dieses Gefühl hatten wir gemeinsam.

In ganz Finnland hatten wir die Sofas geschleppt. Wenn also eines Tages zusätzlich zu den Wettbewerben im Furzen und Weibertragen ein neuer Sommerevent bei uns kreiert wird, einer, bei dem es ums Ausdauertragen hässlicher Sofas geht, sind wir außer Konkurrenz.

Wir dachten an das erste Mal. Wir trafen zur vereinbarten Zeit am Ort ein, aber der Umzugszirkus war schon in vollem Gange. Es sah aus, als wären die Bewohner des örtlichen Uhu-Heimes geflüchtet und hätten sich als Schwarm bei Jalmari niedergelassen. Vor der Haustür stand ein großes Umzugsauto, und von dort zog sich eine Kette von Omas bis in den zweiten Stock hinauf. Viel tragen konnten sie nicht, aber auch der Ameisenhaufen rückt Halm für Halm vor.

Jalmari warf uns einen flüchtigen Blick zu und sagte aha, ihr kommt also auch noch. Wir sahen auf die Uhr, und Janne wies ihn darauf hin, dass wir eigentlich erst in fünf Minuten da sein sollten, worauf Jalmari uns aufforderte, uns noch fünf Minuten auszuruhen, ehe wir anfingen. Er tippelte zum Fahrstuhl. Eine der Omas sah uns missbilligend an.

Wir machten uns an die Arbeit. Unser Part waren die eigentlichen Möbel. Das Auto war vollgestopft damit. Janne

50

fragte verwundert, wo die denn alle hinsollten. Ich vermutete, dass Jalmari vielleicht einen Plan habe. Hatte er nicht. Wie sich später herausstellte, nahm er nie Stellung zu so profanen Dingen wie etwa dem Standort der Möbel. Ihm war es egal, selbst wenn sie alle in der Küche übereinandergestapelt würden.

Nur mit Mannerheim nahm er es genau. Jalmari stellte die Bronzebüste aufs Fensterbrett. Von da schaute der Marschall zu, wie wir Sofas schleppten. Beifällig, vermute ich mal, denn immerhin taten wir etwas fürs Vaterland, halfen einem Kriegsveteranen.

Die Omas störten eigentlich nur, aber man konnte sie auch nicht wegschicken. Jalmari zog mittendrin seine Kreise wie eine Spinne. Dauernd forderte er die Helfer auf, ihre Arbeit zu unterbrechen und sich hinzusetzen, um Kaffee zu trinken oder sich einfach auszuruhen — nachdem sie den Kaffee gekocht hätten. Ich glaubte damals, dass er die Ruhepausen vorschlug, weil er als alter Mann annahm, alle anderen seien genauso gebrechlich wie er. Aber dann begriff ich, dass er einfach das herrliche Erlebnis des Umziehens länger auskosten wollte. Er lebte für diese Augenblicke. Dann konnte er sich vorübergehend in jene Zeit zurückversetzen, da er jung und stark gewesen war. Ferner bewiesen ihm diese Augenblicke, dass er, wenn er wollte, die Welt dazu bringen konnte, sich nur um ihn zu drehen. Er brauchte nur schön zu bitten. Wenn man die Leute bittet, dann sind sie zu allerlei bereit, zu Völkermorden, freiwilligen Arbeitseinsätzen, Reinigungshilfe, Geldanleihen.

Ich betrachtete durchs Autofenster den Straßengraben, in dem Kaffeebecher, Bonbonpapier und diverse Plastiktüten wuchsen. Ich sagte:

»Mir scheint, dass sich Jalmari bei den Umzügen immer um zehn Jahre verjüngte.«

»Deswegen wirkte er am Schluss auch so knackig«, meinte Janne.

»Fast jugendlich«, fuhr ich fort.

»Außer dass man mit Jugendlichen besser auskommt«, sagte Janne.

Ich musterte ihn verwundert. Mir schien dann doch, dass sich unsere Bezugsgruppe schon mehr in Richtung Jalmari als in Richtung Teenager neigte.

7

Das Motel Paras *war* ein merkwürdiges Relikt aus den Siebzigerjahren. Mitten im Nichts, wie üblich, und äußerlich ebenfalls wie alle anderen: ein einstöckiger, billig aussehender Reihenhauskomplex, der allen wirtschaftlichen Gesetzmäßigkeiten zu trotzen schien. Wer will in so einem Ding schon übernachten?

Janne schnappte sich die Urne, stieg aus dem Auto und reckte sich.

»Du nimmst das Ding doch nicht mit?«, fragte ich.

»Jalmari war schon zu lange am selben Ort«, entgegnete er und ging auf das Café zu. Vor der Tür blieb er stehen, betrachtete das Plakat, das ans Glas geklebt war, und rief erfreut:

»Am Abend ist Tanz. Lass uns hierbleiben! Wir nehmen uns Zimmer, reißen Frauen auf.«

Ich verzichtete auf eine Antwort. Das Café war eine verwirrende Mischung aus verschiedenen Epochen und menschlichem Unternehmergeist. An der einen Seite war ein kleiner Flohmarkt aufgebaut, an der anderen eine Kunstausstellung. Landschaftsbilder. Die Tische und die Stühle aus Korbgeflecht waren vor dreißig Jahren angeschafft worden. An der Decke drehte sich ein staubiger, beigefarbener Ventilator, der die abgestandene Luft umrührte. Janne eilte mit Jalmari auf die Toilette, ich nahm Kurs auf die Theke.

Die Servierkraft war hübsch und dunkelhaarig. Ich lächelte sie an und überlegte, wie es wäre, mit ihr zu leben. Im selben Bett zu schlafen und all das. Wie mochten ihre Brüste aussehen? Das ist überraschend wichtig. Man macht sich so allerlei Gedanken, während eine Kaffeetasse gefüllt wird.

Vielleicht würde unser Zusammenleben sogar funktionieren. Womöglich wären wir wie füreinander geschaffen. Ich nahm außer dem Kaffee noch belegte Brötchen für Janne und mich und eine Streuselschnecke. Ich lächelte die Frau an, und sie lächelte zurück.

»Sonst noch etwas?«

Mir fiel alles Mögliche ein, aber ich sagte es nicht. Ihrem Ring nach zu schließen, war sie verheiratet. Ich bin es nie gewesen, anders als Janne. Aber auch seine Verbindung hielt nicht. Schade, denn Elli ist eine tolle Frau. Ich mag sie sehr. Ich hätte sie nie so behandelt wie Janne.

Ich begegnete Elli zum ersten Mal, als Janne sie als seine neue Freundin zu Weihnachten mitbrachte, obwohl beide noch gar nicht so lange zusammen waren, dass Anlass bestanden hätte, sie zum Familienfest einzuladen.

Elli war damals zwanzig, es ist also fünfzehn Jahre her. Unsere Mutter hatte eine Menge Geschenke für sie besorgt, um zu verhindern, dass alle anderen Päckchen öffnen konnten und sie nicht. Das Gegenteil geschah, und ich erinnere mich, wie peinlich ihr die Situation war. Ich mochte sie sofort, ein schönes Mädchen und auf angenehme Art offen. Im Jahr darauf waren die beiden dann schon verheiratet. Aber es hielt nicht. Ich vermute, dass Janne nicht zum Ehemann taugte. Er malt zu viel am Himmel herum, und das ist eine Arbeit, die nie fertig wird. Sie versetzt das Leben gleichsam in einen Zustand ständiger Unsicherheit. Arbeitstage müssen so gestaltet sein, dass sie einen Anfang und ein Ende haben – das gibt einem im Alltag das Gefühl, dass es vorwärtsgeht. Man erringt kleine Siege, der Schlussbericht eines Projekts, ein paar Meter fertiger Zaun, an den man sich lehnen kann. Das Problem des Himmelsmalers ist, dass er nie weiß, ob sein Geld für immer neue Farbdosen reicht.

Dennoch waren sie immerhin gut zehn Jahre miteinander verheiratet. Kinder bekamen sie nicht. In der Endphase ihrer Ehe spürte ich, dass Elli unglücklich war. Das ist jetzt vier Jahre her. Ich vermutete, dass Janne dahintersteckte, war aber nicht wirklich imstande, sie zu trösten. Doch ich suchte immer öfter nach Anlässen, sie zu sehen. Und auf diese Weise, nach und nach, wurden wir miteinander vertraut. Janne war häufig abwesend; damals arbeitete er noch auf dem Bau und war mit einer Zimmermannstruppe im ganzen Land unterwegs. Ich erfand allerlei Vorwände, um Elli zu treffen. Sie war oft tagsüber zu Hause, da sie im Schichtdienst arbeitete. Sie baute Handys zusammen, als die noch in Finnland zusammengebaut wurden.

Ich benötigte häufig Werkzeug von Janne oder hatte irgendein anderes Anliegen. Elli kochte Kaffee, und wir saßen und unterhielten uns. Richtig verzweifelt war sie wohl letztlich nicht, bei unseren Begegnungen wirkte sie fröhlich und ganz normal, überhaupt nicht wie jemand, dessen Leben von einem Beziehungsproblem überschattet wird. Andererseits war sie stark und auch zungenfertig, sprach aus, was sie dachte, und ließ sich nicht unterbuttern. Sie war keine Frau, die sich abschieben ließ, auch wenn Janne lange Zeit ihr wunder Punkt war.

Elli roch gut. Einmal fragte ich sie, welches Parfüm sie benutzt. Sie streckte die Hand aus und ließ mich daran riechen. Den Moment werde ich nie vergessen, auch wenn ich mich an den Namen des Parfüms gar nicht mehr erinnern kann.

Ein Mann vergisst so etwas, und das führt an Geburtstagen und Weihnachten zu Problemen. Geschenke zu kaufen ist schwierig, gute Geschenke jedenfalls. Geschenke sollen persönlich sein, und gerade das macht die Sache heikel. Geschenke sind Firlefanz. Sie sind wie Frauen beim Abendspaziergang. Ein Geschenk verrät aber auch etwas über die Zuneigung des Gebers, und vor allem verrät es, ob man den anderen kennt und ob man ihm zugehört hat. Mit Geld kann man natürlich die Mängel ausgleichen. Ein teures Geschenk ist eine Botschaft, auch wenn das Geschenk selbst nicht das richtige sein sollte. Ehepartner können eine Quittung beilegen, sodass der Empfänger das Geschenk am nächsten Tag gegen ein besseres umtauschen kann. Dem oder der Frischverliebten bleibt nichts anderes übrig, als die Zähne zusammenzubeißen und das Geschenk — Schmuck oder ein Kleidungsstück — wenigstens ein paarmal zu benutzen.

Meine Aufmerksamkeit wurde von einer Feldland-
schaft in der Kunstausstellung des Motels gefesselt. Das tief
einfallende Licht beleuchtete das Bild, und ich glaubte
ringsum Bewegung zu sehen, so, als würde dort eine Fliege herumschwirren. Scheißgeschmack, fand ich. Es wäre
schrecklich, so ein Bild geschenkt zu bekommen.

Männer schenken einander nichts, und wenn, dann
eine Flasche Kognak. Das ist eine gute und klare Rege-
lung. Janne und ich hatten uns mal über die gegenteilige
Situation unterhalten, nämlich über das scheußlichste
Geschenk, das wir uns gegenseitig machen könnten. Er
schlug mir als Geschenk einen kunstvoll gemalten Akt
von sich vor.

Den bekam ich dann nicht, aber er fand ein anderes,
fast ebenso scheußliches Geschenk. Jalmari besaß eine aus
hellem Holz geschnitzte Kuckucksuhr, die so voller
Schnörkel und Zierrat war, dass die St. Petersburger Ere-
mitage daneben verblasste. Die Uhr wog zwanzig Kilo,
und ich hatte den Eindruck, dass der Kuckuck jedes Mal,
wenn er herauskam, aus purer Scham zu singen anfing,
weil womöglich jemand denken könnte, er hätte sich dieses Nest selber gebaut. Allerdings baut sich ein Kuckuck ja
gar kein Nest.

Es war Janne irgendwie gelungen, sich besagte Uhr aus
Jalmaris Nachlass zu besorgen. So klopfte er denn vor einiger Zeit, genauer gesagt am Morgen meines dreiundvier-
zigsten Geburtstags, an meine Tür und hielt mir ein großes, hübsch verpacktes Geschenk und eine Tüte Croissants
entgegen. Ich war noch im Halbschlaf und grenzenlos er-

staunt, denn wir pflegen uns nicht zu den Geburtstagen zu gratulieren. Ich bat ihn herein und kochte Kaffee. Janne forderte mich auf, das Geschenk auszupacken. Ich war gespannt und voller Vorfreude, denn es war lange her, seit mir zuletzt jemand etwas geschenkt hatte.

Jedes Mal, wenn ich das Ungetüm sehe, das jetzt in einem Fach meines Kleiderschrankes liegt, begreife ich, dass Geschmack die höchste Form der Aristokratie ist: Adel bedeutet Stilgefühl und umgekehrt. Unsere Großmutter hätte alle Voraussetzungen dazu gehabt, denn ihre Familie war im neunzehnten Jahrhundert aus Lettland gekommen, und Großmutter besaß noch mehrere schöne antike Möbel, die Jalmari allerdings – bis auf eines – wegwarf, weil sie seiner Meinung nach alt waren und knarrten.

Das eine besagte Stück war ein edler Nussbaumtisch aus den Achtzehnhundertvierzigerjahren. Jalmari stellte ihn auf den Balkon, wo er Wind und Wetter ausgesetzt war. Anstelle der alten, knarrenden schafften sich Jalmari und Großmutter – sie hatte mit daran Schuld, da sie es nicht verhinderte – neue Möbel von Asko an. So verdammt hässlich, dass die Leute, die sie entworfen und verkauft hatten, vor dem Möbelgeschäft in den Stock gelegt werden müssten.

Als ich Janne gegenüber beklagte, dass unser Erbe nunmehr Asko hieß, sagte er darauf nur, dass das Alter der Dinge keine Rolle spielt. Ein hässlicher knarrender Tisch bleibt ein hässlicher knarrender Tisch, auch wenn er einst Napoleon gehört hat. Ich verwies darauf, dass die Dinge auch eine Generationsdimension hatten. Ein Tisch, an dem die lettische Urgroßmutter gesessen, durchs Fenster auf den Marktplatz geschaut und dabei überlegt hat, ob sie zum Mittagessen ein Huhn besorgen soll, erzählt eine ganze Familiengeschichte, und Geschichten darf man nicht dem Regen überlassen.

Vielleicht gerade aufgrund dieses Gesprächs brachte mir Janne jenes Stück Familiengeschichte, aus dem zu jeder vollen Stunde ein Kuckuck herausspringt. Beim nächsten Weihnachtsfest kriegt er sie von mir zurück. Ich habe mir gedacht, dass es eine nette Überraschung sein könnte, für Elli ebenfalls etwas zu besorgen. Geschenke, die man nicht erwartet hat, machen einem die größte Freude.

Janne erschien und registrierte beifällig den Kaffee: Milch, kein Zucker.

»Gut aussehende Verkäuferin.«

»Ach ja?«, entgegnete ich und blickte hoch. »Ist mir gar nicht aufgefallen.«

»Ist es doch. Du hast ein zwanghaftes Verhältnis zu Frauen.«

»Wer hat hier ein zwanghaftes Verhältnis zu Frauen?«, schnaubte ich. »Du hast doch an jedem Finger eine. Wo ist Jalmari?«

»Nicht die Frauen verursachen die Zwanghaftigkeit, sondern ihr Mangel«, sagte Janne und blickte nachdenklich um sich.

»Jalmari ist noch auf dem Klo. In dem Alter dauert so ein Klobesuch.«

Er biss lustlos von seinem Brötchen ab. Janne hatte das Prinzip, Essen und Trinken säuberlich zu trennen. Wenn er trank, aß er nicht, denn das störte ihn irgendwie beim Trinken. Aus diesem Grunde war er auch knabenhaft schlank geblieben. Ich selbst trinke kaum, was man an meiner Taille unschwer erkennen kann.

Janne stand auf, um Jalmari zu holen. Ich hatte den Verdacht, dass wir ihn noch vor Lahti endgültig verlieren würden. Doch was würde das letztlich ausmachen? Die Menschen leisten einem Toten Dienste, weil sie in ihm sich selbst und ihr eigenes Schicksal sehen; dabei tröstet sie der Gedanke, dass die, die zurückbleiben, sich kümmern und für ein Begräbnis sorgen und den Toten nicht auf der Toilette vergessen.

Zumindest dann, wenn sie mit dem Geld des Verstorbenen herrschaftlich leben wollen.

Ich griff nach Jannes Brötchen und aß es auf, da es ihm nicht zu schmecken schien. Dabei überlegte ich, was ich mit dem Erbe machen würde. Falls es wirklich eine Million war, so würde man dafür schon allerlei bekommen. Vielleicht könnte ich das Geld mit jemandem teilen? Mir kam da eine besondere Idee, die eigentlich nicht neu war, die ich aber vorher nicht zu Ende zu denken gewagt hatte: Sollte ich es mit Elli teilen? Das wäre mal ein Weihnachtsgeschenk! Wir könnten zusammen verreisen. Bei der Summe könnte man auch schon mal die Arbeit schwänzen. Allein von den Zinsen könnte man einigermaßen gut leben.

Für mich war diese Rechnerei ein Klacks, denn als Versicherungsmathematiker obliegt es mir nun mal, Prozente und Wahrscheinlichkeiten so gut zu berechnen, dass wir im Endergebnis *leider nicht zahlen*. Das ist nicht mal besonders schwer, denn die Leute sind einfach unfähig, Prozentrechnungen zu verstehen. Wenn in der Versicherungspolice steht, dass im Entschädigungsfall beim Preis des Ölkessels aufgrund des Verschleißes jährlich zehn Prozent Abzug zu Buche schlagen, denken die Leute, dass, wenn der Kessel nach einem Jahrzehnt kaputtgeht, die Versicherung einen neuen zahlt, von dessen Preis zehn Prozent abgezogen werden. Und die wenigsten lesen sich überhaupt die Versicherungsbedingungen durch. Laut Janne war es auch nicht die Mühe wert, denn dort steht immer dasselbe: Wir kommen für sämtliche Schäden auf, mit Ausnahme derer, die eintreten.

Ich hätte nichts dagegen, meine Arbeit wenigstens für eine Weile ruhen zu lassen.

Im Handy hatte ich Ellis Nummer gespeichert. Ich hatte ihr ab und zu Nachrichten geschickt und auch Antworten erhalten. Sie wusste, dass Jalmari tot war und dass wir zur Nachlassaufstellung fahren würden. Allerdings hatten wir uns nach ihrer Scheidung nur ein einziges Mal getroffen. Zufällig, in der Stadt. Ich sah sie schon von Weitem. Sie sah gut aus. Genau wie immer. Schick. Ich kann nicht sagen, worin dieser Schick lag, sie strahlte einfach aus, dass sie wusste, was ihr gefiel und was ihr stand. Sie versuchte nie zu viel, und entscheidend waren auch nicht teure Kleidung und stundenlanges Zurechtmachen, ehe sie auf die Straße trat. Sie war einfach eine Frau, die es verstand, die Welt sich und ihren Bedürfnissen anzupassen.

Als ich Elli entdeckte, sorgte ich dafür, dass ich sie nicht aus den Augen verlor. Ich blieb stehen, sodass sie auf jeden

Fall sehen musste, wer da am Ende des Bürgersteigs wartete. Sie sah mich an und lächelte. Ich umarmte sie, und sie ließ es geschehen.

Wir unterhielten uns eine Weile über dies und das, und ich schlug vor, Kaffee trinken zu gehen. Sie hatte es nicht eilig, sodass sie einwilligte. Ich hielt ihr die Tür auf und beobachtete, wie sie eintrat. Sie hatte eine wohlproportionierte Figur, ich benutzte im Stillen den Ausdruck »guter Arsch«.

Ellis und Jannes Scheidung war damals noch nicht lange her, aber bei Elli schien, angesichts der Umstände, alles so weit in Ordnung zu sein. Eine Scheidung ist nie einfach, auch wenn sie noch so einvernehmlich ist. Ich habe auf der Arbeit häufig erlebt, dass eine Frau die Scheidung anfangs schwerer nimmt und sich bei ihren Freundinnen ausheult, während der Mann in Bars rennt und abfeiert, als wäre er wieder ein Teenager. Wenn dann eine Weile vergangen ist und die Frauen ihre Tränen geweint haben, lassen sie den Kummer hinter sich und leben ihr Leben, aber die Männer merken auf einmal, dass die Wohnung ziemlich leer ist, wenn sie aus der Bar nach Hause kommen.

Als der Latte ausgetrunken war, fragte ich, ob wir uns gelegentlich mal treffen wollten. Elli sagte, sie würde mich anrufen, wenn sie Begleitung fürs Kino braucht. Sie rief nicht an, aber eines Abends bekam ich eine SMS, in der sie den neuen Woody Allen lobte, den sie sich gerade angesehen hatte. Ich antwortete, dass ich den Film nicht gesehen hatte, dass ich aber mit ihr einer Meinung war. Ich fühlte mich lange Zeit viel leichter, wenn ich an die SMS dachte.

Wenn ich es versucht hätte, hätte ich vielleicht sogar fliegen können. Es ist seltsam, wie unterschiedlich dieselbe Welt sein kann: Für den Deprimierten ist alles grau, dem Hoffnungsvollen hingegen reicht keine Farbpalette. Und die eine trennt von der anderen Seite häufig nur ein einziger Satz.

Ich beobachtete von meinem Platz aus, wie Janne mit Jalmari unter dem Arm ankam. Für einen kurzen Moment bedauerte ich, dass er existierte. Ohne Janne könnte ich bei Elli wohl eher landen, und auch das Erbe fiele doppelt so hoch aus. Andererseits musste ich ja zufrieden sein, dass wir nicht noch mehr Geschwister waren. Dividieren ist elend. Zwei Millionen geteilt durch zwei ist eine Million. Wenn man die Summe durch zehn teilt, sind Enttäuschung und Bitterkeit das Ergebnis. Ich dachte an Sanna und fühlte mich schuldig.

Janne stellte Jalmari auf dem Stuhl ab und steuerte die Theke an. Ich konnte nicht hören, was er sagte, aber seine Körpersprache verriet, dass er keine Bonbons kaufte. Janne hat schöne Augen, die Augen unserer Mutter, tiefblau. Zusammen mit seinem dunklen, dichten Haar bilden sie eine Kombination, mit der er im Allgemeinen weit kommt. Gut reden kann er auch. Er weiß das Richtige zu sagen und an der richtigen Stelle zu lachen. Er ist ein Mann, der nicht behauptet, die Welt zu beherrschen, aber zu verstehen gibt, dass, wenn denn einer die Welt beherrscht, dies auf jeden Fall eine Welt ohne ihn ist. Er ist sein eigener Herr und denkt über die Welt so, wie er es für richtig hält.

Das stimmt natürlich nicht ganz, aber die Frauen können das nicht wissen, ehe es zu spät ist und der Slip auf dem Fußboden liegt.

Janne gestikulierte an der Theke, zeigte auf die Urne und nahm beim Erzählen die Hände zu Hilfe. Ich musste an ein Lied denken, das ich immer gemocht habe und in dem es um die Frage geht, warum sich die Frauen stets in Strolche verlieben und wo wir braven Männer bleiben. Ich weiß die Antwort: Sex ist bei uns seltener, ein bisschen so wie die Herztöne beim Elefanten.

Ich beschloss, Elli eine Nachricht zu schicken.

8

»*Haben wir es denn* eilig? War die Fahrt nicht dazu gedacht, auf Jalmaris Spuren zu wandeln?«, fragte Janne. Er wollte zum Tanz dableiben.

»Jalmari wohnte nicht im Motel.«

»Jalmari tat überhaupt nichts anderes. Für ihn war jede Wohnung ein Motel, die Haltestelle für eine Nacht oder für zwei Monate«, beharrte Janne. »Jalmari war ein Reisender. Motels sind für die Reisenden da.«

Ich fand seine Einstellung falsch. Kaum waren wir gestartet, sollten wir schon haltmachen. Es war, als hätte ich Klein-Janne im Schlepptau, der immer im Auto quengelte: Wann sind wir da, sind wir schon da? Fehlte nur noch, dass er sich erbrach oder einen Schreikrampf bekam, so wie einst.

Sinn der Fahrt war eine Ehrenbezeugung für Jalmari, kein bierseliger Inlandstourismus. Die Orte auf den amtlichen Bescheinigungen bildeten eine Karte, der es zu folgen galt. Es handelte sich um eine Pilgerfahrt. Das versuchte ich Janne zu erklären, aber er verstand es nicht.

»Pilgerfahrt, my ass. Lass uns Spaß haben! Geld ist genug da, das garantiere ich.«

Ich blickte mich um. Rings um das Motel wuchs Niedrigwald, der fast ebenso öde aussah wie die Autobahn, die vorbeiführte. Zwischen den Steinplatten des Vorplatzes wuchs Unkraut, und die Werbeaufkleber an den Fenstern waren verblasst. Dass wir keine Zimmer bekämen, war leider nicht anzunehmen. Wir bekämen sie für einen unbegrenzten Zeitraum.

»Du bezahlst, oder?«

»Ja, ich bezahle.«

»Die Frauen besorgst du auch.«

»Das macht jeder selber.«

Wir holten unser Gepäck aus dem Auto und kehrten wieder ins Motel zurück. Die Cafébetreiberin war gleichzeitig auch Motelchefin und Putzfrau.

»Gibt es hier Zimmer für uns?«, fragte Janne.

Sie sah uns ein wenig überrascht an.

»Ihr seid gar nicht abgefahren?«

»Wir dachten, wir bleiben noch zum Tanz hier«, sagte Janne und zwinkerte ihr zu. »Wenn du gestattest.«

Es gab Zimmer, natürlich. Die junge Frau überzeugte sich jedoch im Computer, so, als wäre es nicht selbstverständlich. Sie gab uns die Schlüssel und beschrieb uns den Weg.

Ich sagte mir, dass das Ganze ein Fehler war. Aber nun war es einmal geschehen. Ich lächelte die junge Frau an und versuchte eine Bemerkung zu machen, aber mir fiel nichts ein. »Wenn du gestattest«, hatte Janne gesagt. Das war eine Anspielung auf den Tanz. Der wiederum verhieß Spaß und noch viel mehr. Die Welt ist in diesem Sinne schrecklich einfach, obwohl es dann am Ende immer irgendeinen Störfaktor gibt, eine kleine Unwägbarkeit, die alles kippt und ins Gegenteil verkehrt, ein bisschen so, wie es der Spiegel mit dem Licht macht, und man landet am Ende allein zu Hause.

Die Zimmer befanden sich an der Giebelwand des Hauses, man musste außen herumgehen. Der Rasen war gemäht, aber sonst sah der Vorplatz traurig aus. Der Bodenfrost hatte dem Pflaster arg zugesetzt, in den Ritzen zwischen den Betonplatten wuchsen Büschel von Unkraut, am Fensterholz blätterte die Farbe ab, und insgesamt wirkte das ganze Anwesen wie eine alte Illustrierte, die man zwischen den Wandbalken findet: an sich heil und auch lesbar, aber aus der falschen Welt.

Das Zimmer war schlicht, aber sauber. Ein hölzernes Einzelbett mit einer passablen Matratze. Der Nachtschlaf war garantiert, falls die Frauennummer nicht klappen sollte, und sollte sie wiederum klappen, würden Dauer und Qualität des Schlafes keine Rolle spielen.

Jalmari war bei mir gelandet, weil Janne ihn einfach auf dem Autodach hatte stehen lassen, und ich hatte ihn gerettet. Ich stellte die Urne auf den alten Schreibtisch neben den noch älteren Fernseher und konnte dabei Jalmaris Empörung fast hören. Nie und nimmer hätte er solch ein Gerät ertragen. Der Fernseher und das Auto sagten seiner Meinung nach aus, welchen Charakter ein Mensch besaß und wie seine Stellung in der Gesellschaft war. Deshalb musste in die Anschaffung beider möglichst viel Zeit und Geld investiert werden. Die Größe des Fernsehers verhielt sich proportional zur Größe der Männlichkeit, und das Auto wiederum sagte sonst einfach alles über einen Menschen aus.

Jalmari rief mich eines Tages an und sagte, dass er sich einen neuen Fernseher anschaffen wolle, so einen, der platt sei wie eine Flunder. Er hatte die entsprechende Werbung in der Zeitung gesehen. Ich wusste, dass es am einfachsten wäre, mit ihm zusammen den Kauf zu tätigen, und so bot ich an, sofort zu ihm zu kommen. Er wollte aber erst am nächsten Tag losgehen, denn als alter Mensch musste man sich auf solche Ereignisse einen ganzen Tag lang vorbereiten. Man musste vorkosten, sonst war man innerlich nicht bereit. Das erklärt auch, warum alte Leute nicht an Langeweile sterben, obwohl in ihrem Leben überhaupt nichts passiert. Denn das ist nämlich doch der Fall, ständig warten große Ereignisse wie Postholen, Einkaufen, allerlei, das man planen und bedenken muss, und zwar lange vorher. Dass man alt ist, kann man daran erkennen, dass man, wenn man verschüttete Milch auf dem Tisch oder im Flur sieht, sie nicht wegwischt, sondern darüber nachdenkt, wo sie wohl herkommt.

Als ich eintraf, um Jalmari zum Gerätekauf abzuholen, wartete er vor dem Haus. Er wartete schon ziemlich lange, obwohl ich früh dran war; ich vermutete, dass er seit sechs Uhr morgens startklar war. Ich fragte ihn, welches Geschäft die Geräte anbot, aber er hatte nur noch die Farbe der Werbung in Erinnerung, nämlich Grün. Diese Farbe verwendete meines Wissens nur ein einziger Anbieter von Heimelektronik, und so wählte ich die entsprechende Richtung. Als das Auto anfuhr, blickte Jalmari so ruhig und gelassen wie selten. Er bat mich, nicht schnell zu fahren. Er genoss es, im Auto kutschiert zu werden.

Auch das spannendste Abenteuer endet einmal, und so bog ich von der Straße ab und stoppte vor dem Heimelektronikmarkt. Ich half Jalmari beim Aussteigen, und wir traten ein. Zwei Wände waren voller Fernseher, einer schmucker als der andere. Jalmari starrte sie an. In jedem Gerät schwenkte dieselbe schöne Frau ihre Hüften und sang »Uu Babe«. Da standen sich Aug in Auge zwei so unterschiedliche Welten gegenüber, dass man eine Vorstellung davon bekam, wie es wäre, wenn hier mal ein Ufo landen würde. Jalmari sah die Frau ungläubig an, aber Geschäft war Geschäft. Heute werden keine Fernseher mehr verkauft, in denen der Märchenonkel auftritt.

Jalmari entdeckte in einer Ecke ein Schild, auf dem ein Heimkino angepriesen wurde. Ein 50-Zoll-Fernseher mit hochwertigem Lautsprechersystem. »Tonqualität auf Kinoniveau«, hieß es in der Werbung. Dieses Gerät wollte Jalmari haben. Ich versuchte ihm zu erklären, dass er ja praktisch kaum Fernsehen schaute und wenn, dann höchstens die Hauptnachrichten, insofern war ein Heimkino überdimensioniert.

Er entgegnete, dass man damit prima Fußball gucken könnte, und ich könnte dann auch gucken kommen. Nie im Leben hätte ich das getan. Das wäre dann so abgelaufen, dass er ständig dazwischengefunkt und sich irgendwelche Aufgaben ausgedacht hätte, die dringend erledigt werden mussten und die nicht warten konnten. So wie auch jene Aufgaben nicht warten konnten, zu denen er 1943 ausgeschickt wurde; Jalmaris Postkartensammlung enthielt nur Karten von Kriegsveteranen.

Ein Verkäufer erschien. Jalmari sagte ihm, was er wünschte. Auch der Verkäufer versuchte ihm abzuraten, aber vergeblich. Ich hob die Hände und gab auf. In letzter Konsequenz würde das Gerät dann wohl an mich fallen. Jedenfalls nicht an Janne. Ich war derjenige, der sich all die Mühe machte und im besten Falle Gleichgültigkeit erntete. Aber jeder hat sein Kreuz zu tragen, dachte ich märtyrerhaft und überlegte, welches Seherlebnis das Gerät in meinem Wohnzimmer wohl bieten würde. Ich mag anspruchsvolle, künstlerische Filme, schaue sie mir aber nicht mehr an, weil sie zu viel Aufmerksamkeit fordern. Als junger Theologiestudent schaute ich viel Bergman, Tarkowski und dergleichen. Das passte zu meinem, wie ich damals dachte, tiefsinnigen Gemüt. Als ich dann zur Mathematik wechselte und nachher meinen Beruf ausübte, traten an die Stelle der anspruchsvollen Filme mit ihrer dunklen Schwermut andere, in denen Motoren und Gewehre knatterten. Ich glaube, es kam daher, dass man als Student nicht denken musste, sodass überschüssige Gehirnkapazität frei war, die man zum Beispiel in künstlerische Filme lenken konnte. Jetzt, da man im Arbeitsleben steht und fortwährend mit schwierigen Dingen zu kämpfen hat, will man abends nur entspannen.

Jalmari tätigte mit großer Geste den Kauf und zückte seine Brieftasche wie ein gewiefter Pferdehändler. Er zog ein Bündel Hunderterscheine heraus und blätterte sie auf den Tisch, der Verkäufer sollte im richtigen Moment Stopp sagen. Es zeigte sich jedoch, dass das Geld nicht reichte, auch wenn er der Summe beachtlich nahe kam – nur war die Heimkinoanlage eben sehr teuer. Ein paar Hunderter fehlten, aber Jalmari blieb cool, beklagte ein bisschen seine Armut und holte die Kreditkarte hervor. Im Ergebnis schmückte ein prachtvolles Heimkino Jalmaris Wohnzimmer. Die Lautsprecher waren im ganzen Raum verteilt, und in der Ecke prangte der Bildschirm, hoch aufragend wie eine karelische Kiefer. Links daneben stand ein Arrangement aus Kunstblumen, rechts eine Stehlampe, die ebenfalls einer Blume nachempfunden war, vielleicht einer Glockenblume oder so, jede Lampe ähnelt letztlich einer Glocke.

Janne war einmal da gewesen, um sich den Superbowl oder »amerikanischen Fußball« anzusehen, wie Jalmari es nannte. Sie waren die ganze Nacht aufgeblieben und hatten Chips gegessen und Limo getrunken. Jalmaris Mannschaft hatte gewonnen, dabei begriff er nicht mal die Spielregeln. Ich selbst habe in dem Gerät nie auch nur die Nachrichten gesehen, denn die Anlage ging mit in den Nachlass ein, ehe ich sie mir unter den Nagel reißen konnte.

Ich ließ die Urne trotz Jalmaris eventueller Proteste neben dem Röhrenfernseher stehen, ging über den Flur zu Jannes Zimmer und klopfte an. Er reagierte nicht, aber die Tür war offen. Ich hörte, dass er duschte. Sein Flachmann stand auf dem Tisch. Ich sagte mir, da wir extra geblieben waren, um zu feiern, könnte ich mich schon mal einstimmen, und nahm einen Schluck. Zu meinem großen Erstaunen war es Saft. Erdbeersaft.

9

Janne blieb lange in der Dusche. Vielleicht kompensierte er auf diese Weise, dass er während seiner ganzen Kindheit so schmutzig gewesen war. Natürlich begriff ich bereits als Kind, dass er, weil er jünger war als ich, weniger fähig war, für seine Sauberkeit zu sorgen, aber trotzdem. Von einem Dreijährigen kann man durchaus schon gewisse Manieren erwarten. Unsere Mutter fand das nur lustig und machte später ihre Scherze darüber. Sie behauptete, seine Schmuddeligkeit rühre daher, dass sich an seiner Mundschleimhaut Proteine bildeten, die von den Blutkörperchen nach außen auf die Wangen transportiert wurden und dort zu Schokoladeneis, Spaghettisoße und Ähnlichem mutierten. Wie auch immer, Janne brachte es fertig, mit einem einzigen Stück Schokolade ein ganzes Zimmer zu beschmieren. Ich weiß nicht recht, warum, aber jedenfalls ängstigte mich das als Kind. Ich glaube nicht, dass viele Kinder über so etwas nachdenken, aber ich selbst war sehr bedacht auf Sauberkeit.

Janne kam aus der Dusche und erschrak ein wenig, als er mich sah. Er stellte sich vor den Spiegel und sprühte sich mit Deodorant ein. Reichte schließlich auch mir die Dose. In seinen Augen blitzte ein Lachen auf, wieder eine dieser

Brudergeschichten. Janne hatte ein gutes Gedächtnis, und jetzt erinnerte er sich an mein erstes Deodorant, das ich bekam, als ich in der sechsten Klasse war. Ich drückte so energisch auf den Sprühknopf, dass das Druckgas gleich verbraucht war. Woher sollte ich denn wissen, was die richtige Dosierung war?

Zu dem Saft sagte ich nichts, aber ich beschloss, Jannes Trinkgewohnheiten zu beobachten. Erdbeersaft ist keine Lösung für einen normalen Menschen.

»Weißt du noch, wie du mich gebeten hast, zu Alko zu gehen?«, fragte ich. »Damals, als ich achtzehn geworden war?«

Janne kämmte sich und lachte:

»Sechs Flaschen Gin!«

»Eine ziemlich üppige Bestellung«, sagte ich. Später stellte sich dann heraus, dass er sechs Flaschen Gin-Longdrink gemeint hatte, ihn hatte nur verwirrt, dass außen an der Flasche »Gin« stand.

»Heute fließt die gleiche Menge und noch mehr.«

»Wollten wir nicht tanzen?«, fragte ich.

»Nein, Frauen aufreißen.«

Janne nahm einen Schluck aus seinem Flachmann.

»So kommen wir der Sache näher«, sagte er grinsend.

Ich setzte mich auf sein Bett und dachte darüber nach, wie seltsam das Leben doch ist, es basiert auf allerlei Lügen, die man den anderen und sich selbst erzählt, bis man sie am Ende tatsächlich glaubt. Janne hatte sein Haar gestylt, lächelte seinem Spiegelbild zu und zog sich an. Er ist ein gut aussehender Bursche, sehnig und muskulös, dabei schlank. Mutters Augen, Vaters Körperbau. Bei mir ist es umgekehrt, und ich kann außerdem nicht mal tanzen.

Ich schlug vor, in die Bar zu gehen. Sie war eigentlich Teil des Cafés, aber durch Teppichboden und zwei Sessel als Ausschankbereich gekennzeichnet. Schnapstrinken ist immer ein bisschen vornehmer als Kaffeeschlürfen, daher der Teppichboden.

»Nimm Jalmari mit«, sagte Janne.

»Mach ich nicht.«

»Oh doch«, beharrte er. »Gib den Schlüssel her, ich hole ihn.«

Ich folgte ihm und sah zu, wie er sich die Urne unter den Arm klemmte, dann steuerte er auf das Restaurant zu. Das Café war in meinen Gedanken schon zum Restaurant mutiert, so wie es mit den Dingen im unmittelbaren Umfeld zu geschehen pflegt: Sie werden größer, als sie sind. Als unsere Familie seinerzeit in einem Mehrfamilienhaus wohnte, verwendete unsere Mutter dafür ständig den Ausdruck Steinhaus, obwohl die Betonelemente nie einen Stein gesehen hatten.

Es war früher Abend. Ich hatte ein Bier vor mir stehen, Janne Orangensaft und Wodka, so jedenfalls schien es. Nach dem Erdbeersaft war ich mir nicht mehr so sicher. Ich fragte, ob ich kosten dürfe, Janne sah mich erstaunt an:

»Du wirst doch wohl wissen, wie das Zeug schmeckt! Wenn nicht, da ist die Theke.«

Ich beließ es dabei und trank aus meinem Glas. Das Bier schmeckte schal, aber der Trick beim Bier ist der, dass es selbst dann noch gut schmeckt, wenn es eigentlich nicht mehr schmeckt. Eine Weile sprach keiner von uns ein Wort. Nach dem ersten Schluck gehört es sich, eine Pause einzulegen, ein bisschen so wie in der Sauna, wenn ein Aufguss gemacht wird. Ein kleiner Moment des Innehaltens, in dem man darüber nachdenkt, was für ein Mensch man eigentlich ist.

Ich habe mich immer für einen einigermaßen guten Menschen gehalten. Zum Beispiel versuchte ich Jalmari beizustehen, als er sonst niemanden hatte, aber er war ein schwieriger Mensch. Doch kann man ihm das überhaupt anlasten angesichts seines Hintergrundes?

Als er mit zehn Jahren sein Elternhaus verließ, machte er sich auf den Weg in die Stadt. Ärmlich ausgestattet, im Rucksack nur Brot und einen Pullover. Als ich meine Verwunderung darüber äußerte, dass man einen Zehnjährigen allein losziehen ließ, winkte Jalmari nur verächtlich ab und sagte, dass er älter ausgesehen habe. Ich weiß noch, dass ich daraufhin, mit Blick auf sein runzeliges Gesicht, bei mir dachte: Wenn er jetzt, im Alter, wie zweihundert wirkt, ist es gut möglich, dass man ihn mit zehn für einen Dreißigjährigen hielt.

Außerdem war die Welt Ende der Zwanzigerjahre ohnehin aus den Fugen. Die Städte sogen Leute vom Lande auf, und kein Mensch hatte Zeit, Buch zu führen über all die Bälger, die die Landstraße brachte. Der Volksaufstand war zehn Jahre her, also lange genug, um nicht mehr ganz so präsent zu sein. Vergessen war er natürlich nicht, aber man wurde nicht mehr ständig mit der Nasenspitze darauf gestoßen. Außerdem lag für einen Zehnjährigen der Krieg

75

ebenso lange zurück wie die Erschaffung der Welt, und in dem Alter denkt man über solche Dinge sowieso nicht nach. Auch nicht über die große Wirtschaftskrise, die von Amerika aus schon mindestens bis in den Turkuer Hafen vorgedrungen war. Jalmari beschäftigte sich nur damit, woher er etwas zu essen und einen Schlafplatz bekäme. Ihm war schnell klar, dass er, sollte der Landpolizeikommissar seine helfende Hand nach ihm ausstrecken, er auf Nimmerwiedersehen verschwinden würde. Das Misstrauen gegenüber dem Staat hatte er sich wahrscheinlich an jenem Massengrab eingehandelt, es war über den Blutkreislauf seiner Mutter in ihn eingedrungen und nistete seither in ihm wie ein Bandwurm.

Vielleicht war das Misstrauen sogar von Vorteil, denn Jalmari gelang es, sich das staatliche Armenhaus zu ersparen. Er bekam die Möglichkeit, als Gehilfe in einem Geschäft zu arbeiten, das die Witwe eines im Krieg gefallenen Jägers führte. Sie hatte Mitleid mit dem Jungen, und sie merkte schnell, dass er geschickte Hände hatte, dass er lesen und vor allem mit Zahlen umgehen konnte. Und weil er ein Kind war, war auch die Bezahlung eher zweitrangig, Hauptsache, man gab ihm Brot und einen Platz zum Schlafen.

Jalmari sprach nicht viel über jene Zeit, und so nehme ich an, dass damals alles weitgehend in Ordnung war. Im Allgemeinen erinnerte er sich nämlich nicht an positive Dinge. Andere Ereignisse hatten sich ihm besser eingeprägt. Missgeschicke, böse Worte, erlittenes Unrecht. Glück ist etwas, was mindestens zu gleichen Teilen aus selektiven Erinnerungen und aktuellen Erfahrungen besteht. Als ich klein war, dachte ich viel über den Röntgenblick des Ironman nach, der alles durchdringen konnte, außer Blei. Jetzt, als Erwachsener, kommt es mir vor, als hätte jeder Mensch eine Art Röntgenblick. Zwar sind wir nicht in der Lage, durch die Objekte, die wir betrachten, hindurchzusehen, doch reflektieren sie die Wärme oder Kälte unseres Blickes und damit auch, in welchem Licht oder Schatten wir die Welt sehen. Glücklich ist der, dessen Blick so warm und strahlend ist wie die Sonne. Janne hat so einen Blick – zumindest für die Frauen –, aber als Kind war er negativ wie der Nordpol und verdarb mir oft das Leben. Noch als Erwachsener klammerte er sich an Mutter und bekam Geld von ihr. Eine Gemeinheit, aber eigentlich will ich gar nicht mehr daran denken.

Mit der Erinnerung ist es auch so eine Sache: Man denkt oft, dass schöne Tage, die sich tief ins Gedächtnis eingegraben haben, glücklich waren. Aber ist es nicht ebenso möglich, dass auch solche Tage glücklich waren, an die man sich nicht erinnert? Ist man nicht gerade dann glücklich oder zumindest zu beschäftigt gewesen, um zu registrieren, dass das Leben von allein lief, dass man es nicht hinter sich herschleppen oder anschieben musste wie ein Auto mit abgesoffenem Motor? Man erinnert sich vielleicht deshalb nicht an jeden einzelnen, weil es so viele von diesen Tagen gab und sie keine Ausnahme bildeten.

Ich vermute, dass die Geschäftsfrau Jalmari eine Ausbildung ermöglichte, denn als er die Einberufung zum Kriegsdienst bekam, führte er bereits die Bücher des Ladens, und das wäre mit ein paar Klassen Volksschule sicher nicht möglich gewesen. Man weiß es allerdings nicht, vieles ist letztlich nicht schwer, es wird lediglich dazu gemacht. Heutzutage muss man Ökonom sein, um an der Kasse eines Ladens sitzen zu können. Früher bekam man eine Arbeit, wenn man eine Neigung hatte – heute wird eine Ausbildung verlangt, die Neigung spielt keine so große Rolle.

Ich spürte, dass ich gerade dazu neigte, betrunken zu werden. Ich trank so selten, dass mir schon ein einziges Bier zu Kopf stieg und eine angenehme Entspanntheit verursachte, die die Kanten des Daseins abschliff und die Hoffnung auf die Zukunft schürte. Ich dachte an das Geld, ans Erbe. Wie sehr doch alles von Zufällen bestimmt wurde. Wir würden einen Kerl beerben, der gar nicht mit uns verwandt war, und auch nur, weil er keine eigenen Kinder und auch sonst niemanden hatte auf dieser Welt. Er hatte nur uns. Ich betrachtete uns beide und die Urne neben Janne und begriff, wie viel Einsamkeit sich dahinter verbarg.

Wir waren eine besondere Gruppe, wir drei. Uns verbanden der Zufall und momentan diese Zeit und dieser Ort. Janne und ich hatten natürlich eine gemeinsame Vergangenheit und gleichgeartete Probleme mit dem Stützapparat, aber es gab auch so viele Dinge, die uns trennten, dass ohne Weiteres ein Ozean zwischen uns gepasst hätte. Wir hatten zum Beispiel mehrere Jahre lang nicht miteinander gesprochen. Janne hatte behauptet, ich sei dickköpfig, sprunghaft und nachtragend, sodass ich es für das Beste hielt, ihm aus dem Weg zu gehen. Wenn ich nun mal dickköpfig war, warum hätte er dann ein Interesse daran haben sollen, sich mit mir abzugeben?

Sinnigerweise war es Jalmari, der uns wieder zusammen-
gebracht hatte. Wir legten unseren Streit nicht bei, und
Janne entschuldigte sich auch nicht, aber immerhin, da
sich unsere Lebenssituation geändert hat, passen wir wieder zusammen in ein Auto.

Janne blickte zu der Frau hinter der Theke. Sie machte
eine Portion Essen fertig und brachte sie an einen Tisch.

»Sie erinnert mich an Elli«, sagte er.

Ich blickte fragend auf, denn die Frau sah überhaupt
nicht wie Elli aus.

»Elli hatte die gleiche Bluse«, erklärte er.

»Was du noch so alles weißt«, sagte ich. Was seine Kleidung betraf, war Janne als Kind absolut hoffnungslos gewesen. Er brauchte sich nie neue Sachen zu kaufen, es genügte, wenn er ein bisschen tiefer im Schrank wühlte, dort
fand er stets Hemden oder Hosen, von deren Existenz er
bisher gar nichts gewusst hatte. Außerdem erbte er meine
Sachen, und ich ging sorgsam damit um, sodass er genug
Auswahl hatte.

»Elli hat mich betrogen«, sagte Janne gleichsam zu sich
selbst, registrierend, so wie man registriert, dass es draußen
regnet.

Ich sagte nichts. Ich wartete, was noch kommen würde.
Ich sah ihn an, und mein Blick signalisierte Verwirrung.

»Ich weiß nur nicht, mit wem«, fuhr er fort.

»Bist du sicher?«

»Sie hat es erzählt.«

»Aber nicht, mit wem?«

»Nein.«

Mich ärgerte ein wenig sein anklagender Ton, sodass ich anmerkte:

»Du hast sie ja auch betrogen.«

»Das ist etwas anderes.«

Darauf fiel mir nichts ein. Ich trank mein Bier aus und stand auf, um mir ein neues zu holen und für einen Moment vom Tisch wegzukommen. Im Gehen kontrollierte ich, ob Elli mir geantwortet hatte. Nein, das hatte sie nicht.

Janne ist mehr als zwei Jahre jünger als ich, aber er hatte als Erster eine Freundin. Oder Freundinnen. Ich war in diesen Dingen stets schüchtern, und das honorieren Frauen nicht. Einmal brachte er Riikka mit nach Hause, ein bildschönes sportliches Mädchen, das mich durch ihre bloße Anwesenheit zum Stottern brachte. Ich stand in Unterhosen in der Küche, und Janne kam aus purer Gemeinheit herein, um mir seine neue Eroberung vorzustellen.

»Hallo«, sagte ich und briet weiter Spiegeleier mit der ganzen Würde, die ein Siebzehnjähriger aufbringen kann, der in Unterhosen und mit einer Pfanne in der Hand am Herd steht, vor sich ein schönes unbekanntes Mädchen. »Hallo«, sagte Riikka. Ich fand, sie klang verblüfft, und wenig später hörte ich aus unserem Zimmer Gelächter. Das Lachen quoll unter der Tür hervor wie Seifenschaum. Ich war auf der falschen Seite der Tür und würde auch dort bleiben.

Das nächste Mal, als ich wusste, dass Riikka kommt, versteckte ich unter dem Zierkissen auf Jannes Bett eine Pornozeitschrift. Ich rechnete mir aus, dass einer der beiden irgendwann das Kissen wegschieben würde, denn in Jannes Zimmerhälfte war es so eng, dass man gezwungen war, auf dem Bett zu sitzen. Der Streich hatte nicht die erhoffte Wirkung, denn Riikka interessierte sich außerordentlich für den Inhalt, und, sofern man Janne glauben darf, kamen sie dank der Zeitschrift eher zur Sache, als es sonst vielleicht der Fall gewesen wäre. Ist ja prima, sagte ich damals zu ihm, denn ich wollte ihm nicht das Vergnügen gönnen, mir anmerken zu lassen, dass ich neidisch war.

Später versuchte ich denselben Trick bei einer meiner eigenen Freundinnen, aber sie war nicht so liberal wie Riikka.

Die Frau an der Bar zapfte mein Getränk, nahm mein Geld entgegen, wirkte aber nicht so, als ob sie erwog, künftig ihr Leben mit mir zu teilen. Ich kehrte an den Tisch zurück.

»Auf Jalmari«, sagte ich und hob mein Glas. Ich fand, die Sache mit Elli sollten wir jetzt abhaken.

Janne erhob sein Getränk und machte mich darauf aufmerksam, dass Jalmari merkwürdig still sei.

»Zu seinen Lebzeiten kam das nicht oft vor«, sagte er und hatte recht: Damals gab es ständig etwas zu murren und zu knurren, da die Welt immer schwieriger, die Buchstaben kleiner und die Formulierungen in den Schreiben der Sozialversicherung komplizierter wurden. Manchmal gab es berechtigten Grund zur Empörung. Janne erinnerte an einen Fall, da Jalmari eine Gehaltserhöhung erhielt, obwohl er schon zwei Jahrzehnte nicht mehr gearbeitet hatte. Allerdings war auch die Erhöhung nicht nennenswert: Vom Staatskontor war eine Mitteilung gekommen, dass die Veteranenrente um einen Euro angehoben worden war.

»In tausend Jahren wären das schon zwölftausend Euro«, errechnete ich; zu jenem Zeitpunkt sah es danach aus, als ob Jalmari gut und gern so lange leben würde.

»Die Bürokraten denken nicht an die Gefühle der Menschen«, sagte Janne. »Es wäre besser gewesen, gar nichts zu geben. Armut verursacht nicht so viel Bitterkeit wie ein zu kleiner Groschen, der einen ständig an die eigene Wertlosigkeit erinnert.«

Ich nickte. Janne hatte recht, und auch Jalmari war nicht gerade zum Lachen zumute gewesen. Nur gut, dass er zu Hause nicht die Normalbewaffnung der Männer von der Fernpatrouille, nämlich Dynamit, Handgranaten und Brandflaschen, parat gehabt hatte. Er hätte bestimmt alles auf seinen Rollator geladen und, in Ermangelung eines günstigeren Ortes, das Gemeindehaus vermint – den Weg bis zum Staatskontor hätte er auf keinen Fall geschafft.

Da er kein Dynamit besaß, musste ich für ihn unter dem Pseudonym »Ein-Euro-Kriegsveteran« einen Leserbrief an die örtliche Zeitung schreiben. Als der Text dann erschien, heftete Jalmari ihn an die Wand, zwischen das Bild von Mannerheim und den gerahmten Tagesbefehl. Der Tagesbefehl stammte vom 1. 12. 1939, der Leserbrief vom 24. 10. 2004. Zwischen beide passten fünfundsechzig Jahre, das ganze aktive Leben eines Menschen von der Geburt bis zur Rente.

10

Janne wurde zwei Jahre und sieben Monate nach mir geboren. Natürlich habe ich keine Erinnerungen daran, aber mit meiner Sonderstellung als einzigem Kind war es vorbei. Als Mutter aus dem Krankenhaus kam und ich nicht zu ihr auf den Schoß durfte, sagte ich mir: Scheißbaby.

Als Kind konzentrierte ich mich darauf, Janne zu zeigen, dass ich in allem besser war als er. Wenn er die Disziplin wechselte, zog ich nach und war erneut besser. Zwei Jahre und sieben Monate garantieren, dass dazu nicht mal eine besondere Begabung nötig ist. Oder doch, dann, wenn man den Trick andersherum macht, aber dazu war Janne nicht fähig. Das ist der Fluch des kleinen Bruders. Ich warf den Ball weiter, sprang höher, gewann die Kissenschlacht und war mutiger. Ich zählte damals stets und ständig die Punkte, beim Sport, beim Stullenessen, beim Donald-Duck-Lesen.

Als Erwachsener hat man von zwei Jahren Vorsprung keinen Nutzen mehr, sodass ich das Kräftemessen irgendwann als kindisch verwarf und die Arena kampflos verließ. Das war vielleicht ein wenig unsportlich, aber andererseits, im Leben und im Sport zählen nur die Ergebnisse.

In einer bestimmten Hinsicht jedoch ist Janne mir überlegen, er geht absolut gandhimäßig mit Niederlagen um. Er ist schlicht und einfach nicht bereit, das Verlieren sehr ernst zu nehmen, und er macht es, glaube ich, absichtlich. Das ist erst recht unsportlich.

»Spielst du immer noch?«, fragte ich. Er hatte von Beginn an Floorball gespielt, war sogar in der Nationalmannschaft der Junioren gewesen, dort aber am Ende gescheitert.

»Zweimal die Woche gehe ich zum Kloppen«, sagte er. »Nichts Ernstes, hab von Wettkämpfen genug.«

»In der Höhe ist die Luft dünn«, sagte ich wissend.

Wir schlürften beide aus unseren Gläsern. Ich seufzte zufrieden und rückte Schlüssel und Handy in der Tasche zurecht, sodass sie mir nicht in die Leisten drückten. Die Frauen glauben, dass die Männer sich schlecht benehmen und an ihren Eiern fummeln, aber dem ist nicht so. In engen Klamotten verschieben sich vorspringende Gegenstände gern und geraten in die falsche Stellung. Man sollte denken, dass Frauen mit ihren Brüsten und BHs ähnliche Probleme haben.

»Wollen wir ein Match im Armdrücken machen?«, fragte ich.

Janne sah mich verdutzt an:

»Nee, auf keinen Fall.«

»Traust du dich nicht?«, sagte ich herausfordernd und zeigte meinen Bizeps, der ziemlich dick ist, teilweise allerdings durch Fett bedingt. Aber ich bin im Armdrücken immer gut gewesen. Das ist wichtig, denn in der Beziehung

84

zwischen Männern und vor allem Brüdern ist weder die Bildung noch das Gehalt oder etwas anderes so entscheidend wie die Tatsache, wer der Stärkste ist.

»Mit so einem Schwabbel kann ich es jederzeit aufnehmen.«

Als ich das hörte, wusste ich, dass der Fisch angebissen hatte: Janne würde in den Wettkampf einwilligen. Er hatte angefangen zu prahlen und musste seinen Ruf verteidigen. Ich setzte mich zurecht. Der rechte Arm auf Jannes Arm wartend, der linke unter dem rechten.

»Na los«, sagte ich.

Janne warf einen Blick in die Runde, wie um sicherzugehen, dass wir nicht zu viel Publikum hatten. Dann nahm auch er die entsprechende Position ein. Wir legten die Arme aneinander – das ist die wichtigste Phase beim Armdrücken: Es geht ja nicht so sehr um Kraft als vielmehr um die Technik. Wer das Handgelenk des anderen gleich zu Beginn in eine ungünstige Stellung biegen kann, ist ziemlich sicher der Sieger.

Der Wettkampf begann. Ich merkte, dass Janne überraschend viel Kraft hatte. Dass ich der Sieger sein würde, war keineswegs sicher. Im Gegenteil, er drückte meinen Arm langsam in die falsche Richtung. Auch er war hochrot und eindeutig auf den Sieg versessen. Ich bot alles auf und gelangte zurück in die Ausgangssituation. Wie General Paulus suchte ich nach ungenutzten Kraftreserven, aber die hatte ich nicht, genauso wenig wie Paulus. Aber Janne hatte sie. Er biss die Zähne zusammen. Speichel quoll zwischen seinen Lippen hervor, und er atmete nicht mal, sondern nutzte sogar seine Sauerstoffmoleküle, um meinen Arm nach unten zu drücken. Ich war gezwungen aufzugeben.

Ich rieb den Bizeps und keuchte. Auf diese Niederlage gab es nur eine einzige mögliche Reaktion:

»Jetzt mit links.«

Janne keuchte und hielt sich den Arm. »Nein, jetzt ist Schluss.«

»Unbedingt, sonst ist es nicht fair.«

Wir begannen von vorn. Auch diesmal war die Situation ausgeglichen, bis ich einen furchtbaren Stich in der Schulter spürte. Es war, als hätte mir jemand einen Dolch hineingestoßen. Mein Arm fiel schlaff herunter, und dabei stieß ich mein Bierglas um. Ich versuchte noch, es zu fassen, aber die Hand funktionierte nicht richtig, sodass mir das Bier auf die Hose floss und das Glas herunterrollte und zerbrach. Die Frau an der Theke schielte verärgert herüber. Ich hatte so starke Schmerzen, dass mir die Tränen kamen. Janne stand auf und holte Handfeger und Schaufel. Die Frau kam mit dem Mopp hinterher. Ich biss die Zähne zusammen und entschuldigte mich. Janne lächelte die Frau an und tänzelte herum, während er die Scherben zusammenfegte. Als sie den Tisch wieder in Ordnung gebracht hatten, ließ der Schmerz ein wenig nach. In der Schulter war irgendetwas gerissen, aber anscheinend nicht sehr schlimm.

Janne holte mir ein neues Bier; ich konnte ja nicht aufstehen, weil es aussah, als hätte ich mir in die Hose gepinkelt.

»Ich bin der Stärkere«, sagte Janne.

Ich antwortete nicht. Er war kindisch.

»Glaubst du, dass das Leben angenehmer ist, wenn man nicht ständig konkurrieren muss?«, fragte Janne. »Jeder Wettkampf bringt definitiv viele Enttäuschungen mit sich. Sport als Hobby und Freude an der Bewegung sind erstrebenswerter.«

Da hatte er natürlich auch wieder recht, gab ich zu. Außerdem würde ich mit dieser Einstellung meine Gedanken von der Niederlage ablenken. Obwohl, andererseits, je stärker der Konkurrenzdruck, desto leichter läuft vieles. Und umgekehrt: Auch im Arbeitsleben ist man im Nachteil, wenn man rasch aufgibt und keinen Ehrgeiz entwickelt. Im Grunde genommen war gerade das auch mein Problem in der Karriereplanung. Jetzt kamen wir langsam auf den Punkt.

Unterstützt vom Bierschaum, fing ich an zu erklären, dass begabte Menschen in der Schule noch gut klarkommen, weil das Können objektiv durch summative Prüfungen gemessen wird, aber im Arbeitsleben ändert sich die Situation, weil es keine Prüfungen mehr gibt.

»Deshalb steigen jene zu Gruppenleitern auf, die das meiste Gewese um ihre Sache machen, unabhängig vom Inhalt. In eine leitende Funktion gelangt man nicht, weil man irgendwie besonders begabt wäre, sondern weil man Leiter werden will und bereit ist, bis aufs Blut um den Platz zu kämpfen.«

»Du nicht, oder?«, fragte Janne und lächelte.

»Nein.«

Wer sich in den Schatten zurückzieht, wie es viele nette Menschen machen, der bleibt auch dort, aber im Schatten kann es durchaus angenehm kühl sein. Ich habe die Karriereleiter aus freien Stücken nicht bestiegen. Die mittlere Führungsebene ist nicht erstrebenswert. Ein einziges Mal habe ich mich um eine Stelle beworben, die mich in die Führungsetage befördert hätte. Ich habe die Stelle nicht bekommen und bin im Nachhinein froh darüber; lieber arbeite ich, als dass ich zuschaue, wie gearbeitet wird. Ein weiteres Mal würde ich mich nicht demütigen.

Janne betonte, dass man erkennen muss, welche Situationen sich für einen Wettkampf eignen. Das Privatleben zum Beispiel gehört nicht dazu. Auch nicht die menschlichen Beziehungen. Sogar in der Arbeitswelt sollte man vorsichtig sein: Es ist nicht gut, wenn dort nur Konkurrenz herrscht.

»Deshalb bin ich bei niemandem angestellt. Ich konkurriere nur mit mir selbst.«

Ich nickte und erinnerte ihn daran, dass auch er nicht immer dieses erwachsene Verhältnis zum Wettkampf gehabt hatte. Als er klein war, richtete er im Keller einen Boxring ein. Statt Seilen benutzte er die Enden von elastischen Dränagerohren, die er sich aus dem Abfallcontainer einer Baustelle geholt hatte, und pfriemelte sie zusammen. Wenn man sich gegen sie warf, schleuderten sie einen in den Ring zurück wie beim richtigen Boxkampf. In die Mitte des Rings hängte er Vaters alten Sandsack, an dem er mit Klebeband das Foto aus meinem Schülerausweis befestigte.

Allmählich füllte sich das Café mit Menschen. Die Band war bereits da und stimmte in einer Ecke ihre Instrumente. Eine eigentliche Bühne gab es nicht, auch keine Tanzfläche, aber ich nahm an, dass man die Tische beiseiteschieben würde, um Platz zu schaffen. Der Sänger testete die Akustik. Eins, zwei … Dann erzählte er einen Witz:

»Als Kind sagte ich zu meiner Mutter: ›Wenn ich einmal groß bin, werde ich Musiker.‹ Sie antwortete: ›Du musst dich entscheiden, man kann nicht alles haben.‹«

Ich beobachtete Janne, der der Band zusah und über den Witz des Sängers lächelte. Janne hatte nie einen Zipfel des Lebens zu fassen bekommen, sondern war hierhin und dorthin getrieben, ohne eigentliches Ziel. Eins führt zum anderen. Mangelnde Bildung lenkt ihn in die eine Richtung, von da wirft ihn irgendein Impuls in die andere und so weiter. Die ganze Zeit rollt das Leben über ihn hinweg, und er schaut nur verwundert zu und begreift nicht, dass er selbst mittendrin steckt, als ein Teil des Geschehens und nicht als Publikum. Wenn einer nicht so schlau ist, irgendwo zuzugreifen, treibt er nur umher. Regelmäßige Arbeit ist eine Antwort auf dieses Umherirren. Ich war in der glücklichen Lage, dass mein Arbeitsplatz zwar einen leicht staubigen Beigeschmack hatte, ansonsten aber so sicher war, wie etwas in dieser Welt nur sicher sein konnte. Die Wahrscheinlichkeit einer Arbeitslosigkeit betrug in meinem Falle vier Prozent. Das hatte ich selbst errechnet.

Die Schulter brachte sich in Erinnerung. Ich ärgerte mich, dass ich verloren hatte.

»Was ist los an der Frauenfront?«, fragte Janne.

»Stille.«

»Du müsstest abnehmen«, sagte er.

»Ich bin nicht dick.«

»Frauen mögen keine dicken Männer.«

»An mir ist nichts auszusetzen.«

»Übergewicht kündet von einem laschen Charakter.«

Der Knallkopf hatte gut reden. Ich habe festgestellt, dass Leute, die schlank bleiben, ihr genetisches Erbe gern mit Willenskraft gleichsetzen. Andere Dinge hingegen, mit denen sie nicht ohne Mühe fertigwerden, nennen sie genetische Veranlagung. Aber der Druck des Schönheitsideals ist – sogar für jene, die glücklich schön sind – wie die Klimaveränderung: Beidem kann man sich nicht entziehen, man muss sich einfach fügen. Am besten gelingt es, indem man ins Selbstbewusstsein investiert. Ein starkes Selbstbewusstsein ist insofern dasselbe wie Schönheit, als beides die Ausstrahlung des Menschen fördert und ihm den Gang durchs Leben erleichtert.

Dem einen ist das Selbstbewusstsein angeboren, der andere muss jeden Morgen danach suchen, so wie nach Handschuhen und Schulrucksack. Wenn Geschwister so verschieden sind, müssen die Eltern Sensibilität beweisen und darauf achten, was jeder braucht. Unsere Mutter wusste stets Jannes Träume und Wünsche zu unterstützen, wie irrsinnig sie auch waren. Wenn Janne Weltmeister werden wollte, war das okay. Wenn Janne nach Aufmerksamkeit suchte, indem er behauptete, zu nichts zu taugen, oder indem er mit dem Dolch herumspielte, konnte Mutter immer viele Dinge aufzählen, die ihn einzigartig machten.

»Was ist mit der Scheidung?«, fragte ich. »Denkst du noch an Elli?«

Janne beobachtete die Band, die ihren Soundcheck absolviert hatte und an der Theke nach Kaffee anstand. Ich sah, dass er viel an Elli dachte.

»Nein«, sagte er. »Es kommen neue.«

Ich war mir da nicht so sicher. In unserem Alter bieten sich nicht mehr so ohne Weiteres neue Möglichkeiten. Und je älter man wird, desto eigenbrötlerischer wird man auch. Man kann sich nicht mehr an einen anderen Menschen anpassen. Das eigene Revier ist eng, die Gewohnheiten sind Stahlbeton, und die ändert man nicht einmal mehr dafür, dass man Sex haben kann, ohne stundenlang an der Bar eines Nachtklubs herumhängen zu müssen. Nein, denn auch Gewohnheitssex hat seinen Preis: der gemeinsame Frühstückstisch, die Zeitung, von der die Hälfte fehlt, der falsch gefüllte Kühlschrank und das Badezimmer, das nicht mehr das eigene zu sein scheint. Ganz zu schweigen davon, dass man sich die Toilette teilt.

Andererseits ist ja alles möglich. Jalmari und Großmutter bewiesen es. Ihr Zusammenleben begann in einer Phase, da sie sich aus Sicht der jungen Leute hätten einen Spaten holen und ihr Grab schaufeln müssen.

Bei den Menschen jener Generation sind die Rollen klar: Großmutter erledigte die ganze eigentliche Arbeit, und Jalmari besorgte die Fahrkarten und betankte das Auto. Wenn Fisch geräuchert werden musste, machte er auch das. Theatralisch, weil sonst der Fisch nicht gar wurde. Dennoch sah ich öfter als einmal, wie Jalmari sich um

Großmutter kümmerte, ihr, wenn sie draußen saßen, eine Decke brachte oder ihr zuredete, sie solle sich zwischendurch ausruhen. Und Großmutter ihrerseits ließ sich umsorgen und erzählte stolz, was für ein herrliches Haus Jalmari für sie beide gebaut habe. Obwohl er es natürlich nicht selbst gebaut, sondern in Auftrag gegeben hatte, aber im Finnischen sagt man nun mal so. Das ist ein Ausdruck, den die Männer erfunden haben. Wenn ein Mann sagt, er habe hinten im Hof eine Garage gebaut, muss die Frau ihn mit Worten oder liebevollen Blicken bewundern, und dann ist in der Beziehung alles in Ordnung.

Bei Großmutter und Jalmari war das der Fall. Nur die Male, da Jalmari sich in seine Kriegsgeschichten hineinsteigerte und in einem Nebensatz zu verstehen gab, dass der Beitrag meines eigenen Großvaters zu Finnlands Kriegsbemühungen nicht so wichtig gewesen war wie sein eigner, wies Großmutter ihn umgehend in die Schranken mit dem strengen Satz: Nein, Jalmari, das stimmt so nicht. Dann merkte Jalmari, dass er zu weit gegangen war, und er sprach von etwas anderem, so, als wäre der Krieg nie Thema gewesen.

Als Großvater starb, erhielt ich sein altes Kriegstagebuch, aus dem hervorgeht, dass auch er gelitten hat, obwohl er nicht bei der Fernpatrouille gewesen war. Er kehrte aus dem Krieg als Leutnant und als Pazifist zurück, so glaubte ich jedenfalls, denn er war nicht einmal bereit, uns Holzgewehre zu bauen, obwohl er geschickte Hände hatte. Er sprach auch nie über den Krieg, nicht mal, wenn man ihn danach fragte. Bestimmt fürchtete er sich, dachte ich.

Ich wusste nämlich, was Krieg ist, hatte zusammen mit den anderen Jungen unseres Hofes an vielen Kriegsoperationen im nahen Wald teilgenommen, sogar bei Dunkelheit.

Als Erwachsener hörte ich dann, dass Großvater kaum ein anderes Thema gehabt hatte als den Krieg, er hatte nur immer gewartet, bis die Kinder im Bett waren, ehe er jene Zeit zum Leben erweckte. Aus heutiger Sicht war das kein Wunder. Als ich fünf Jahre alt war, waren seit dem Krieg erst dreißig Jahre vergangenen. Für einen Erwachsenen sind zehn Jahre ein Hauch, und das, was dreißig Jahre zurückliegt, ist deutliches Gestern – vor allem, wenn da eine so schreckliche Erfahrung wie der Krieg herumgeistert. Kein Wunder also, wenn die Männer sich daran bis über ihren letzten Atemzug hinaus noch erinnern.

Janne blickte zur anderen Seite des Cafés hinüber, dort hatte sich eine Gruppe junger Leute versammelt, mehrere Burschen knapp über zwanzig und zwei Frauen, die ein paar Jahre älter waren. Die Männer strichen um die Frauen herum wie Katzen, die Flüssignahrung erwarten. Die Frauen entdeckten Janne. Ich sah, wie sie zweimal zu oft zu unserem Tisch herüberblickten, als dass es Zufall sein konnte. Jannes Lächeln verfestigte sich, und er wandte sich mir zu. Das war wohl Taktik.

Als die Band anfing zu spielen, befanden wir uns auf einmal in den Achtzigerjahren auf der Schwedenfähre. Musik und Milieu produzierten Erinnerungsbilder aus der Jugend wie Luftblasen. Man schwebte zwischen den Wirklichkeiten, in einer Dimension, in der Halbpaneel aus Kiefernholz und Tango zusammen in einen Raum passten.

Ich bekam ein unwirkliches Gefühl, so, als ginge ich am Freitagabend nüchtern durch die Stadt und wäre trotzdem der Einzige, der vom Geschehen nichts mitbekam.

Janne stand auf. Er ging zu den jungen Frauen hinüber und redete mit ihnen. Ich hatte keine Ahnung, was er wohl sagte. Aus allen Worten dieser Welt würde ich nie die passenden finden. Janne fand sie. Bald schon war er auf der Tanzfläche. Janne konnte auch tanzen, hatte es irgendwie drauf. Er hatte Rhythmusgefühl, und er wusste, wohin man den Fuß setzen muss, wenn man den ersten Schritt gemacht hat.

Und anscheinend wusste er auch, wohin man die Hand legt. Die Frau nahm es gelassen. Die beiden tanzten noch zu einem zweiten Stück, worauf Janne die Frau zurückbrachte und blieb, um sich mit ihr zu unterhalten. Ich bekam ein dummes Gefühl, so, als hätte ich einen Wettkampf verloren, von dem ich gar nicht wusste, dass ich daran teilgenommen hatte. Ich holte mir mehr zu trinken. Die Hände brauchen Beschäftigung, sonst verraten sie einen. Ich stecke die Hände gern unter den Tisch. Die Frauen bemerken so etwas. Sie sind ein bisschen wie Raubtiere, spüren, wenn ihr Gegenüber unterlegen ist oder Angst hat. Aber anders als in der freien Natur, greifen sie nicht an, sondern verschwinden.

Ich hob mein Glas in Jalmaris Richtung. Er hätte bestimmt auch gern eines gehabt.

Als Großmutter und Jalmari während ihrer letzten Jahre in Spanien lebten, taten sie dort tatsächlich kaum etwas anderes als trinken und Sechsundsechzig spielen. Von morgens bis abends. Es war natürlich nicht die Trinkerei, die man aus Finnland kennt, niemand war so besoffen, aber noch vor dem Mittagessen hatte jeder schon den ersten Drink in der einen und die Spielkarten in der anderen Hand. Gleichaltrige und gleichgesinnte Finnen in der ganzen Nachbarschaft, die wechselweise ihre Terrassen zur Verfügung stellten.

Großmutter lud Janne und mich mehrmals nach Fuengirola ein, und schließlich fuhren wir. Immerhin bekämen wir kostenlose Unterkunft und Verpflegung, und die Flüge waren billig. Keiner von uns beiden war je in Spanien gewesen, sodass wir uns vorstellten, die Reise könnte interessant werden, auch wenn uns Rentner erwarteten. Die spanischen Frauen waren in unseren Träumen jedenfalls schön.

Jalmari und Großmutter holten uns vom Flughafen ab. Dass wir ihr Haus lebend erreichten, war purer Zufall. Jalmari wollte zeigen, dass der Ort, Spanien also, ihm gehörte. Dass er kein Wort Spanisch sprach und die örtlichen Gepflogenheiten oder das Verkehrsverhalten nicht kannte, störte ihn nicht weiter. Er hatte einen neuen Peugeot unterm Hintern und fuhr ungefähr hundertsechzig. Großmutter neben ihm wirkte genervt, blieb aber dennoch überraschend ruhig. Bestimmt war sie daran gewöhnt. Außerdem war sie schon so alt, dass sie bei einem eventuellen Crash weniger zu verlieren gehabt hätte als wir.

Großmutter fragte, wie der Flug verlaufen war, und vermutete, dass wir müde seien. Ich wollte gerade das Gegenteil behaupten, als vor uns ein Polizist auftauchte und uns das Zeichen zum Anhalten gab. Jalmari erbleichte und wurde nervös. Er stoppte den Wagen, öffnete das Fenster und sah den Polizisten unsicher an. Der sagte etwas auf Spanisch, Jalmari lächelte nur dümmlich. Großmutter versuchte es auf Schwedisch. Finlandese, fiel Jalmari ein, und er zeigte mit dem Finger auf sich. Unsere Nationalität machte auf den Polizisten keinen großen Eindruck.

Wir erfuhren nie, wie hoch das Bußgeld ausfiel, bezahlt wurde es jedoch, denn ich sah, wie Jalmari den Zettel seinem Freund, dem Finnen Pertti, übergab, der ihre Angelegenheiten erledigte. Pertti hatte aus der Freundschaft eine Geschäftsidee gemacht. Er half den finnischen Rentnern bei Kleinigkeiten, für die ihre Sprach- oder sonstigen Kenntnisse nicht reichten. Als Gegengeschenk bekam er hier und da einen Hunderter. Es handelte sich um keine eigentliche Kundenbeziehung, denn sie verbrachten alle gemeinsam die Freizeit. Bestimmt ließ sich davon ganz gut leben, und vermutlich stiegen die Tarife in dem Maße, wie die Demenz der Freunde fortschritt.

In ihrem Haus in Fuengirola holte Jalmari eine Flasche Klaren und Saft aus dem Kühlschrank und mixte uns Getränke. Von einer Seite der Terrasse aus sah man das Meer, blauer, als es jemals in Finnland war. Die Luft war erstickend heiß und die Geräusche der Stadt anders, als wir es gewohnt waren. Janne schlug vor, die Stadt zu besichtigen, aber Jalmari war dagegen: »Bald kommen die anderen. Wir feiern ein Begrüßungsfest!«

Und das geschah dann auch. Rentnerehepaare strömten herein, und jedes brachte etwas zu essen und zu trinken mit. Dann wurde Platz genommen und nach den Karten gegriffen. Die gut genährt wirkenden, gebräunten Rentner genossen das Kartenspiel wie auch die Sonne und die Sangria. Jalmari war als Gastgeber in seinem Element. Er achtete darauf, dass die Gläser gefüllt waren — dass also Großmutter sie füllte —, und freute sich jedes Mal ehrlich, wenn er gewann. Gegen Mitternacht konnten wir nicht mehr und erklärten, wir würden uns zurückziehen. Junge Leute brauchen Schlaf, sagte Jalmari und klatschte die Karten auf den Tisch.

Der Lärm dauerte bis mindestens drei Uhr, aber als ich morgens um acht aufstand, saßen Großmutter und Jalmari schon auf der Terrasse und sagten, wir würden jetzt eine Autofahrt machen. Wir fuhren an der Küste entlang und hielten nirgends an. Schließlich machten wir kehrt, und Jalmari fuhr zurück. Jetzt ein wenig schneller, weil wir die Landschaft schon gesehen hatten.

11

Janne brachte die Frau an unseren Tisch und mach-
te uns bekannt. Ich verstand ihren Namen nicht richtig.
Maria oder Marja. Janne erklärte, wir seien ein fröhliches
Leichengefolge, und stellte auch Jalmari vor. Maria oder
Marja musste lachen, als sie die Urne ansah.

»Seid ihr total verrückt?«, fragte sie.

»Ich ja, er nicht«, sagte Janne, indem er auf mich deutete.

Ich lächelte ein wenig gezwungen. Die Frau war hübsch.
Hohe Wangenknochen, kurzes dunkles Haar, tief liegende
schwarze Augen, in denen etwas Interessantes wohnte, das
man gern kennengelernt hätte. Sie hatte einen lebendigen
Körper, so einen, der immer wach und munter ist und den
man gern berühren würde, was aber nur wenigen gelang.
Ich bemühte mich nach Kräften, keinen schlechten Eindruck zu machen. Zum Glück hatte ich etwas zu trinken
da, sodass die Hände beschäftigt waren. Ich durfte auch
nicht vergessen, laut genug zu sprechen, damit die Worte
kein bloßes Gemurmel blieben. Es ist schlimm, wenn der
andere nichts versteht und dauernd nachfragen muss.

Allerdings muss man natürlich erst mal die Worte finden, die man sagen will.

Maria oder Marja interessierte sich für uns. Sie wollte wissen, woher wir kamen und wohin wir wollten. Das war meiner Meinung nach eine ziemlich große Frage, aber Janne erzählte, dass wir nach Imatra wollten. Dort würden wir reich werden.

»Wir sind Erben«, sagte Janne, und Maria oder Marja kicherte. Sie sagte, sie habe Erben schon immer gemocht, dann rief sie nach ihrer Freundin am anderen Ende des Raumes und machte ihr Zeichen, sie solle sich zu uns gesellen.

Susa war blond und wohlgeformt und roch nach Elli. Das gleiche Parfüm. Ich schloss daraus, dass Susa insgesamt einen guten Geschmack hatte, denn den hatte auch Elli. Elli hatte außerdem schöne Brüste, vielleicht also auch Susa. Ich dachte darüber nach, wie Männer so tickten, und vorübergehend fiel es sogar mir schwer, das zu verstehen, obwohl ich immerhin jahrzehntelange Erfahrung damit hatte.

Die fortgeschrittene Stunde legte mir Worte in den Mund, und Susa wirkte immer verlockender. Anscheinend beruhte das Gefühl auf Gegenseitigkeit, denn wir saßen nebeneinander, und sie zog ihr Bein nicht weg, als meines es wie aus Versehen streifte. Bald schon hatten wir den ganzen Oberschenkel als gemeinsame Berührungsfläche, und irgendwann verirrte sich Susas Hand auf mein Knie und blieb dort. Vom Knie her zog ein angenehmes Gefühl bis in beide Gehirnhälften. Ich legte meine Hand auf die ihre und erzählte, warum meine Hose feucht war. Sie akzeptierte die Erklärung, und die Akzeptanz verlieh mir Kraft, sodass ich anfing, Geschichten über Versicherungsbetrug zu erzählen. Natürlich hätte ich nichts von den Kunden erzählen dürfen, aber da ich nicht Jannes Aussehen und Charme besaß, musste ich zu anderen Mitteln greifen. Versicherungsbetrügereien und vor allem die Dummheit der Menschen waren sichere Garanten dafür, dass man zum Mittelpunkt der Tischrunde wurde. Mein absoluter Favorit war ein Mann, der im Suff sein Haus mit Benzin anzündete und hinterher, als er wieder nüchtern war, behauptete, der Blitz hätte eingeschlagen. Man kriegte ihn natürlich wegen Brandstiftung dran, allerdings ging die Anklage dann nur von Gefährdung aus, da es sich um sein eigenes Haus handelte. Das Beste an der Geschichte: Er war nicht gegen Blitzschlag versichert.

Janne wollte nicht die Nummer zwei am Tisch sein, sodass er anfing zu protzen. Er gab für alle Anwesenden eine Runde aus, schwenkte ein dickes Bündel Hunderter über dem Kopf und rief:

»Alle an die Theke, ich bezahle!«

Die Leute freuten sich über diese unerwartete Freigiebigkeit. Die Gruppe der jungen Männer sah uns scheel an, aber der kostenlose Schnaps schien auch sie zu locken. Wen denn nicht; gratis ist ein Wort, das alle verstehen. Außerdem gehörten die beiden Frauen nicht zu den Burschen, stammten lediglich aus demselben Dorf.

Je mehr Dank und Schulterklopfen Janne von den Leuten erntete, desto größer wurde sein Besitzanteil am Erdball. Bald hatte er Stimmrecht bei allem und jedem, und er nutzte es auch. Er feierte sich selbst und seine Begleitung und sein Geld. Maria oder Marja schien das überhaupt nicht zu stören. Ich schlug Susa vor, draußen spazieren zu gehen. Die Luft war klar, und die Sterne zeigten sich anders als seit Langem: größer, heller, geheimnisvoller. Sie waren genauso wie einst in der Jugend, wenn man ein Mädchen nach Hause bringen durfte, der Schnee unter den Füßen knirschte und der Atemdampf mit dem Nebel verschmolz.

Susa war einverstanden. Ich schnappte mir Jalmari als Anstandswauwau. Wir verließen Arm in Arm den Saal, und ich sah, wie mir einer der jungen Männer einen finsteren Blick zuwarf. Ich kümmerte mich nicht darum, denn es war nur gerecht, dass auch ich mal Glück hatte.

Ich versuchte Susa zu beeindrucken, indem ich ihr von den Sternen erzählte. Ich kannte ein paar Sternbilder, weil Janne sich in jüngeren Jahren dafür interessiert hatte und ein Partikelchen Sternenstaub auch auf meinen Schultisch geschwebt war. Für die Sternbilder, die ich nicht kannte, erfand ich Namen. Ich erzählte auch, wie ferne Planeten erforscht werden. Zunächst wird darauf geachtet, dass sie sich in geeignetem Abstand zur Sonne befinden, und dann vergewissert man sich, ob sie die passende Größe für Steinplaneten haben. Man kann auch untersuchen, ob es in ihrer Atmosphäre Sauerstoff gibt. Ich machte eine Kunstpause und sagte:

»Und rat mal, was am erstaunlichsten ist. Heutzutage gibt es so gute Fernrohre, dass man nachschauen kann, ob sie Licht haben!«

Susa ließ mich reden und drückte meine Hand fester. Eines führte zum anderen, und nach kurzer Verwirrung und Sondierung gelangten wir zu dem Schluss, dass wir den Abend in meinem Zimmer fortsetzen könnten.

Der Hof war dunkel, der Herbst hatte die Sträucher größtenteils entkleidet, und die Natur schien fröstelnd den Winter zu erwarten. Ich holte den Schlüssel aus der Tasche, knipste Licht an und winkte Susa herein.

»Nicht sehr groß, aber meins. Nein, nicht wirklich meins«, sagte ich.

»Richtig nett«, sagte Susa, legte die Jacke ab, sah sich nach einem Sitzplatz um und wählte das Bett. Ich zog aus ihrer Wahl weit in die Zukunft reichende Schlussfolgerungen. Ihr Rock rutschte über das Knie hoch, ich musterte die schwarze Strumpfhose und dachte daran, wie die Dinger sich unter der Hand anfühlten. Ich begriff, dass es im Zimmer keine Minibar gab.

»Möchtest du Tee?«, fragte ich, als ich den Wasserkocher auf dem Tisch entdeckte.

»Wenn nichts anderes da ist«, sagte sie.

»Doch, Leitungswasser.«

»Dann Tee.«

Ich füllte den Wasserkocher und schaltete ihn ein. Der Wasserkocher ist eine prima Erfindung. Früher hielt ich ihn für überflüssig, aber ich habe meine Meinung geändert. Ich schätze Dinge, die leicht zu handhaben und schnell sind. Aus Tee hingegen habe ich mir nie etwas gemacht, aber jetzt war ich bereit, so zu tun, als ob.

»Ich fürchte, dass auch die Auswahl an Tee nicht gerade groß ist«, bedauerte ich, aber Susa fasste mich an der Hand, und mehr war dann auch gar nicht nötig.

Sie wusste genau, was sie wollte. Nicht, dass ich es nicht auch gewusst hätte – mein Wunsch zeichnete sich deutlich und nackt in meinen Gedanken ab –, aber mir fehlte in solchen Situationen die Fähigkeit, die Wünsche auch zu realisieren. Es ist schon bemerkenswert, dass die Menschheit zweihunderttausend Jahre lang verschiedene Sprachen entwickelt hat, mit denen man alles nur Erdenkliche ausdrücken kann, aber wenn es ernst wird, wagt man die Worte nicht zu benutzen. Man fürchtet, dass der andere nicht einwilligt oder dass er lacht. Abgewiesen zu werden ist eine schlimmere Erfahrung als die, ein ganzes Leben zu versäumen, nur weil man nicht zu sagen wagt, was man will.

Zum Glück ist nicht die ganze Menschheit so unbeholfen. Susas Atemfrequenz stieg wie das Wasser bei der Springflut und versprach allerlei Gutes und Herrliches. Sie seufzte tief und küsste mich immer leidenschaftlicher. Ich fuhr mit der Hand tastend unter ihr Hemd und spürte ihre Haut und den Verschluss des BHs. Susa drückte mich an sich und begann meinen Gürtel zu öffnen. Gürtel sind lästig, Röcke praktisch. Ich half ihr und konnte mein Glück nicht fassen. Eine Frau in meinem Zimmer, dazu noch eine, die mich wollte.

Susa bekam den Gürtel auf, und ich ließ die Hose fallen, bereit zu großen Heldentaten, als plötzlich hinter der Tür schreckliches Getöse zu hören war. Darauf folgten Gegröle und Getrampel. Susa wirkte geschockt.

»Ups«, sagte sie und korrigierte rasch ihre Kleidung, die sie immerhin größtenteils noch anhatte.

Ich zog die Hose hoch und versuchte die Situation zu klären. Die Tür war immer noch geschlossen, aber auf der anderen Seite wurde gelärmt. Also lief ich zum Fenster und schaute hinaus. Auf dem Hof sah ich mehrere Männer, außerdem Janne und Marja oder Maria. Letztere rief einem der Männer etwas zu, und Janne hielt sich die Nase. Die Situation wirkte bedrohlich. Wieder dröhnte es an der Tür. Ich rief von drinnen, was der verdammte Lärm sollte. Jemand brüllte, er wolle seine Frau zurück. Ich sah Susa fragend an, die verlegen schien. Am meisten ärgerte mich, dass ich nicht schneller gewesen war. Es wäre angenehmer, wenigstens aus gutem Grund Prügel zu kriegen.

Ich nahm den Wasserkocher vom Tisch, stellte ihn aber wieder hin. Jemanden mit kochendem Wasser zu bewerfen könnte als überzogene Notwehr ausgelegt werden. Jetzt griff ich mir Jalmari, vergewisserte mich, dass der Deckel fest geschlossen war, und öffnete die Tür, aber so, dass sie mich verdeckte. Jemand stürmte herein. Ich drosch ihm sofort Jalmari auf den Kopf, sodass er lang hinfiel. Beifällig betrachtete ich die Urne, denn es erfordert schon die Zähigkeit eines Veteranen der Fernpatrouille, einen Mann auch dann noch k.o. schlagen zu können, wenn man nur noch Asche ist. Ich wäre nicht dazu imstande. In der Armee war ich Schreiber, verbrachte jedoch die meiste Zeit wegen Rückenschmerzen im Militärkrankenhaus. Ich setzte Jalmari zum Ausruhen auf den Nachtschrank, stieg über den Mann hinweg und rannte nach draußen.

Auf dem Hof standen die jungen Männer, die wir drinnen beim Tanz gesehen hatten. Sie waren zu viert, aber es wirkte nicht so, als ob sie speziell nach meinem Blut dürsteten. Vielmehr schienen sie sich über die Situation zu amüsieren.

»Bist du in Ordnung?«, fragte ich Janne.

Er nickte, aber seine Nase blutete ziemlich heftig. Der Mann, den ich vorhin k.o. geschlagen hatte, griff mich erneut an, warf mich zu Boden und schlug wie ein Irrer auf mein Gesicht ein. Ich konnte es mit den Händen schützen, aber das half nur teilweise. Janne eilte mir zu Hilfe und versuchte, den Mann von mir wegzureißen, der aber war groß und wütend. Er stieß Janne weg, stand auf und verpasste mir einen kräftigen Fußtritt ins Gesicht. Anschließend schlug er nach Janne, der zu Boden ging. Er trat mir noch ein zweites Mal ins Gesicht, aber dann erinnerte er sich endlich an den eigentlichen Sinn des Spiels und rief nach Susa.

»Jetzt ab nach Hause. Haben wir nicht schon alles besprochen?«

Susa sagte nichts, ging einfach los. Der Mann vergaß uns und rannte hinter ihr her, allerdings nicht mehr wütend, er redete auf sie ein, erklärend, beschwichtigend, entschuldigend. Susa bewegte sich zielstrebig vorwärts und schien durchaus nicht diejenige zu sein, die sich etwas vorzuwerfen hatte. Meine Achtung gegenüber Frauen im Allgemeinen und Susa im Besonderen wuchs. So sah wahre Machtausübung aus.

Ich rappelte mich aus dem feuchten Gras hoch. Mir tat zwar alles weh, aber ich konnte mich bewegen. Zähne waren nicht kaputt. Meine Wangen brannten. Janne richtete sich ebenfalls auf. Die jungen Burschen bemitleideten uns ein bisschen und gingen dann ihrer Wege, bedankten sich noch für das Bier.

»Nicht dafür«, murmelte Janne.

Maria oder Marja half ihm hoch und führte ihn zu seinem Zimmer. Mich beachtete kein Mensch mehr. Janne rief immerhin noch ein kurzes »Gute Nacht«, ehe er die Tür hinter sich schloss. In seinem Zimmer flammte Licht auf. Bald würde er all das bekommen, was mir zugestanden hätte. Ich schlurfte in meine eigene Kammer und schloss die Tür.

Drinnen drückte ich das Ohr an die Wand, versuchte zu erlauschen, was mir verwehrt blieb. Ich hörte keinen Ton. Ich sehnte mich danach, jemanden neben mir zu haben, die Nähe eines anderen Menschen, seine Wärme und seine Anwesenheit zu spüren. Worte zu teilen ist nicht so wichtig, Anwesenheit zu teilen sehr wohl. Deshalb haben Tiere nie sprechen gelernt, ihnen genügt das gemeinsame Nest. Die Liebe der Tiere besteht darin, einen anderen neben sich zu ertragen, die Liebe der Menschen wiederum, sich nach dem anderen zu sehnen.

Ich setzte mich aufs Bett und versuchte Susas Duft zu erschnuppern, aber der Herbst hatte inzwischen gründlich gelüftet.

12

Aus dem Spiegel sah mir ein Mann mit blau gefleck-
tem Gesicht entgegen. Das Zähneputzen war schwierig,
ich bekam den Mund nicht richtig auf. Ich stand in der
Dusche und bedauerte, dass keine Badewanne da war. Die
Badewanne verkörpert alles Positive aus einer vergangenen
Welt – also auch aus meiner eigenen Kindheit. Im heißen
Bad entflieht der Mensch sich selbst und seinem Leben.
Wenn das Wasser fast wehtut und einem den Atem be-
nimmt, einen aber zugleich wie ein Kokon umhüllt, dann
fühlt man sich sicher.

Vielleicht gibt es gerade deshalb keine Badewannen
mehr. Die Menschen haben keine Zeit, sich sicher zu fühlen. Außerdem werden Wasser und Energie vergeudet.

Andererseits hatte ich an diesem Morgen nicht mal die
Geduld zum Duschen. Ich wusch mir rasch das Haar,
trocknete mich ab und zog mich an. Das Frühstück gab es
im Café, und es war überraschend gut. Nicht zu üppig wie
in den großen Hotels, aber ausreichend, und das Brot war
sogar frisch. Ich belud meinen Teller. Ich habe stets Appe-
tit, wenn ich am Abend zuvor getrunken habe. Und jetzt
kann ich noch ergänzen: anscheinend auch dann, wenn
ich verprügelt worden bin. Ich versuchte so zu tun, als

hätte ich keine blauen Flecken im Gesicht, und selbst wenn, dann nur, weil ich auf dem Hof ausgerutscht war. Niemand schien sich für mein lädiertes Äußeres zu interessieren. Die Frühstücksgäste waren ohnehin anders als normalerweise in den Hotels. Alle schienen am falschen Ort zu sein. Janne ließ sich nicht blicken. Ich malte mir aus, was er wohl gerade in diesem Moment trieb. Ich biss in mein Brötchen. Es war doch ein wenig trocken.

Ich blätterte lustlos in der Tageszeitung. Die Welt schien genauso aus den Fugen zu sein wie immer, nicht mehr, aber auch nicht weniger. So ist die Welt, nie ganz im Lot, aber auch dann, wenn sie Schläge austeilt, sind diese letztlich bedeutungslos, stellte man sie in einen entsprechend großen Zusammenhang. Meine Frauenprobleme waren aus der Sicht der Evolution ziemlich klein, weil sie sogar aus meiner eigenen Sicht eher klein waren. Gerade jetzt schmerzte mir mehr das Gesicht als das Herz.

Allmählich ärgerte ich mich, dass Janne nicht auftauchte. Wir hätten losfahren müssen.

Ich verließ den Frühstücksraum, packte in meinem Zimmer die Sachen zusammen und ging zum Auto. Im Handy stellte ich den Weckruf ein, fünf Minuten später würde es klingeln. Wenn Janne bis dahin käme, könnte er mitfahren. Ich setzte mich hinters Steuer, steckte den Schlüssel ins Zündschloss und wartete. Die Sekunden wurden zu Minuten und kein Janne in Sicht. Ich stellte mir vor, wie durch die Türritzen seines Zimmers ein von der Brunst geschwängerter Dampf drang, wie Nebel. Wieder befand ich mich auf der falschen Seite der Tür.

Der Handywecker klingelte. Ich startete das Auto und fuhr los, um nach Benzin zu suchen. Am Motel gab es eine Selbstbedienungsstation, aber ich wollte außer Sichtweite gelangen. Ein paar Kilometer weiter kam der Abzweig auf eine große Straße, und dort befand sich ein Siedlungsgebiet.

Ich stellte mir Jannes Gesicht vor, wenn er das Auto nicht fände. Er würde mich aufgeregt anrufen, und ich würde schließlich gnädig einwilligen, ihn abzuholen.

Der Ärger meldete sich wieder, als ich an die Kreuzung gelangte. Die Straße war nicht sehr befahren. Ich sah die nackte Susa vor mir, vom Hals abwärts musste ich mir ihre Formen allerdings ausmalen. Ich blickte noch einmal zurück, aber mein Bruder war nicht zu sehen.

Die Sonne stand tief und beleuchtete den im Auto schwebenden Staub. Das Licht blendete mich, und weil ich sowieso ein bisschen von der Rolle war, sah ich das Auto nicht, dem ich die Vorfahrt nahm. Der Fahrer konnte noch so weit reagieren, dass er nur das Heck meines Wagens rammte, was mir vermutlich das Leben rettete. Mein Wagen wurde in den Straßengraben gefegt wie ein Brotkrümel vom Fußboden. Das Auto, mit dem ich zusammengestoßen war, rollte noch ein Stück weiter und landete ebenfalls im Graben, wenn auch einigermaßen glimpflich, so viel konnte ich noch erkennen, ehe ich das Bewusstsein verlor. Der Zusammenstoß war heftig gewesen, und ich hatte mich zu dem Zeitpunkt noch nicht angeschnallt, das mache ich immer erst unterwegs – so spart man Zeit. Deshalb also schlug ich mit dem Kopf gegen die Frontscheibe, und das Glas zerbrach. Ich kam erst wieder zu mir, als ich neben einem Krankenwagen auf der Trage lag und mir jemand den Kopf verband.

Janne sah mich besorgt an. Mir schwindelte, und ich war nicht ich selbst. Ich versuchte die Erinnerungsbilder zu sortieren, so, als würde ich ein Puzzle zusammensetzen. Der Rettungssanitäter sagte, ich hätte Glück gehabt, aber ich konnte den Crash nicht wirklich als Glücksfall empfinden. Ich fragte, was dem anderen passiert war.

»Kam mit Blechschäden davon.«

Ich richtete mich auf und sah unser Auto. Wenn ich vorher geglaubt hatte, dass es Schrott war, musste ich das revidieren: Jetzt war es Schrott. Ich versuchte aufzustehen, aber der Sanitäter verlangte, dass ich mich wieder hinlegte. Man würde mich ins Krankenhaus bringen. Auch ein Polizist war anwesend. Er reichte mir ein Röhrchen, in das ich hineinpusten sollte. Es war kein Röhrchen zur Herstellung von Seifenblasen. Zum Glück war ich um diese Zeit bereits nüchtern. Auch diesbezüglich war der Abend auf halbem Wege stehen geblieben. Ich musste daran denken, wie oft mein Arbeitgeber, die Versicherung, Anträge auf Schadensersatz abgelehnt hatte, weil der Versicherte nicht angeschnallt gewesen war. Andererseits war Jannes Auto vermutlich gar nicht kaskoversichert, sodass sowieso keine Zahlungen zu erwarten waren.

»Dein Kopf muss untersucht werden«, sagte Janne.

Ich glaubte leisen Spott aus seiner Stimme herauszuhören.

»Du musst uns ein Auto besorgen«, sagte ich.

»Es sei denn, wir fahren mit dem Rollstuhl«, entgegnete er.

Man hob mich in den Krankenwagen, und Janne blieb zurück und wunderte sich über den Umfang der Verantwortung, die plötzlich auf ihm lastete. Das Autowrack musste aus dem Straßengraben und anschließend aus dem Register entfernt werden. Er musste einen Ersatzwagen besorgen. Er musste die losen Fäden einsammeln und neu ordnen, so wie ein echter Profi des Alltags. Es war einer der Momente im Leben, da das Erwachsensein auf die Waagschale kommt. Wie gut hat man verinnerlicht, wie die Welt funktioniert und welchen Knopf man drücken muss, damit das und das passiert. Letztlich ist Erwachsensein nichts völlig anderes als die sichere Kenntnis dessen, wie man nach Joensuu fährt. Ich selbst verwechsle allerdings Joensuu und Jyväskylä. Man sollte Ortschaften nicht so gleichlautende Namen geben.

Mein Kopf schmerzte, aber das konnte auch vom Kater kommen. Ich betrachtete die Decke und die Wände im Krankenwagen. Ich war noch nie in einem solchen befördert worden. Krankenwagen sind kleine Kliniken und die Fahrer eine Mischung aus Rallyefahrer, Arzt und Kraftmensch, denn in Fahrstühlen werden keine Tragen benutzt. Da gilt es, die Zähne zusammenzubeißen und die Patienten zu tragen, auch wenn sie noch so schwer sind. Ich war ja ein leichter Fall, aber man stelle sich vor, jemand wiegt hundertzwanzig Kilo und bricht in der Toilette seiner Wohnung im sechsten Stock zusammen, wie sollen sie den da rauskriegen?

Ich erkundigte mich. Die Sanitäter lachten und sagten, dass sie eine Winde benutzen. Ich glaubte es nicht, fing aber keine Diskussion an. Mit Profis ist das zwecklos.

In der Ambulanz untersuchte mich ein Arzt, und als ich über Nackenschmerzen klagte, schickte er mich zum Röntgen. Ich erwähnte nicht, dass mein Nacken schmerzt, seit ich achtzehn bin. Ein Röntgenbild wäre gut, damit man mal sieht, was dort los ist. Ich durfte in aller Ruhe auf dem Bett liegen bleiben. Menschen wuselten um mich herum, und das war gar nicht so übel. Eine hübsche Krankenschwester kam und fragte mich nach dem Zustand meiner Blase. Das war aufmerksam, wenn auch ein wenig intim, weil wir uns nicht kannten. Sie führte mich zur Toilette, kam aber nicht mit hinein, worüber ich froh war.

Früher traf ich mich mal kurze Zeit mit einer Krankenschwester. Die Beziehung scheiterte, nicht zuletzt deshalb, weil ihr Interesse am Körperkontakt stets auf den Glockenschlag dann erlosch, wenn ihre Dienstzeit endete. Wenigstens ein bisschen mehr hätte sie mir gönnen können.

Beim Röntgen wurde festgestellt, dass mit meinem Nacken alles in Ordnung war, und auch wenn es mir anders vorkam, musste ich mich damit zufriedengeben. Der Arzt erklärte mir, wie und wann ich meinen Kopfverband wechseln sollte, dann entließ er mich. Ich trat aus der Tür der Ambulanz, wackelig, aber auf eigenen Beinen. Ich fühlte mich, als hätte ich den Krieg überstanden, mit Blessuren, aber lebend. Ein bisschen so wie im *Unbekannten Soldaten*, als die Sonne vom Himmel herunterblinzelt, nachdem die Männer auf einem guten zweiten Rang das Ziel erreicht haben.

Ich holte mir im Café ein Salamibrot, setzte mich draußen vor dem Gesundheitszentrum auf eine Bank und aß. Der Geschmack des Brotes war verknüpft mit einer von Jalmaris Kriegsgeschichten, die er jedes Mal erzählte, wenn es Salami gab. Es ging immer so los, dass Jalmari sagte: »Wir haben mal ein Pferd gegessen«, und ich darauf lustlos: »Ach ja?«

Ich musste jetzt an die Geschichte denken. Jalmaris Gruppe versteckte sich in der Scheune eines karelischen Dorfes vor den Russen, die in der Gegend aufgetaucht waren. Die Finnen hockten dort schon seit mehreren Tagen, und ihre wenigen Proviantreserven waren aufgebraucht. Der Hunger rumorte in ihren Därmen, aber nach draußen wagten sie sich vorerst nicht. Es war nervenaufreibend, aber andererseits waren die Männer an Hunger und miese Bedingungen gewöhnt. Sie stammten vom Lande, aus armen Verhältnissen; Männer, die notfalls sogar auf dem Meeresgrund zurechtgekommen wären, wenn sie ihren Dolch bei sich gehabt hätten. Bei Eintritt der Dämmerung überlegten sie, wer zur Nahrungsbeschaffung nach draußen gehen sollte. Jalmari meldete sich freiwillig. Vielleicht würde er irgendwo ein von den Dorfbewohnern vergessenes Huhn oder einen Erdkeller voller Kartoffeln finden. Draußen nieselte es ganz fein; es war, als würde Nebel vom Himmel fallen. Jalmari packte seine Sachen und schlich zur Scheunentür. Die Russen befanden sich gerade nicht im Dorf, aber in der Nähe, und sie hatten eventuell Späher dagelassen, auch die womöglich auf Nahrungssuche unterwegs. Deshalb galt es, vorsichtig zu sein.

Jalmari öffnete langsam die Scheunentür und ließ das Mondlicht herein. Und da sah er sie: Eine große weiße Stute näherte sich, sie kam direkt auf die Scheune zugetrabt. Die Landschaft war so gespenstisch, dass man sich fast Flügel auf dem Rücken des Tieres vorstellen konnte. Jalmari hielt die Tür auf, und bald war die Stute drinnen. Auch sie war im Krieg gewesen, hatte eine schlimm aussehende Wunde an der Flanke. Jalmari nahm den Kopf der Stute zwischen seine Hände und sprach mit ihr, beruhigte sie. Dann rief er seinen Kameraden zu, dass der Abendbrottisch gedeckt sei.

Es tat den Männern leid, ein gutes Pferd zu töten, aber mitnehmen konnten sie es nicht. Und dem Feind wollten sie es auch nicht überlassen. Jalmari schlachtete die Stute mit dem Dolch, da er wegen des entstehenden Geräusches nicht zu schießen wagte. Ein Schnitt durch die Halsschlagader, auch wenn es ihm schwerfiel. Die Sache wäre beinah übel ausgegangen, denn das Tier starb nicht gleich, sondern trat aus purem Entsetzen einige Male um sich, ehe es zu Boden sank. Jalmari bekam einen Tritt in die Seite ab und brach sich eine Rippe.

Ich dachte an den Luchs, den Janne getötet hatte, und an die Millionen Menschen, die im letzten Krieg getötet worden waren. Eine Million ist eine große Summe, sowohl im Portemonnaie als auch, wenn es um die Menschheit geht. Ihre Vernichtung braucht Zeit.

Ein neuer schwarzer Mercedes fuhr vor. Janne grinste breit, wie ein Kind an Weihnachten. Ich beschloss, ihm keine Fragen zu stellen. Das geschähe ihm recht. Er stoppte direkt vor mir, und ich stand auf und trat ans Auto heran. Jalmari schwankte sacht auf der Rückbank. Bis nach Imatra waren es noch mehr als dreihundert Kilometer, die Nachlassaufstellung wäre am folgenden Tag. Ein paar Orte müssten wir vorher noch aufsuchen.

13

Der Mercedes lief gleichmäßig wie das skandinavische Leben. Die Schäden im Asphalt waren von der Straßenmeisterei ausgebessert worden, und es war, als hätte sich dort nichts Schlimmes abgespielt, nur meine Kopfschmerzen und die Seitenstiche erinnerten mich noch daran.

Ich fragte nicht, aber Janne erzählte trotzdem. Er hatte den Wagen von Maria geliehen. Jetzt war also auch das klar: Maria, nicht Marja. Das hatte ich mir bereits gedacht. Die Marias sehen besser aus als die Marjas. Die Marjas sind vulgärer. Mit Namen verbinden sich feste Vorstellungen. Petri zum Beispiel ist automatisch ein bisschen langweilig, weil es so viele Männer mit diesem Namen gibt. Noch schlimmer ist es, wenn einige ein Pete daraus machen. Glauben sie etwa Zugräuber zu sein? Präsident jedenfalls wird man nicht, wenn man Pete heißt. Staatspräsident Pete? Geht einfach nicht.

Ein Name darf Ecken und Kanten haben, aber so, dass ihn — wie die Musik von CCR — alle mehr oder weniger ertragen. Den Namen Janne hatte ich immer nichtssagend gefunden, bis ich hörte, dass Sibelius so genannt wurde, und das änderte meine Meinung, denn ich mag Sibelius' Musik und seine Haltung. Davon habe ich Janne natürlich nichts erzählt, und ich werde es auch nicht tun, jedenfalls nicht, bevor er kahl zu werden beginnt.

Auf meinen eigenen Namen war ich als Kind stolz, denn nach ihm war eine ganze Buchreihe benannt worden. Allerdings verdarb mir Janne den Spaß und zeichnete in der Unterstufe Karikaturen des Titelhelden, die Überschriften lauteten etwa »Teemu kackt«, »Teemu ist doof« oder »Teemu mag Mädchen«. Ich ließ mich nicht herab, das in irgendeiner Weise zu kommentieren, warf die Dinger einfach nur in den Papierkorb.

Janne fuhr sicher. Das wunderte mich, denn im Allgemeinen lehnte er es ab, sodass man hätte annehmen müssen, seine Fähigkeiten seien eingerostet. Ich dachte an den Erdbeersaft in seinem Flachmann und rekapitulierte die Ereignisse und Getränke des vergangenen Abends: Janne hatte nur diverse Drinks zu sich genommen, von denen ich nicht wusste, was sie eigentlich enthielten.

»Hast du einen Kater?«, fragte ich und sah ihn von der Seite her an.

»Nein, wieso?«

»Ich schon.«

»Mangelnde Übung.«

»Du hast geübt?«

»Ja.«

»Lass uns nach Hollola fahren«, sagte ich.

Janne gab einen unbestimmten Laut von sich. Ich interpretierte ihn so, dass er an sich nichts gegen Hollola hatte, andererseits aber nicht verstand, warum wir dort anhalten sollten. Wir hatten allerdings darüber gesprochen. Jalmari

117

wohnte einige Zeit in Lahti, aber, besonders wichtig in dem Zusammenhang, getraut worden war er in der Kirche von Hollola, mit seiner ersten Frau, versteht sich. Großmutter und er hatten sich mit dem Amen vom Standesamt begnügt. Sie hatten wohl gedacht, wenn man über siebzig ist, ist der Gedanke, im weißen Prinzessinnenkleid durch den Mittelgang einer Kirche zu schreiten, irgendwie grotesk. Als Brautjungfern hätte man Urenkelinnen nehmen müssen, die vor einer so faltigen Braut Angst bekommen hätten, vom Bräutigam ganz zu schweigen.

Jalmaris erste Ehe wurde im Jahre 1946 geschlossen. Damals dürfte spürbare Freude geherrscht haben, da man nicht mehr fürchten musste, dass jedes Flugzeug, das den Ort überflog, Brandbomben abwerfen könnte. Der Tanz dauerte allerdings nicht lange, schon Anfang der Fünfzigerjahre kam es zur Scheidung. Das Thema wurde nie berührt.

Einmal, als ich Jalmari besuchte, fragte ich ihn, ob er Fotos habe, denn ich dachte mir, dass er vielleicht selbst gern die vergangene Welt betrachten und an alte Zeiten denken wollte. Ich jedenfalls mag alte Fotos. Auf dem Klassenfoto sieht man zum Beispiel eine ganze Generation, der noch nichts geglückt oder missglückt ist, Reihe für Reihe bloßes Potenzial. Natürlich werden die Chancen zum größten Teil nie realisiert, denn nicht einmal gute Ausgangsbedingungen sind Garantie für irgendetwas.

Auf den Fotos sieht man auch die Mode so, wie sie wirklich ist und wie man sie niemals sehen kann, wenn man mitten in ihr lebt und die Ästhetik der Zeit so tief aufgesaugt hat, dass einem schwindelt und die Schulterpolster als die willkommene Alternative zum Training erscheinen. Das Präsens verfälscht den Blick. Erst der Zeitabstand ermöglicht es, das Ganze zu sehen. Wenn man zwanzig Menschen zusammen auf ein Foto bringt, sieht man, dass all diese Individuen ähnliche Frisuren, Kleidung aus demselben Geschäft, Lidschatten aus der gleichen Palette haben. Und trotzdem, wenn zu der Zeit, da man lebt, die Brillen größer sind als der eigene Kopf, empfindet man die Mode nicht als merkwürdig. Sogar jene, die behaupten, den aktuellen Stil zu hassen, kaufen Sofas und Autos, die genau so eckig oder rund sind wie das geistige Klima der jeweiligen Zeit.

Ich betrachtete uns beide. Wir waren gewöhnlich gekleidete Männer mittleren Alters. Jeans, dazu trug Janne ein zerknittertes Oberhemd, ich einen Pullover. Nichts, was das Jahr oder das Jahrzehnt verraten hätte. Und trotzdem, wenn sich jemand diese Szenerie zwanzig Jahre später ansehen würde, könnte er fast genau auf das Jahr bestimmen, welcher Zeit diese beiden verstaubten Kerle entstammten.

Jalmari hatte keine Fotoalben im Bücherregal. Eigentlich hatte er nicht mal Bücher, abgesehen von einem zwanzigbändigen Lexikon, dessen aktuellste Informationen vom Beginn der Siebzigerjahre stammten. Es war ein Schatz, den er gehütet und der all seine Umzüge schadlos überstanden hatte. Vermutlich war das Lexikon teuer gewesen. Mehrbändige Lexika waren einst ein gutes Geschäft. Selbst Leute, die sonst nicht lasen, stellten sich ein Lexikon ins Bücherregal. Es war ein Zeichen dafür, dass man das Geschehen auf der Welt verfolgte und im Bedarfsfall die geografische Lage und Bevölkerungszahl Luxemburgs nachschlagen konnte, ebenso auch, ob der Oheim ausgestorben oder nur durch den Onkel ersetzt worden war.

Jalmari besaß viele Dinge, deren Aufbewahrung keinen Sinn hatte. Aber die Menschen einer Generation, die schlechte Zeiten erlebt hat, sind außerstande, etwas wegzuwerfen. Denn sie sind in ihrem Muskelgedächtnis verankert. Wenn sie auch nur einen Versuch wagen, klammern sich ihre Finger an den jeweiligen Gegenstand, und die Hand gibt ihn nicht her. Die Generation der geistigen Pfadfinder, immer bereit und auf alles eingestellt. Und dann haben sie diesen seltsamen Gedanken, dass eine Ware wertvoll ist. So, als wären die Matratzen handgefertigt, ohne Kraft und Mühe zu scheuen. Erst wurde auf dem Schaumgummifeld die Ernte gezüchtet, dann wurde sie gemäht und in der Scheune getrocknet, und schließlich wurden daraus Matratzen gesponnen. Es ist eine Generation, die die Regale nach wie vor mit Papier auslegt, weil sie glaubt, dadurch die Bretter zu schonen, obwohl die heutigen Oberflächen gelebtes Leben nicht mehr so aufsaugen wie früher, als ein Beerenweinfleck im Sperrholzregal für immer von schlechten Lebensgewohnheiten kündete. Großmutter deckte die Sofas mit Schonbezügen ab und trat nie auf die Türschwellen, damit sie sich nicht abnutzten – so, als wäre das Leben dann am besten, wenn man es im Tod zurückgeben und behaupten kann, man habe es nicht mal aus der Schutzhülle genommen.

Zu altern bedeutet, dass die Zeit einen überholt und nicht mitnimmt, sodass man selbst vorwärtsstolpern muss. Und man geht in die falsche Richtung, in die Kindheit, die Vergangenheit, dorthin, wo ein Schraubglas wertvoll ist, weil man darin Rüben einwecken kann. Ich verstehe übrigens Leute nicht, die Rüben einwecken. Wurzeln soll man nicht wiederkäuen, Wurzeln sind ein Teil des Menschen, und sie sind nicht zum Essen gedacht.

Meine eigenen Nervenwurzeln hingegen schmerzten. Der Kopf tat weh, die Hand juckte, in der Schulter stach es, und der Oberschenkel brannte. Ich bekam einen Vorgeschmack darauf, wie es ist, alt zu sein. Janne erzählte von seinem Abend. Maria war dem Vernehmen nach großartig.

»Habt ihr euch noch lange unterhalten?«, fragte ich.

»Über Metaphysik?«

»Mehr über Anatomie.«

Ich begann von Hollola und von Jalmaris erster Hochzeit zu erzählen.

»Wie die Hochzeit war, daran konnte er sich nicht mehr erinnern«, sagte ich.

»Jalmari hatte ein selektives Gedächtnis«, bestätigte Janne.

Ich selbst denke, dass man sich an seine Hochzeit immer erinnert, auch wenn man mehrere hatte. Nun ja, weiß man's? Das Leben ist lang, vielleicht will man sich all die Entscheidungen gar nicht merken, und so vergisst man sie schließlich. Vergessen ist echtestes und endgültigstes Sterben. An die verstorbenen Menschen erinnert man sich immerhin, alles Vergessene ist viel weiter weg.

Und dann sind da die Menschen, von denen man nicht weiß, ob man sich an sie erinnern möchte, aber man kann sie auch nicht vergessen. Sie schlummern irgendwo auf dem Grund des Gedächtnisses und kommen an die Oberfläche, wann immer es ihnen gefällt, dabei verursachen sie ein unangenehmes Gefühl, vermischt mit Zorn.

Erinnert sich Vater zum Beispiel an den Tag seiner ersten Hochzeit, und wie hat er ihn in Erinnerung? Bestimmt ist die Erinnerung verblasst, da es auch die Frau nicht mehr gibt, die am Altar neben ihm stand und sagte: Ich will. Außerdem trennten sie sich, lange bevor Mutter starb. Vater zog weg und fand eine andere, eine, mit der es keinen Kummer, keine Kinder, keine durchwachten Nächte und nicht all das gab, was einem das Leben schwer macht. Damals dachte ich, es sei unsere Schuld, meine und vor allem Jannes, denn ein einzelnes Kind hätte er doch sicher verkraftet.

Vater hielt nicht gerade eifrig Kontakt mit uns, wir sahen uns, wenn es ihm passte. Die Unterhaltszahlungen leistete er, empfand sie allerdings als großes Opfer und auch als eine gewisse Ungerechtigkeit, weil wir ja nicht mal bei ihm lebten. Vaters Logik war lückenlos, so wie jede Logik, die man selbst entwickelt hat.

Ich habe ihn zuletzt vor einem Jahr gesehen. Er wohnt in derselben Stadt, sodass die physische Entfernung nicht das Problem ist. Er ruft uns nach wie vor am Geburtstag an und nimmt es übel, wenn wir ihn nicht anrufen. Ich mache es nicht. Die jetzige Fahrt hatte mich jedoch sentimental gestimmt, sodass ich entgegen meinen Gewohnheiten fragte:

»Ist Vater noch am Leben? Hast du ihn mal gesehen?«

»Vor einer Woche haben wir uns getroffen«, sagte Janne und sah mich verwundert an, so, als wäre dies ein merkwürdiges Gesprächsthema. »Er sah gut aus.«

»Wo habt ihr euch getroffen?«

»Ich hab ihn besucht. Er brauchte Hilfe beim Transport eines Schrankes«, erzählte Janne. »Du bist nicht übermäßig oft da gewesen.«

»Sonst vielleicht jemand?«

»Ich«, entgegnete Janne.

»Weihnachten zählt nicht«, merkte ich an.

»Du hast dich nicht mal Weihnachten blicken lassen.«

Janne hatte recht. Ich war damals verreist, denn ein Mann in meinem Alter sollte seine eigenen Traditionen entwickeln.

Das mag allerdings der falsche Ausdruck sein, denn Traditionen kann man kaum als die eigenen bezeichnen. Sie stammen aus ferneren Zeiten, sind vor Jahrhunderten entstanden, mindestens aber in der Kindheit. Die Traditionen der Weihnachtsfeiertage sind bei allen Leuten mehr oder weniger gleich, sie werden lediglich auf verschiedene Weise gewürzt. In der einen Familie trinkt man Wein, in der anderen Schnaps, aber die Idee bleibt dieselbe.

»Vater hat lobend über dich gesprochen«, sagte Janne. »Du bist patent, meinte er.«

»Ach ja?«

»Und er bedauerte, dass du keinen Kontakt mit ihm hältst.«

»Das Telefon funktioniert in zwei Richtungen.«

»Er hat dich angeblich angerufen. Du willst nur nicht mit ihm reden.«

»Ich kann am Telefon nicht reden«, sagte ich verärgert.

Was hatte Vater mich zu kritisieren? Er sollte erst in den Spiegel schauen und danach die Fehler in den Gesichtern anderer korrigieren.

Wir passierten Riihimäki und fuhren weiter in Richtung Hollola. Die Landschaft war nach wie vor deprimierend. Salpausselkä sollte eigentlich irgendwie bemerkenswert und schön sein, aber die Straße war sinnigerweise so gebaut worden, dass man davon kaum etwas merkte. Ich sah, dass es dort einen Ort namens Hikiä gab, im Hinterland dann vermutlich Takahikiä. Wir befanden uns in Finnlands Hinterzimmer, wir zwei Junggesellen. Ein trauriger Gedanke. Ich musterte Janne mit einem Seitenblick und sah, dass auch er gealtert war. In den Augenwinkeln hatte er Krähenfüße und in seinem dunklen Haar bereits die ersten grauen Strähnen. Ist man ein Junggeselle, wenn man geschieden ist? Vielleicht nicht. Ich war also der einzige.

Ich grollte wegen Jannes versöhnlicher Worte über unseren Vater und zählte alles Hässliche, was draußen vorbeisauste – so lief ich nicht Gefahr, positiv zu denken. Ich war bei der Zahl Zweihundert zugunsten des Hässlichen angelangt, als sich die Landschaft veränderte. Es gab Höhenunterschiede, und hier und da sah man Anzeichen dafür, dass die Gegend vielleicht schon vor den Achtzigerjahren besiedelt gewesen war. Vereinzelt standen am Feldrand schmucke Bauernhäuser.

Janne fuhr ins Zentrum von Hollola, wo wir ein Café fanden. Ich bestellte mir ein Stück Schmalzkuchen, Janne verzichtete darauf. Wir beobachteten durchs Fenster einen Erstklässler auf dem Heimweg. Ich dachte wieder an meinen ersten Schultag – manche Momente im Leben haben sich anscheinend unauslöschlich ins Gedächtnis eingegraben, sind gewissermaßen Grunderfahrungen. Der Schulbeginn gehört für mich dazu. Zu essen gab es bei uns Fleischklopse. Ihr Zweck war es, mir so gut zu schmecken, dass sie die Erkenntnis abmilderten, dass die Tage künftig nicht mehr nur mir, sondern zumindest in gewisser Weise auch der Allgemeinheit gehörten.

Ein Kind dachte natürlich nicht so. Für mich war der Schulbeginn eine Art Beginn des Erwachsenseins, wunderbar und beängstigend zugleich, von dem ich eine schöne Erinnerung zurückbehielt. Den Schulweg zu Beginn des Schuljahres prägten nun stets herbstliche Klarheit und frischer Morgenwind, die, nach dem Sommer, von Routine, Vorhersehbarkeit und gleichförmigen Tagen kündeten. Von einer köstlichen und sicheren Langeweile, nach der sich der Mensch sehnt, auch wenn er es nicht immer zugibt.

Man sollte annehmen, dass sich eine Kirche mitten im Ort befindet, aber das ist recht selten der Fall. Ein ortsansässiges Rentnerehepaar beschrieb uns den Weg zur Kirchstraße, der wir einfach folgen sollten, dann würden wir irgendwann auf die Kirche stoßen. Der Ratschlag war fast wie eine Metapher für das Leben. Nach mehreren Kilometern Fahrt tauchte das rote Dach auch schon auf.

Die Kirche von Hollola ist, wie überall, aus grauen Steinen gebaut, schön, wenn es davon nicht so viele gäbe. Ich habe mal nachgezählt. In Finnland gibt es hundertvier mehr oder weniger standfeste mittelalterliche Steinkirchen. Nicht mehr lange, und jedes Kirchenmitglied hat seine eigene.

Janne parkte den Wagen, und ich griff mir Jalmari. Ganz in der Nähe schimmerte ein See, der Anblick war durchaus nicht übel. Linker Hand lag der Friedhof. Aus einer momentanen Eingebung heraus zeigte ich ihn Jalmari, obwohl ich vermute, dass er unser Vagabundenleben mehr schätzte. Ich ging hin und las die Namen auf den ersten Gräbern – Friedhöfe erzählen viel über einen Ort. Die Grabsteine brachten mich auch dazu, die Beerdigungen zu zählen, an denen ich bisher teilgenommen hatte. Die Liste wog schwer, war aber erfreulich kurz: dreizehn. Auf zweien von ihnen war der Verstorbene noch nicht sehr alt gewesen, und einmal war der Sarg nur einen Meter lang. Den kleinen weißen Sarg vergesse ich niemals, ich war damals selbst noch ein Kind. Es war nur ein Träger erforderlich: Vater.

Und dann war da natürlich Mutter. Daran wollte ich jetzt nicht denken.

Ich machte mir stattdessen Gedanken über Gleichaltrige. Aus dem Freundeskreis – oder sollte ich besser sagen: von den halbwegs Bekannten – waren sieben gestorben. Jeder von ihnen hatte Alkohol, Drogen oder anderes Zeug konsumiert. Einer hatte sich umgebracht, ein anderer war umgebracht worden, die Übrigen hatten sich zugrunde gerichtet. Außerdem hatten sie noch etwas gemeinsam: Sie waren alle Männer.

Aus irgendeinem Grund ertränken sich Frauen selten im Hafenbecken, fallen nicht vom Balkon, ersticken nicht an ihrem Erbrochenen oder empfinden das Leben als so düster, dass sie morgens nicht aus dem Bett aufstehen mögen. Ich machte eine entsprechende Bemerkung zu Janne. Er dachte darüber nach und bestätigte meine Beobachtung.

»Wahrscheinlich werden den Mädchen während ihrer Erziehung irgendwann Dinge eingeschärft, wie dass sie nicht in luftiger Höhe herumklettern oder dass sie sich warm anziehen sollen, wenn sie vorhaben, draußen im Schnee zu schlafen«, vermutete er.

Ich sagte, dass all das vermutlich auch uns Männern, oder Jungen, gegenüber erwähnt worden ist, dass wir aber nur gerufen haben: ja, ja, gleich, und uns weiter darauf konzentriert haben herauszufinden, wie weit ein Spielzeugauto fliegen kann.

Unser gemeinsames Fazit lautete: Frauen fahren eben nicht mit geschlossenen Augen und einer irrsinnig hohen Geschwindigkeit Auto, weil sie gewettet haben, stattdessen essen sie gesund und bewegen sich regelmäßig in der Gruppe.

»Zwar auf Stöcke gestützt, aber immerhin«, ergänzte Janne.

Fast wünschte ich mir, dass auch ich etwas anderes zwischen den Beinen hätte als jetzt. Meine Brüste waren immerhin schon von ansprechender Größe.

Wir betraten die Kirche. Kühle Granitblöcke hießen uns willkommen im Mittelalter. Der Raum war leer, und wir ließen den Blick wandern. An den Wänden befanden sich Holzskulpturen von Jesus, Maria und den Heiligen. Es ist jammerschade, dass wir durch die Reformation die Heiligen eingebüßt haben. Sie waren faszinierende Persönlichkeiten, schmorten lieber auf dem Rost, als dass sie auf ihren Glauben verzichtet hätten. Heutzutage bringt derartiger Eigensinn höchstens einen Spitzensportler oder einen IT-Unternehmer hervor.

Ich ging nach vorn, betrachtete das Altarbild. Dann stellte ich Jalmari auf den Fußboden, ungefähr an die Stelle, an der er meiner Einschätzung nach bei seiner Hochzeit gestanden hatte. Ich versuchte mir die Situation vorzustellen. Der Kirchensaal sah im Wesentlichen so aus wie jetzt. Die Männer trugen Anzüge, vermutlich geflickt und von schlechter Qualität, da eine Krise herrschte, aber abgesehen davon sahen sie ähnlich aus wie heute. Hässliche Ohren, schlecht geschnittenes Haar, Bärte und Nasenhaare. Vielleicht war auch ein schmucker Kerl darunter, den findet man stets in den Reihen. Der Pastor sprach womöglich ein bisschen frommer und ernster als heute, aber trotzdem war es der übliche Lobgesang, dass das Größte von allem die Liebe ist. Als Kind verstand ich immer »das Gröbste« und wunderte mich, warum die Liebe so grob sein sollte.

»Der Hochzeitstag ist der beste Tag des Lebens«, sagte Janne und betastete den Stoff auf dem Altar, der vermutlich wertvoller war als der gesamte Inhalt seines Kleiderschrankes, weshalb ich ihn aufforderte, seine Finger im Zaum zu halten. Wie üblich hörte er nicht auf mich, sondern fuhr fort: »Bei der Hochzeit wird das Leben auf null gestellt, und alle Himmelsrichtungen stehen einem offen. Alles ist möglich, und nirgendwohin braucht man allein zu gehen. Als Elli und ich aus der Kirche in die Sonne traten und es Reis zu regnen begann, dachte ich: So geht es jetzt weiter, ein endloses Wachsen, der Kinder, der Zusammengehörigkeit, des Vermögens und des Sonnenlichtes.«

»Ewiges Wachstum gibt es nicht. Das ist eine Illusion, auf die die Menschheit ein ums andere Mal hereinfällt. Alles endet, und zumeist schlecht«, sagte ich. »Die Menschheit ist wie ein brodelndes Gericht, das immer mehr Blasen wirft. Es ist Fantasterei, sich vorzustellen, dass eine dieser Blasen so viel Luft bringt, dass sie uns noch tausend Jahre Atem erlaubt.«

Ich betrachtete das Altarbild, auf dem Jesus und die Schächer am Kreuz hingen. Die vertikalen Pfähle der Kreuze waren auf dem Gemälde höchst seltsam abgestützt, ganz unten befanden sich Keile, die wohl kaum geholfen haben dürften, falls die Pfähle nicht wirklich tief im Boden steckten.

Nie zuvor hatte ich den christlichen Glauben unter bautechnischem Aspekt betrachtet. Wie hält sich ein so unglaublich großes und schweres Kreuz überhaupt aufrecht? Man müsste es mindestens einen Meter tief eingraben, falls der Boden sandig war, was anzunehmen ist. Oder war im Boden ein System fest installiert, nach dem Prinzip des Schreibzeughalters, in das man das Kreuz nur hineinstellen musste, und dann hielt es sich? Ähnlich wie eine Wäschespinne, aber jeder, der mal versucht hat, eine aufzustellen, weiß, dass sie nicht lange aufrecht stehen bleibt.

Es wäre peinlich gewesen für die Römer und sicher auch nicht angenehm für den Gekreuzigten, wenn das Kreuz plötzlich umgekippt wäre und man es wieder hätte aufrichten müssen.

Ich trat ein paar Schritte zurück, um mir einen besseren Gesamteindruck der Sachlage verschaffen zu können. Das Gemälde war nicht besonders gut. Ich machte noch einen weiteren Schritt, aber da trat ich ins Leere, so, als hätte Jesus meine Zweifel erkannt und wollte sich jetzt rächen, indem er mich in die Unterwelt beförderte. Dem war zum Glück nicht so. Ich war lediglich, während ich rückwärtsging, ans Ende der Stufe gelangt. Der Altar stand in der Kirche etwas erhöht.

Während meines kurzen Fluges durch die Luft konnte ich mich noch so weit drehen, dass mein Kopf von weiteren schlimmen Blessuren verschont blieb. Meine Schulter hatte nicht so viel Glück. Dort knackte es scheußlich, und ich begriff, dass die Schneebälle künftig nicht mehr so weit fliegen würden wie früher. Janne kam angelaufen, um mir hochzuhelfen. Ich hätte am liebsten geflucht, verzichtete aber darauf, denn immerhin waren wir in der Kirche. Die Tür der Sakristei öffnete sich, und eine Frau kam herbeigeeilt. Sie beklagte den Vorfall und fragte nach meinem Befinden.

Ich fühlte mich in jeder Hinsicht ramponiert, mochte das aber gegenüber einer wildfremden Frau nicht zugeben. Ich setzte mich in eine Bank.

Janne hob den Arm zum Allerhöchsten und fragte, ob ich das auch könnte.

Ich schielte ihn wütend an: Natürlich konnte ich es nicht.

»Wenn du den Arm hochkriegst, bedeutet das, dass nichts Ernstes passiert ist«, erklärte er.

Ich versuchte es. Der Arm hob sich ein Stückchen. Nicht bis ganz nach oben, aber die Schmerzen waren erträglich. Das tröstete mich: Ich war glücklich darüber, dass ich noch nicht so alt war, dass ein Sturz gleich Krankenhaus bedeutete. Andererseits war ich dreißig Zentimeter gestürzt, und dies war das Ergebnis.

Als Kinder machten Janne und ich um die Wette Hochsprung. Ich meine damit keinen Hochsprung im landläufigen Sinne, sondern bei uns gewann der, der aus größerer Höhe vom Baum sprang. Abends waren wir mit blauen Flecken übersät, mehr nicht. Ich gewann natürlich die Wettkämpfe bis auf einen, aber da brach sich Janne das Schienbein und musste viele Monate eine Krücke benutzen. Mutter fand, dass ich schuld war, obwohl Janne ja selbst gesprungen war, niemand hatte ihn gestoßen.

Heute sind die Gummiknochen der Kindheit nur mehr eine ferne Erinnerung, und solche Sprünge würde man nicht lebend überstehen. Je älter man wird, desto deutlicher zeigt sich, dass das einzig Beständige beim Menschen die Vorurteile sind.

Mein Handy klingelte. Unbekannte Nummer. Aus irgendeinem Grund mochte ich nicht antworten. Ich habe die Gabe, zukünftige Ereignisse oft vorhersehen zu können. Natürlich meine ich damit nicht, dass ich weissagen könnte, aber zum Beispiel als Mutter noch lebte, wusste ich oft schon eine Minute vorher, dass sie gleich anruft. Sie nannte es Vorsehung. Es war lächerlich, aber dennoch, es passierte mehr als einmal.

Ich besiegte meine Zweifel, meldete mich und trat aus der Kirche ins Freie.

Am Telefon stellte sich mir ein Kommissar soundso vor, ich verstand den Namen nicht, und er fragte, ob ich einen Augenblick Zeit hätte. Ich spürte, wie sich meine Kehle zusammenschnürte, ungefähr so wie einst in der Schule, wenn der Lehrer mich bat, nach der Stunde dazubleiben, weil er sich mit mir unterhalten wollte. Ich hatte ein schlechtes Gewissen wegen allem: wegen Mutter, wegen Vater, wegen Jalmari, wegen Elli, sogar wegen Janne und weil ich als großer Bruder nicht besonders gut war. Der Mensch fühlt sich im Innersten immer in einem Maße schuldig, dass er sich, wenn die Polizei anruft, sofort vorkommt, als trüge er die ganze Welt auf dem Rücken, entgegen allen Ratschlägen der Physiotherapeutin. Und falls es die Schelte nicht aus dem erwarteten Anlass gibt, so bleibt sie ihm doch nie erspart.

Der Kommissar wollte etwas über Jalmaris Medikamente wissen.

Das war eine eigenartige und besorgniserregende Frage. Ich hatte das Gefühl, als hätte ich ein Schwert in der Luftröhre und dürfte nur ganz flach atmen, um es nicht in meine Lunge zu befördern. Ich erinnerte mich, wie ich mal einen Hecht geangelt hatte, der den ganzen künstlichen Köder verschluckt hatte. Seine Qualen konnte ich mir ausmalen, als ich ihn an Land brachte und er sich nicht wehren konnte, weil ihm dann der Köder die Gedärme herausgerissen hätte. Der Gedanke daran machte mich ganz schwach.

Ich erzählte, dass Jalmari tot war, nur noch ein Haufen Asche.

»Oder nicht mal mehr das, die Asche ist schon in alle Winde verstreut«, log ich. Ich begreife nicht, warum ich das sagte. Ich begann zu verstehen, warum Leute beim Verhör einknicken und Dinge erzählen, nach denen sie nicht gefragt wurden oder die gar nicht passiert waren.

Der Kommissar erzählte, dass Zweifel hinsichtlich Jalmaris Medikamenten aufgetaucht waren. Die Polizei war gebeten worden zu untersuchen, ob es im Zusammenhang mit seinem Tod etwas Verdächtiges gab.

»Er war ja fast hundert!«, rief ich. »In dem Alter ist es verdächtig, wenn man nicht stirbt!«

Ich bereute meine Worte sofort. Sie hörten sich für mich fast wie ein Geständnis an. Ich verdrängte den Gedanken. Und auch der Kommissar hakte nicht nach. Stattdessen sagte er, dass er gern ein paar Worte mit mir wechseln würde.

»Warum?«

»Sie hatten viel mit dem Verstorbenen zu tun, besuchten ihn bis zum Schluss im Hankoer Pflegeheim. Ich würde Ihnen gern eine Aufnahme der Überwachungskamera zeigen.«

»Fotos der Überwachungskamera?«

»Ja, dort aus dem Pflegeheim.«

»Ich bin momentan unterwegs.«

»Später, wenn Sie wieder da sind. Wann kommen Sie zurück?«

Ich schlug vor, dass wir uns in der folgenden Woche mit der Sache beschäftigen könnten. Dem Polizisten war es recht. Die Angelegenheit schien nicht sehr dringlich zu sein. Das war sicherlich gut. Ich beendete das Gespräch und war anscheinend blass geworden, denn Janne, der ebenfalls nach draußen gekommen war, sah mich verwundert an. Ich sagte, dass mein Sturz in der Kirche eine Blutarmut nach sich gezogen hatte.

»Wer war das?«, fragte Janne.

»Die Polizei. Sie untersuchen Jalmaris Tod.«

»Jalmari war ja fast hundert!«

»Das habe ich auch gesagt.«

»Warum untersuchen sie den Tod, war daran etwas merkwürdig?«

»Nicht, dass ich wüsste.«

Das Telefonat hatte mich nicht wirklich aufgemuntert. Polizisten und Steuerbeamte sollte man schon allein aus gesundheitlichen Gründen meiden. Ich grübelte darüber nach, wer wohl so niederträchtig gewesen war, den Tod eines alten Mannes bei der Polizei anzuzeigen. Ein böser Scherz. Wir gingen zum Auto. Janne stellte Fragen, wirkte geschockt. Ich konnte ihm keine weiteren Auskünfte geben, wusste nichts. Er erkundigte sich nach Jalmaris letzter Lebensphase. Wer hatte ihn besucht? In welchem Zustand war er gewesen?

»Er war tot!«, fauchte ich.

»Und davor?«, fragte Janne.

»Davor war er am Leben!«

»Wer hätte den Wunsch gehabt haben sollen, ihn zu töten?«

»Wir?«

Janne war unzufrieden; er hoffe, so sagte er, dass sich das nicht auf die Verteilung des Erbes auswirken werde. Ich seufzte im Stillen und äußerte mich nicht zu dem Problem. Stattdessen erzählte ich, dass Jalmari lange Zeit der Primus des Pflegeheims gewesen, dass es aber irgendwann gesundheitlich mit ihm plötzlich bergab gegangen sei und er auch geistig nachgelassen habe. Das nennt man dann wohl Vorbereitung auf den Tod. Die Idee ist, so elend zu werden, dass man den Tod nicht mehr spürt.

Ich fügte hinzu, dass ihn vermutlich sonst niemand besucht hatte, allerdings gab es nichts, was diese Annahme stützte. Jalmari hatte viele Leben gehabt, auch solche, von denen ich nichts wusste. Ich durfte mich zwar um ihn kümmern und bestimmte laufende Angelegenheiten für ihn erledigen, aber daneben hatte er seinen eigenen Hofstaat gehabt, Menschen, hauptsächlich Frauen, mit denen er seine Zeit verbrachte. Keine Ahnung, vielleicht waren diese Leute auch zu ihm ins Pflegeheim gerannt.

Das Ganze machte mich dennoch nervös.

14

Die Kirche blieb hinter uns zurück. Ich war um eine Beule reicher. Hoffentlich hatte Janne wenigstens eine Mundschleimhautentzündung.

Im Übrigen waren auch ihm gelegentlich Missgeschicke passiert, so wie damals, als wir vom Baum sprangen. Oder ein anderes Mal, als ich ihn bei einem gemeinsamen Spiel komplett in eine Matratze einrollte und sie zuschnürte. Er fiel um und konnte sich natürlich nicht abstützen, sodass er auf den Rand einer offenen Kiste knallte und sich den Kopf aufschlug. Die Wunde blutete ziemlich stark, und niemand war zu Hause, also verband ich ihn, so gut ich konnte, und brachte ihn, weil er noch verwirrter wirkte als sonst, ins drei Kilometer entfernte Gesundheitszentrum. Ich setzte ihn auf den Gepäckträger des Fahrrads, und los ging es. Auf halber Strecke kam uns Mutter entgegen und nahm sich der Sache an. Und das Allerbeste: Der Aufprall war so hart gewesen, dass Janne einen Gedächtnisverlust erlitten hatte und nicht mehr wusste, was passiert war. Abends kam Mutter zu mir ans Bett, dankte mir für mein umsichtiges Handeln und sagte, dass sie stolz auf mich sei. Mir wurde warm ums Herz, denn das hatte sie noch nie getan.

Wir fuhren auf der Kirchstraße ins Zentrum. Der uns bevorstehende Weg nach Imatra war gepflastert mit düsteren Gedanken und Sorgen, denn der Polizist machte keine Anstalten, mir aus dem Kopf zu gehen. Da lauerte er in meinem rechten Gehirnlappen, bereit, mir ein Bußgeld zu verpassen, falls sich meine Gedanken mit überhöhter Geschwindigkeit im Kreise drehen sollten. Oder notfalls sogar meine Gedanken aufzuschreiben, falls darin etwas auftauchte, das den Ermittlungen dienen könnte. Ganz normale Ausspähpraxis der Polizei.

Wir fuhren auf die Landstraße Nummer sechs in Richtung Kouvola.

»Hast du dir jemals Jalmaris Tod gewünscht?«, fragte Janne.

»Natürlich nicht.«

»Ich schon. Ich dachte, das Erbe würde alles ändern. Mit Elli würde sich alles ändern.«

»Man soll niemandem den Tod wünschen«, sagte ich.

»Nein, du hast recht«, gab Janne zu.

»War Elli hinter dem Geld her?«, forschte ich nach.

»Das sind alle.«

In Gedanken versuchte ich Menschen zu finden, die nicht so waren. Elli wäre die Nummer eins auf der Liste gewesen, aber Janne war anscheinend anderer Meinung. Ich hätte am liebsten widersprochen, aber das war sinnlos, denn er hatte den Trumpf in der Hand. Ein Ehemann kennt schließlich seine Frau und so weiter. Dabei stimmt das gar nicht unbedingt. Die meisten Ehescheidungen rühren nach meiner mangelhaften Erfahrung gerade daher, dass die Partner einander nicht kennen und, was am schlimmsten ist, nicht mal versuchen, sich kennenzulernen.

»Ich bin nicht besonders hinter dem Geld her«, sagte ich schließlich.

Janne lachte. Er begnügte sich nicht mit einem kurzen Auflachen, sondern lachte anhaltend. Richtig schallend, so, als wollte er sagen, dass man auf eine so lächerliche Behauptung einfach nicht anders reagieren kann. Charakteristisch für diese Art Lache ist ihre Freudlosigkeit, und gerade dadurch wird sie so provokant.

»Wirklich nicht«, bekräftigte ich noch und versuchte, meiner Stimme einen Ton zu geben, der die Gelassenheit des großen Bruders ausdrückte, denn das wirkt nach meiner Erfahrung ebenso provokant. Damit gebe ich zu verstehen: Was immer du auch sagst, ich bin älter als du, und nichts, was in diesem Leben geschieht, kann jene Jahre auslöschen, da du einen Kopf kleiner warst und glaubtest, der Whirlpool auf der Schwedenfähre habe keinen Boden, und dir die Seele aus dem Leib schriest, als Mutter dich hineinsetzte.

Aber das Alter ist natürlich auch keine Garantie für Klugheit, im Gegenteil.

Einmal zum Beispiel bestellte sich Jalmari im Teleshop ein Fitnessgerät. Er rief mich an und sagte, er sei ausgeraubt und seine Wohnung sei verwüstet worden. Als ich eintraf, fand ich im Flur einen Haufen Pappe und das Gerät vor. Ich fragte ihn, was das sei. Jalmari erklärte, in seinem Alter müsse man etwas für die Beweglichkeit tun. Das Gerät sei eine Vibrationsplatte. Man knie darauf, vorn befinde sich so etwas wie ein Fahrradlenker, und dann müsse man von einer Seite auf die andere schaukeln.

Jalmaris eigentliches Problem war jedoch nicht die Vibrationsplatte, sondern der Türrahmen, den die Männer beim Zusammenbau des Gerätes beschädigt hatten. Mir war das bei einem Umzug auch schon mal passiert.

Jalmari ärgerte sich darüber, weil er den Männern auch noch Geld gegeben hatte, obwohl es nicht nötig gewesen wäre. Außerdem hatten sie ihm angeblich fünfhundert Euro gestohlen. Ich fand das Geld hinter dem Telefontisch auf dem Fußboden. Jalmari gab den Leuten immer Geld. Wenn ihm jemand auch nur einen kleinen Dienst erwies, wollte er dafür bezahlen. Und er zahlte fürstlich. Wenn man für Jalmari jobbte, kam man auf den Stundenlohn eines Chirurgen.

Die Sache hatte allerdings einen kleinen Haken. Jalmari zahlte gewissermaßen dafür, dass er die Leute verleumden durfte. Es war insofern fair, als er ihnen auch die Chance gab, sich von der Verleumdung freizukaufen: Wer das Geld nicht nahm, blieb unangetastet. Allerdings erfuhr man das nicht vorher, sodass man hätte wählen können. Ich nahm aus diesem Grunde nie Geld von ihm. Der Renault war was anderes gewesen.

Wir passierten Lahti. Zum ersten Mal im Leben sah ich die Sprungschanzen. Aus dem Fernsehen waren sie mir natürlich bekannt. Als ich klein war, schauten wir viel Langlauf und Skispringen, aber das lag hauptsächlich daran, dass die Sender kaum etwas anderes brachten.

»Im Vorschulalter habe ich den Fünfzigkilometer-langlauf mindestens über zweitausend Kilometer verfolgt«, sagte ich.

»Und Skispringen bis zum Mond«, ergänzte Janne. Er hatte die gleichen Erinnerungen und Erfahrungen, auch wenn er beim traditionellen Langlauf zwei Jahre weniger dabei gewesen war. Das Finnland der Breschnew-Ära war eine Erfahrung, die in unser beider Gedächtnis haftete wie der zähneputzende Affe an der Wand des Badezimmers oder die Flora-Blumen an der Kühlschranktür.

Ich erzählte Janne, dass einer der schrecklichsten Momente meines Lebens mit dem Skilaufen zusammenhing. Die Situation, die meine ganze Zukunft bedrohte, trat in der vierten Klasse ein, als ich begriff, dass am folgenden Tag Skiwettkämpfe stattfinden sollten und ich der einzige Mensch an der Schule war, der Skier mit altmodischer Bindung hatte.

»Kann sich jemand allen Ernstes vorstellen, damit Skiwettkämpfe zu bestreiten?«

»Nachher bekam ich die Bindung«, sagte Janne.

»Man müsste mindestens in einem mächtigen Steroidrausch sein«, sagte ich und überhörte Jannes Spitze. »Ich weinte bitterlich, bis Mutter schließlich zu der Einsicht gelangte, dass es billiger war, neue Skier als Steroide zu besorgen. Abends gingen wir zu Anttila und kauften die Skier.«

»Hast du gewonnen?«

»Ich wurde Vierter. Oder Letzter, wie man es nimmt. Aber die Skier waren toll, sie waren blau, von Karhu.«

»Ich gewann mit der alten Bindung die Schulmeister-
schaft«, sagte Janne. »Weil ich deine neuen Skier nicht aus-
leihen durfte.«

Das war mir gar nicht mehr geläufig. Janne fing jedoch
keine Diskussion an, sondern erwähnte, dass ich mich als
Kind für so vieles geschämt hatte. So war es wirklich, glaube ich. Ein Anlass zum Dauerschämen waren damals unsere Familienautos. Nie besaßen wir neue, so wie die Familien
unserer Schulkameraden. Einmal kaufte Mutter sogar einen alten Citroën mit Stoffdach, was ungefähr dasselbe
war, als würde man ohne Hose in die Schule gehen. All das
hat Janne offenbar nie gestört. Vielleicht hat er gar nicht
erkannt, wie wichtig das richtige Auto war. Er kleidete sich
ja auch recht willkürlich. Ich versuchte ihn manchmal zu
beraten, aber er lachte nur.

Scham ist eine merkwürdige Kraft. Wie kaum etwas anderes kann sie Berge versetzen. Oder würde Berge versetzen, wenn es nicht so verdammt peinlich wäre. Bei der
Scham geht es immer um die Angst, dass man gar nicht
durchschnittlich ist. Dass man das grellste Muster aus der
Tapetenfabrik ist, das niemand haben will. Denn durchschnittlich zu sein hindert einen ja nicht daran, sich trotzdem für eine einzigartige und besondere Persönlichkeit
zu halten, die nur zufällig die gleiche Mütze trägt wie alle
anderen.

Janne unterbrach das Schweigen:

»Jalmari!«

»Was ist mit ihm?«

»Wo ist er?«

Ich analysierte rasch die Lage, versuchte mir in Erinnerung zu rufen, wo ich ihn zuletzt gesehen hatte.

»Hast du ihn womöglich in der Kirche zurückgelassen?«

»Nein, das warst du.«

Ich ersparte mir die Antwort. Das war wieder mal typisch für Janne. Die Schuldigen waren immer schnell gefunden. Es war müßig, darüber zu streiten. Ich fuhr auf den Seitenstreifen, wendete und schwenkte auf die Gegenfahrbahn ein, zurück in Richtung Lahti. Im Stillen fluchte ich über die Zeitverschwendung. Bis nach Hollola brauchten wir gut eine halbe Stunde.

Nach vierzig schweigend zurückgelegten Kilometern bog ich auf die bereits bekannte Kirchstraße ein und legte das letzte Stück mit leicht überhöhter Geschwindigkeit zurück. Polizisten waren zum Glück nicht zu sehen. Selbst jener, der in meinem Gehirn Posten bezogen hatte, machte vielleicht eine Kaffeepause.

Auf dem Parkplatz an der Kirche standen jetzt Autos. Die Luken des Turmes waren geöffnet, und die Glocken läuteten. Kirchenglocken haben einen schönen Klang, machtvoll und ein wenig dramatisch. Sie sagen: Kommt her, es geschieht etwas Wichtiges. Die moderne Entsprechung dazu ist das Piepen beim Eingang einer Textnachricht, das uns veranlasst, in den Taschen zu wühlen und uns in die digitale Wirklichkeit wie in den Himmel zu recken: Jemand hat speziell mir etwas mitzuteilen.

Jetzt klangen die Glocken aufgeregt. Drinnen in der Kirche war eine Amtshandlung im Gange. Wir stiegen aus und gingen zur Eingangstür. In Anbetracht dessen, dass sie so groß und schwer war, ließ sie sich überraschend leicht öffnen. Übrigens ein wesentlicher und eigentlich der einzige Punkt, auf den die Gemeinden Wert legen sollten: dass sich die Tür zur Kirche leicht öffnen lässt. Dass es einfacher ist zu kommen als wegzugehen.

Im Kirchenschiff befanden sich etwa zwanzig schwarz gekleidete Leute. In der Mitte stand ein Sarg. Jalmari stand, von uns aus gesehen, rechts vom Sarg, jemand hatte ihn an die Säule gestellt wie eine Blumenvase. Die Leute brachten gerade Blumen zum Sarg und sprachen Gedenkworte. Wir sahen uns an. Janne zeigte auf eine Bank, und wir setzten uns. Lange konnte es ja nicht mehr dauern.

Mir kam unwillkürlich der Gedanke, dass Jalmari zwei Trauungen erlebt hatte und nun auch zwei Beerdigungen erlebte. Ich konnte mich mit der Trauer der anderen nicht befassen, ließ den Blick durch die Kirche und über das schön gemauerte Gewölbe schweifen.

Dann betrachtete ich den Sarg, der um so vieles größer war als jener kleine, den Vater einst trug. Immer noch tat es weh, daran zurückzudenken, obwohl ich damals klein gewesen war und mein Innerstes noch aus formbarem Material bestanden hatte, Material, das vergisst und keine Beulen annimmt. Ich erinnerte mich dennoch: Wir befanden uns im Sommerhaus, Mutter war mit Janne einkaufen gegangen, Vater sollte eigentlich aufpassen, aber Sanna war trotzdem nach draußen entwischt. Ich lag auf dem Hof, baute Legos zusammen und sah nichts weiter als die Tiefen des Weltalls, in die mein Raumschiff fliegen würde. Sanna lief auf den Bootssteg und fiel ins Wasser. Vater kam aufgeregt heraus und suchte nach ihr, fragte mich, ob ich nicht meine Schwester gesehen hätte, und rannte ans Ufer. Das Schilf war lang, es hätte geschnitten werden müssen. Der Steg lag ein bisschen schief auf den Pfählen. Das Wasser war trübe, von Schiffen aufgewühlt. Es dauerte eine Weile, bis Vater sah, was jedem Menschen erspart bleiben sollte.

Ich beobachtete von fern, wie er Sanna heraushob und schrie. Er schrie vor Schmerz und Entsetzen, und er schrie mich an, warum ich nichts unternommen hätte. Ich begriff, dass es meine Schuld war. Mutter kam nach Hause, und dann waren wir auf der Beerdigung, Vater trug den Sarg, und nie war ein Gang so entsetzlich schwer wie jener zu der leeren Gruft, die einen kleinen Sarg aufnehmen sollte. Ich ahnte, dass Begräbnisse normalerweise nicht so sind, nicht sein können. Die Menschen würden es nicht ertragen. Ich machte mir Vorwürfe, dass ich mit meinen Legos nicht näher an der Haustür gespielt hatte. Ich hätte gemerkt, dass Sanna herausgetapst kam. Ich hätte sie eingefangen. Ich hätte sie auf den Arm genommen und in Sicherheit gebracht. Ich hätte sie in die Stube gebracht und mit ihr gespielt. Aber ich war so in meine eigenen Spiele vertieft gewesen. Ich hatte nichts gesehen und gehört. Vielleicht hatte Sanna beim Laufen gelacht.

Der Begräbnistag war verregnet, aber als wir aus der Kirche kamen, klarte es auf, und die Sonne sah auf den Trauerzug herunter. Als wir das Grab verließen, setzte der Regen wieder ein. Sogar der Himmel erweist Sanna die Ehre, sagten die Leute. Ich dachte bei mir, dass der Vater im

Himmel gut sein muss, wenn er die Wasserhähne zudreht, um eines kleinen Mädchens zu gedenken. Meine Ehrfurcht *Ihm* gegenüber wuchs. Dass der Vater im Himmel Sanna uns ja auch genommen hatte, war ein Aspekt, den ich damals noch nicht erkannte.

Einige Jahre später trennten sich unsere Eltern. Mutter konnte Vater nicht in die Augen sehen und er ihr nicht. Vater hatte eine andere Frau, aber das war mehr eine Folge als die Ursache. Mutter kam nie über die Sache hinweg. Vater sprach nie darüber, und ich weiß nicht, ob er jemals das Grab besucht. Ich tue es, und immer wenn ich hingehe, denke ich an Klein-Sanna und daran, dass ich besser auf meine Schwester hätte aufpassen müssen.

Ich betrachtete den Pastor in seinem Talar und fragte mich, wie es wäre, wenn ich mich seinerzeit zum Priester hätte weihen lassen. Wie mochte es sein, an den Begräbnissen, Hochzeiten und Taufen unbekannter Leute teilzunehmen? Würden mir die Tränen kommen, wenn der Verstorbene jung und die Trauer unter den Angehörigen übermächtig wäre? Oder wie ginge es mir bei Trauungen: Könnte ich den Glauben an die Kraft der Liebe beschwören, wenn ich wüsste, dass sich bei dem Paar mit fünfundfünfzigprozentiger Wahrscheinlichkeit innerhalb des nächsten Jahrzehnts so viel Zeug ansammelt, dass beide nicht mehr zusammen in ein und dieselbe Wohnung passen?

Ich hätte nie Pastor sein können. Das begriff ich spätestens im zweiten Jahr, als die Seminare begannen. Gegen die Theologie an sich war nichts einzuwenden. Wenn wirklich irgendwo der Glaube an höhere Mächte infrage gestellt wird, dann an der theologischen Fakultät. Theologie hat mit Glauben nichts zu tun, sie ist nur die Fortsetzung der Geschichtsschreibung mit anderen, schlechteren Mitteln. Deshalb werden reine Theologen nirgends gebraucht, und so winken am Ende des Studienfegefeuers nur die Priesterweihe und Schmalhans als Küchenmeister.

Als Pastor hätte ich schauspielerische Fähigkeiten gebraucht. Und mehr noch: Heutzutage genügt es in dem Beruf nicht, sich selbst so weit zu täuschen, dass man an das glaubt, was man anderen gegenüber behauptet. Viel schwieriger ist es, sich einzureden, dass die anderen ernst nehmen, was man erzählt. Ein Selbstbetrug dieses Ausmaßes verlangt einen Glauben, der einen auch außerhalb der Wintermonate über das Wasser trägt.

In jener Phase des Studiums, da das Wesen des Heiligen Geistes behandelt wurde und ich erkannte, dass die Theologen nicht bis drei zählen können, suchte und fand ich Asyl in der Mathematik. Mein Verhältnis zu Gott liegt seither auf Eis, beim Examen allerdings glaubte ich hinter den allerschönsten Gleichungen Spuren von ihm zu entdecken.

Der Pastor segnete den Toten aus. Die Trauergäste erhoben sich und strömten an uns vorbei. Sie nickten uns zu, weil sie glaubten, dass wir zum selben Tross gehörten. Ich nickte mit teilnahmsvoller Miene zurück.

Als alle weg waren, holte ich Jalmari. Janne schüttelte amüsiert den Kopf.

»Eins zu null für Jalmari«, sagte er.

15

Die Fahrt zog sich in die Länge wie das Wachstum eines Bonsaistrauches. Es begann zu regnen. Ich hielt Ausschau nach Kilometersteinen, aber die gibt es nicht mehr. Einst verfügte die Menschheit über einen Trupp von Männern, deren Lebensaufgabe es war, aus Granit Kilometersteine herauszuhauen, sie mit Pferd und Wagen über weite Strecken an ihren Bestimmungsort zu transportieren und einzusetzen. Da stand der Stein dann hundert Jahre oder länger. Hier, etwa dreißig Kilometer westlich von Kouvola, hätte man auch einen finden können. Jedenfalls ist solche Arbeit konkreter als alles, was ich je gemacht habe. Von dieser heutigen Zeit bleiben den kommenden Generationen höchstens Tortendiagramme, die man nicht mal essen kann.

Als wir klein waren, vertrieben Janne und ich uns auf Autofahrten die Zeit damit, dass wir wetteiferten, wer als Erster einen Kilometerstein entdeckte. Janne gewann immer Silber. Ich rief: »Da!«, und er fragte: »Wo?«

Auch ohne Kilometersteine näherten wir uns allmählich Kouvola. Die Landschaft war bereits anders als zu Hause, aber noch keineswegs schöner. Dies ist ein seltsames Land, und man kann sich nur über denjenigen wundern, der als Erster beschlossen hat hierzubleiben. Verglichen mit der Westküste, war die hiesige Gegend hügeliger, steiniger und, soweit möglich, noch ärmer. Die Felder waren klägliche Parzellen, die höchstens ein Zubrot einbrachten. Einen positiven Unterschied gab es aber doch, hier sah man noch Kühe auf der Weide. Mir fiel außerdem auf, dass eine der Kühe einen Büstenhalter trug. Die Körbchengröße muss riesig gewesen sein.

»Erinnerst du dich an die Kuhgeschichte?«, fragte Janne, als er die Herde sah.

»Nein.«

»Doch, bestimmt«, sagte er und lachte.

Klar, ich erinnerte mich. Sie war mit einer meiner seltenen Niederlagen verbunden. Ein Denkfehler, nichts anderes. Wir waren irgendwohin unterwegs und neckten uns gegenseitig. Ich verstand es stets, ihn an seinem wunden Punkt zu treffen, er war allerdings auch nicht ganz ungeschickt. Ich wollte ihn mit meinem Spott richtig fertigmachen, und so zeigte ich auf die Kühe, die auf einer Wiese weideten, und sagte: »Da, Janne, deine Brüder.« Er amüsierte sich jahrelang darüber.

Kouvola näherte sich. Jalmari arbeitete nach dem Krieg in der Papierfabrik von Kymi. Genauer gesagt stand er bei Valmet und damit auch in jener Papierfabrik auf der Gehaltsliste, er montierte und wartete die Maschinen. Jalmari hatte sich in aller Stille zum Techniker fortgebildet und wurde schließlich fast Ingenieur. Fast insofern, als er keine Zeugnisse besaß, aber man hörte auf ihn, wenn Produktionslinien optimiert werden sollten, damit das Papier immer schneller vom Band lief.

Papierherstellung ist Trocknung, erklärte er. Wenn man der Zellulose sämtliche Feuchtigkeit entzieht, ist das Ergebnis Papier. Trocknung wiederum ist Belüftung. Ganz einfach!

Zum Problem mit den Papiermaschinen wurde damals, dass, wenn man das Tempo erhöhte, die Form, auf der das Papier lief, zu flattern begann und das Papier wegglitt, weil sich zwischen Form und Papier eine kleine Lufttasche bildete. Die Ingenieure präsentierten als Lösung dafür den Sog. In der Maschine würde ein so starker Hoover installiert, dass das Papier an der Form haften blieb und A4-Bögen in einem Tempo und einer Menge entstünden, wie man sie nicht mal im Rahmen der sowjetischen Fünfjahrespläne verbrauchen könnte. Oder vielleicht doch.

Auf jeden Fall funktionierte auch diese Lösung nicht, weil die Form wegen des Saugers Risse bekam.

Aber Jalmari wusste eine Methode. Er zeigte mir mal einen alten Zeitungsartikel, in dem darüber berichtet wurde. Der Artikel stammte aus den Fünfzigerjahren, und darin hieß es, dass in der Fabrik von Kymi ein »nahezu magischer Trick« entwickelt worden war, mit dem sich das Tempo der Papiermaschinen verdoppeln ließ. Auf einem Foto standen etwa zwanzig Arbeiter um ein Rohr, eben diese Erfindung, herum. Jalmari zeigte auf einen verschwommen aussehenden Kerl und sagte, das sei er.

In dem Artikel wurde der Trick beschrieben: Man machte genau das Gegenteil dessen, was die Ingenieure vorgeschlagen hatten. Statt zu saugen, wurde geblasen. Nicht mal sehr stark, sondern gerade so viel, dass zwischen den Walzen statt des Überdrucks ein Unterdruck entstand, wodurch das Papier schön auf der Form liegen blieb wie der Bräutigam in der Hochzeitsnacht auf seiner Braut, sodass sich Geschwindigkeitsrekorde sowohl im Hochzeitsbett als auch bei der Papiermaschine erzielen ließen.

Ich verstand nichts von der ganzen Technik, und auch der Verfasser des Artikels hatte offenbar nichts davon verstanden, aber sie schien zu funktionieren, weil sie immerhin in der Zeitung vorgestellt wurde. Geld hatte Jalmari laut seiner Aussage trotzdem nicht dafür bekommen.

Er besaß noch weitere Zeitungsausschnitte. In einem davon standen Präsident Kekkonen und irgendein sowjetischer Spitzenpolitiker auf einem Steg am Kymijoki-Fluss. Sie bewunderten einen großen runden Ball, der in dem Artikel »Superoxydator« genannt wurde. Dieses Ding sollte laut Bildunterschrift wieder Leben in die von den Fabriken verunreinigten Gewässer bringen, indem es sie so intensiv reinigte und mit Sauerstoff anreicherte, dass man unterhalb der Zellulosefabrik unbesorgt aus dem Fluss trinken konnte.

Wir waren am Ziel angelangt und hielten vor einem großen Gebäudekomplex aus roten Ziegeln. Es war wie eine Stadt in der Stadt. Eingezäunt, sodass keiner hineinkam, der dort nichts zu suchen hatte. Wir parkten den Wagen in einiger Entfernung vom Tor, stiegen aus und reckten uns. Mit meinen Verbänden wirkte ich vermutlich wie die Mumie eines zum Frühsport auferstandenen Pharaos.

»Wollen wir Jalmari rausholen?«, schlug ich vor.

»Mach dich nicht lächerlich.«

Jannes Direktheit verblüffte mich, aber er hatte natürlich recht. Was bezweckten zwei erwachsene Männer damit, durch Finnland zu fahren und einem hölzernen Kasten ein altes Fabrikgebäude zu zeigen? Nach dem Motto: Siehst du, da ist sie nun, eine von Finnlands ältesten Papierfabriken. Andererseits wünscht sich der Mensch Konkretheit, und die verlieh gerade die Urne unserer Pilgerfahrt. Ohne die Urne gäbe es auch keine Nachlassaufstellung.

Wir betrachteten das Gebäude wie Touristen, die erkennen, dass das angepriesene Objekt gar nicht so aussieht wie auf den Abbildungen der Reiseprospekte.

»Genug gesehen?«, fragte Janne.

Ich wollte nicht so schnell aufgeben. Nicht schon, da die Wolke des ersten Zweifels am mittelfinnischen Himmel aufzog. Wobei ich mir gar nicht sicher war, ob wir uns in Mittelfinnland befanden, vielleicht hatten wir bereits Ostfinnland erreicht. Grenzen zu ziehen ist schwierig. Es gibt so viele Grauzonen, sei es nun bei der Aufteilung der Bezirke, der Interpretation der Vergangenheit, bei der Liebe oder bei der Einschätzung, was richtig und was falsch ist.

»Ob sich dort irgendwer an Jalmari erinnert?«, überlegte ich laut. »Es wäre schön, mit dem Betreffenden zu reden. Ich habe nie jemanden aus seiner Jugend getroffen.«

»Leute in dem Alter arbeiten nicht mehr«, meinte Janne skeptisch.

»Doch, das ist durchaus möglich«, beharrte ich. »Lass uns nachfragen.«

Janne zuckte die Achseln, ich nahm Jalmari, und wir gingen zum Tor. Ein junger Bursche in der Uniform eines

Wachmannes hörte sich unser Anliegen an und wirkte irgendwie beeindruckt, vor allem von der Urne. Ich übertrieb ein bisschen hinsichtlich Jalmaris Bedeutung für die Existenz der Fabrik und erklärte, er sei mit dem damaligen Direktor verwandt gewesen, sodass sich der Wachmann schließlich bereit erklärte, die Sekretärin des gegenwärtigen Direktors anzurufen. Sie war dem Vernehmen nach seit Jahrzehnten im Haus und könnte vielleicht helfen. Wer, wenn nicht sie.

Auf dem Hof war es ruhig. Keine Hänger mit Langholz, keine Gabelstapler, nicht mal Menschen.

Und es war überall makellos sauber. Heute sind die Arbeitsschutzbestimmungen so streng, dass man in den Fabriken überhaupt nichts mehr sieht, was auf die Produktion hindeutet. Keine Maschinenteile, die kreuz und quer herumliegen, keine Verpackungsrückstände, keine Bretterhaufen, nichts, das verraten würde, was dort produziert wird. Und in den meisten Fabriken wird ja auch gar nicht mehr produziert.

Wir hatten Glück. Die Sekretärin des Direktors hatte zufällig Zeit, und sie empfing uns. Man schickte uns in ein kleines, in den Fünfzigerjahren erbautes Bürogebäude. Uns erwartete eine lebhafte Dame kurz vor dem Rentenalter, die erfreut schien, dass sie überraschend Besuch bekam. Sie war der Typ Frau, der letztlich die ganze Fabrik stützt. Eine Art Sockel in Menschengestalt: grau und recht unauffällig, aber unersetzlich.

Wir trugen unser Anliegen vor, und zur Bestätigung zeigte ich Jalmari. Unsere Gastgeberin schaute die Urne leicht befremdet, aber mit dem altersbedingten Verständnis an und fragte, ob wir Angehörige seien.

Wir antworteten im Chor:

»Nein«, sagte Janne.

»Ja«, sagte ich.

Dann schwiegen wir alle eine Weile, denn keiner von uns mochte die Sache erklären.

»Nun gut«, sagte die Sekretärin. »Ich selbst fing Ende der Sechzigerjahre hier als Laufmädchen an. Ich erinnere mich natürlich nicht an alle Leute, ja, ich kannte nicht einmal alle. An Ihren Jalmari erinnere ich mich nicht, trotzdem kann es sein, dass er hier gewesen ist. In unseren Büchern sind alle verzeichnet, die einmal auf unserer Gehaltsliste standen. Wollen wir nachschauen?«

»Gern«, sagte ich.

Die Frau führte uns in einen kleinen Raum, der eine Kombination aus Lager und Archiv war. In den Regalen standen große Rechnungsbücher und Ordner. Die Frau wählte einen Ordner aus, der die Jahreszahl 1950 trug. Janne setzte sich in der Ecke auf einen Hocker. Ich lauschte, wie das Licht in der Leuchtröhre an der Decke knisterte. Die Sekretärin blätterte in dem Ordner. Niemand sagte ein Wort, und Janne wirkte gelangweilt. Er blickte starr auf die Wanduhr, und die zeigte eine Stunde nach der Mittagszeit an. Ich spürte es im Magen. Ich nahm mir ohne zu fragen ein großes Buch, das auf dem Tisch lag, und öffnete es. Der Deckel war so groß und schwer, dass er den an der Tischkante ruhenden Jalmari hinunterstieß. Die Urne ging auf, und ein Teil der Asche rieselte heraus.

Ich wurde rot. Die Sekretärin warf mir einen halb leidenden Blick zu und ging, um eine Schaufel zu holen. Ich überlegte, ob man in solchen Fällen eine amtlich gesegnete, von der Synode gebilligte Schaufel benutzen müsste, aber als die Frau zurückkam, scharrte ich rasch die Asche und ein wenig Fußbodenstaub zusammen und schüttete alles in die Urne. Janne kommentierte den Vorfall in keiner Weise. Auch die Sekretärin war feinfühlig genug, sich wieder den Büchern zu widmen.

»Hier gibt es niemanden mit dem Namen«, sagte sie schließlich und schien es zu bedauern.

»Jalmari gehörte zu Valmet«, versuchte ich es noch.

»Auch die Leute sind hier aufgeführt.«

»Ob er dann vielleicht erst ab dem nächsten Jahr hier war?«

»Schauen wir mal.«

Ich war mir sicher gewesen, dass Jalmari schon Ende der Vierzigerjahre in dem Job angefangen hatte, aber ich hatte mich wohl geirrt. Auch im Jahre 1951 war er nicht erwähnt. Schließlich sah die Sekretärin auch noch die Jahre 1952 und 1953 durch. Ohne Ergebnis. Dann stellte sie die Ordner wieder ins Regal und erklärte, dass sie zu einer Sitzung müsse.

»Vielleicht liegt hier ja nur ein Fehler vor. Damals nahm man es nicht so genau mit den Papieren«, sagte sie tröstend.

Im Auto schlug Janne vor, essen zu gehen. Aus irgendeinem Grund stand mir der Sinn nach Nudelauflauf. Ich vermutete, dass es den nirgends geben würde, denn gerade aus dieser Art von Enttäuschungen bestand das Leben.

16

Eines der Mittagsgerichte an der Tankstelle war Nudelauflauf. Schweigend machten wir uns darüber her. Das Essen schmeckte nach Mittwoch. Nicht sonderlich gut, aber auch nicht schlecht. Mittelmäßig. Der Geschmack, nach dem ich mich gerade jetzt sehnte.

Ich sehnte mich auch nach Elli. Ich war dagegen machtlos, dass Jannes Anwesenheit mich immer wieder an sie erinnerte. Gern hätte ich die beiden ausgetauscht, aber seinen Bruder kann man nicht austauschen. Man kann höchstens versuchen, ihn zu verkaufen, was ich als Kind auch getan hatte, aber die Nachbarn hatten kein kleines Kind gebraucht, obwohl ich ihn für eine Mark weggegeben hätte.

Janne war damals vielleicht drei.

Aber ich habe ihn auch verteidigt.

Und wenn es galt, Bonbons zu teilen, war das Ergebnis zwar nicht unbedingt immer halbe-halbe, aber ich nahm mir nicht mehr, als mir die zwei Jahre Altersunterschied erlaubten.

Das lange Schweigen zwischen uns war für mich auch schwer gewesen. Immerhin hatte ich außer ihm keine anderen Geschwister mehr.

Janne bekam eine Textnachricht. Er las sie, lächelte leicht, antwortete kurz, kommentierte das Ganze aber nicht.

»Von wem war sie?«

»Von Mutter.«

Das war ein Code aus unserer Jugend. Wenn damals jemand anrief und wir nicht sagen wollten, wer es war, sagten wir, es sei Mutter gewesen. Diesen Ausdruck hatte ich seit Jahren nicht gehört, jedenfalls nicht, seit Mutter tot war.

»Warum sollte Mutter dich anrufen?«

Janne sah mich erstaunt an. »Wen denn sonst, dich?«

Jetzt war es an mir zu staunen. »Warum nicht?«

»Du hast dich im Krankenhaus nicht oft sehen lassen.«

»Ich hatte meine Arbeit, war im Ausland. Es war einfach die Lebenssituation.«

»Auch Mutter hatte eine Lebenssituation, dahingehend, dass ihr Leben endete.«

»Du warst ja hier.«

»Ja, stimmt.«

Ich spießte einen Bissen auf die Gabel. Der graue Alltag schaute durch die schmutzigen Fenster herein. Das Glas, in dem meine Milch serviert worden war, war abgenutzt, voller Schrammen. Auf dem Linoleumfußboden hatten die Jahre und die schmutzigen Schuhe der Gäste ihre Spuren hinterlassen. Aus der Küche hinter der Theke strömte Fettgeruch. Die Serviererin brachte Portionen an die Tische, die die Statistik mit den Herz- und Kreislauferkrankungen nicht gerade verbessern würden. Das Essen blieb mir im Halse stecken, und als ich es mit Milch hinunterzuspülen versuchte, hatte ich das Gefühl, ich würde auch die Schrammen am Glas schlucken.

Ich musste an Jannes Worte denken. Was hätte ich denn anderes machen sollen? Die Arbeit darf man nicht einfach vernachlässigen, so habe ich es gelernt. Erst die Arbeit, und danach kommt alles andere. Beim Weltuntergang ist der saubere Schreibtisch ein guter Ort, sich darunter zu verstecken. Es ist ein bisschen so wie bei Urgroßmutter. Ihr war auf ihre alten Tage ein Bart auf der Oberlippe gewachsen, und ihr letzter Wunsch lautete, man möge sie rasieren, ehe man sie in den Sarg legte, damit sie in anständigem Zustand verwesen könnte.

Ich wohnte zu jenem Zeitpunkt in Edinburgh und hatte eine Freundin, Glenna hieß sie. Die Sache ging allerdings wieder auseinander. Glenna hielt mich für einen Versager. Sie äußerte es nicht laut, aber ich glaube, sie fand, dass ich die Hände zu oft unter dem Tisch behielt. Sie zog dann mit einem iranischen Kerl ab, ein herber Schlag für mich. Ich hatte angenommen, als Skandinavier irgendwie erste Wahl zu sein, aber der Iraner hatte dichtes Haar und ein selbstsicheres Auftreten. Starke Hände, denen man ansah, dass sie etwas festhalten konnten. So bekommt man Frauen. Ich war sauer und wünschte mir von Herzen, Glenna möge ihre schottischen Wurzeln entdecken und zu geizen anfangen, auch im Zusammenhang mit ihrem Sexualleben.

»Mutter hätte dich gern hiergehabt.«

Ich antwortete nicht.

»Hältst du es für eine Art Wiedergutmachung, dass du später hin und wieder Jalmari besucht hast?«

»Sein Geld kommt doch auch dir gelegen. Auch Jalmari war ein Mensch.«

»Mutter war es ebenfalls.«

Das ging unter die Gürtellinie, und ich sagte es ihm auch. Es gibt einige Dinge, die man nicht laut aussprechen sollte.

Janne konzentrierte sich auf sein Essen. Auch ihm schien es nicht mehr zu schmecken.

»Es war Elli«, sagte er.

»Wer?«

»Die Absenderin der Textnachricht.«

Ich spürte in der Magengrube einen Krampf, wie man ihn immer dann spürt, wenn man glaubt, eine schreckliche Krankheit zu haben, oder wenn man bei etwas erwischt wird, das, wie man meint, die ganze Welt erschüttern wird, obwohl die Welt gar nicht so wackelig ist. Das ist nur die eigene Welt.

Warum schickte Elli ihm Textnachrichten?

»Ich wusste nicht, dass ihr Kontakt habt«, sagte ich.

»Du weißt anscheinend vieles nicht.«

Ich dachte an den Tag, als ich Ellis Parfüm bewunderte und sie mir ihre Hand hinstreckte. Sie hatte schöne und lange Finger, Pianistenhände, gepflegte Nägel, kein Lack. Ich sog ihren Duft ein und ließ ihre Hand nicht los. Das wusste Janne nicht. Er wusste nicht, dass ich die Hand seiner Frau nicht losgelassen hatte, wusste nicht, dass Elli mich herausfordernd angeschaut hatte. Ich habe es nie auch nur eine Sekunde bereut. Aber in ihrem Ehebett sind wir nie gewesen. Das war Elli wichtig.

Unsere Beziehung dauerte einige Monate. Dann trennten sich Elli und Janne. Ich habe ihn nie nach den Gründen der Trennung gefragt. Über so etwas reden wir nicht. Aber anscheinend wusste er, dass es da eine Beziehung gab.

Und jetzt war Elli im Begriff, zu ihm zurückzukehren. Trotz aller Botschaften, subtilen Bitten und Wünsche, die ich ihr geschickt hatte und auf die auch ein Echo gekommen war. Es war natürlich nicht bei meinem Kommentar zu jenem Woody-Allen-Film geblieben. Der war für mich nur das Startsignal für einen unauffälligen, aber hartnäckigen Angriff. War mein Manöver taktisch vielleicht allzu unauffällig, sodass Elli gar nichts davon gemerkt hatte?

Ich spürte, wie mein Körper Eifersuchtshormone auszuschütten begann, die sich bis ins Wohlfühlzentrum des Gehirns ausbreiteten und es lahmlegten. Ich fragte mich, ob ich Elli damals bloß als Sprungbrett gedient hatte, um sich von Janne zu lösen. Sie betrog ihn und machte sich dadurch bewusst, dass sie nicht länger mit ihm leben konnte. Der Auslöser war also nicht mein großartiger Charakter oder mein athletischer Körper gewesen. Ich betrachtete die Wölbung meines Bauchs. Janne hatte gesagt, dass ich zehn Kilo abnehmen müsste. Das ist allerdings schwer. Im Allgemeinen dauert es mehrere Jahre, sich zehn Kilo anzufuttern, sodass es vermessen wäre zu hoffen, man könnte sie innerhalb weniger Monate wieder loswerden.

»Hast du Elli mal gesehen? Wie geht es ihr?«, fragte ich.

»Gut. Sie ist in Imatra.«

»In Imatra?«, fragte ich verdattert. So viel Zufall konnte es nicht geben.

»Ich treffe sie morgen.«

Um Zeit zu gewinnen, ging ich auf die Toilette. Was war da los? Elli erwartete Janne in Imatra. Da gab es viele Dinge, die nicht in denselben Satz gehörten. Was sollte ich machen? Mir war bewusst, dass mangelnde Impulskontrolle zu meinen Schwächen gehörte, besonders wenn sie im Zusammenhang stand mit meinem Bestreben, Probleme möglichst schnell zu lösen. Auf diese Weise hatte ich schon vieles vermasselt. Aber das hier würde ich nicht vermasseln.

In solchen Momenten überlege ich mir zwei gangbare Wege, um einen Schritt weiterzukommen. Ich versuche mir vorzustellen, wie die Beteiligten in den erdachten Situationen wohl reagieren. Gestützt auf meine Menschenkenntnis, lege ich ihnen die Worte in den Mund, die sie sagen könnten, und male mir aus, wie sie sich verhalten. Anschließend wähle ich das Handlungsmodell aus, das mich unter den gegebenen Umständen im besten Licht dastehen lässt.

Immer wieder bekomme ich jedoch Probleme, weil die Menschen sich nicht so verhalten, wie sie es logischerweise tun müssten und wie meine Pläne es vorsahen. Stattdessen sind ihre Reaktionen irrational und basieren eher auf Gefühlen denn auf Kalkül. Im jetzigen speziellen Fall bestand außerdem die Gefahr, dass herauskäme, was ich mit Elli getrieben hatte.

Ich zog meinen Reißverschluss hoch und trat ans Waschbecken, um mir die Hände zu waschen. Ich schaute in den Spiegel und versuchte, gut auszusehen. Das wird in meinem Alter langsam zur Herausforderung. Der Blickwinkel ist wichtig, aber dummerweise kann man gerade den nicht selbst wählen. Die anderen sehen einen immer aus ihrer eigenen Perspektive. Beeinflussen kann man das Ergebnis höchstens dadurch, dass man sich regelmäßig rasiert und dafür sorgt, dass die Haare genau die richtige Länge haben, weil überflüssige Zotteln alles andere als sexy sind.

Vielleicht war es gerade mein Verdienst, dass Janne Schlag bei den Frauen hatte. Wenn ich neben ihm saß, wirkte er attraktiver als sonst. Ich fungierte als verfälschender Maßstab, eigentlich könnte ich sogar eine Firma gründen: Kontrastmann AG. Ich würde mich teuer verkaufen, allerdings wäre das Produkt auch erstklassig.

Ich trocknete mir die Hände. Die warme Luft des Automaten erinnerte mich an die Tropen und daran, wie es wäre, mit Elli in irgendeinem fernen Pfefferland aus dem Flugzeug zu steigen. Der Geruch des Reinigungsmittels holte mich wieder nach Finnland zurück.

17

»*Hast du den Flachmann* da?«, fragte ich.

»Der ist leer«, erwiderte Janne und blickte in den Rückspiegel.

Warum log er mich an? Ich war immerhin sein großer Bruder. Ich hatte ein Recht, die Wahrheit zu erfahren. Oder zumindest war ich neugierig. Ich begann jedoch mit dem Wichtigsten:

»Wenn ihr wieder zusammenkommen wollt, du und Elli, warum hast du dann das mit Maria gemacht?«

»Was hat es damit zu tun?«

Ich verstand ihn nicht. Er hatte überhaupt kein Rückgrat. Ich sagte es ihm.

Janne lachte laut. »Soll ich ein Klosterleben führen, nur weil ich vorhabe, meine Exfrau zu treffen? Sie war es ja, die mich ursprünglich betrogen hat.«

»Du auch«, erinnerte ich ihn. Er diskutierte nicht weiter, sondern schwieg. Wir fuhren hinter einem Fernlaster her. Janne lauerte auf eine Gelegenheit zum Überholen. Die würde sich auf diesen Straßen nicht so schnell bieten. Überhaupt ist es schwer, Dinge hinter sich zu lassen, insbesondere, wenn sie die Größe von Fernlastern haben. Allerdings wiegen oft gerade die kleinsten Dinge am schwersten, eine Beleidigung in einem Nebensatz, eine belanglose Ungerechtigkeit, Pech im Allgemeinen oder Steine im Schuh, die so sehr scheuern, dass man schließlich stehen bleiben muss, und dann beginnen aus den Fersen bittere Wurzeln zu wachsen, die sich so fest im eigenen Verdruss verankern, dass man nicht mehr vor und nicht zurück kann.

Ich wollte Elli gern anrufen, aber das ging nicht, also schickte ich ihr eine Textnachricht: »In zwei Stunden in Imatra.«

»An wen schreibst du?«, fragte Janne.

»An Mutter.«

Der Laster bog ab, und wir kamen eine Weile flott voran. Janne schien das Fahren zu genießen. Er erhöhte das Tempo und fuhr zu schnell. Immer mehr Finnland blieb hinter uns zurück, Kilometer, Minuten, halb vollendete Gedanken aus einem übervollen Reservoir. Trotzdem hatte ich das Gefühl, dass wir uns nicht vom Fleck bewegten. Bald hatten wir erneut einen Fernlaster vor uns. Von Überholspuren schien man in dieser Gegend nichts zu halten. Janne versuchte mit aller Macht, am Laster vorbeizukommen und konnte sich dann gerade noch auf die eigene Spur zurückfallen lassen und verhindern, dass er mit dem entgegenkommenden Fahrzeug zusammenstieß.

»Bist du irre!«, schrie ich.

»Ein prima Wagen, oder?«, sagte er, und seine Worte erinnerten mich an Jalmari.

Ich hatte auch in Finnland mal den Fehler gemacht, bei Jalmari einzusteigen. Großmutter lebte noch, aber es ging

bereits mit allen beiden bergab. Jalmari hatte seinen Führerschein erneuern lassen, und aus irgendeinem unerfind-
lichen Grund hatte der Arzt zugestimmt, obwohl der Alte
nur noch schlecht sehen konnte und auch in seiner Beweglichkeit eingeschränkt war. Natürlich ist alles relativ:
Für einen Fünfundachtzigjährigen war er noch ganz gut
beisammen, aber dasselbe könnte man auch von der Glet-
schermumie Ötzi sagen.

Zu Ehren der Führerscheinerneuerung kaufte Jalmari
ein neues Auto, und als die beiden mal wieder Finnland
besuchten, wollte er seine Kutsche vorführen. Dummerweise stieg ich zu ihm ein, denn unter Männern gibt es ein
ungeschriebenes Gesetz: Wenn der Besitzer eines neuen
Wagens dich zur Probefahrt einlädt, dann fährst du mit. Ich
hatte ein paar Bier getrunken, sodass mir die Welt keine
Angst machte, und ich sah auch überhaupt nicht, wie steil
es mit Jalmari inzwischen bergab ging. Ich gesellte mich
also auf der Talfahrt zu ihm.

Es war an einem Abend gegen Ende des Sommers. Es
wurde bereits dunkel, die Luft war feucht. Jalmari thronte
stolz auf dem Fahrersitz, wie es sich im neuen Wagen gehörte. Die Sitze waren robust, sie waren so gestaltet, dass
man sich sagte: Diesen Wagen möchte ich kaufen. Stets
entscheidend bei der Projektierung eines Autos: gute Sitze,
das Gefühl von Glück und Freiheit, der Geruch von Leder
und Neuheit, der dir signalisiert, dass mit diesem Auto das
Leben sicherer, beständiger und spannender wird. Dass sich
in diesem Auto Charakterfehler glätten und erloschene
Liebe neu aufflammt. Der Motor und sogar das Aussehen

164

des Autos sind letztlich nebensächlich, am wichtigsten ist der Moment, da du dich das erste Mal ans Steuer setzt und dein Hintern dir sagt, ob du kaufst oder nicht.

Vor Jalmaris Auto öffnete sich eine schmale Straße, bestens geeignet, in der Sommernacht mit dem Fahrrad darauf entlangzugondeln, aber Jalmaris Tacho stand bald auf hundert, und dem entsprach auch mein Herzschlag. Aber wenn Jalmari fuhr, dann fuhr er eben, und er sah keine Gefahren.

Prima Wagen, oder? Und ich wagte nicht zu widersprechen, sondern zählte die Sekunden und wünschte mir, aussteigen zu können. Die Scheinwerfer durchschnitten die Dunkelheit, die uns entgegenschlug und uns an die Lichtverhältnisse in einem Sarg erinnerte. Aus den Augenwinkeln betrachtete ich den alten Mann, in dessen Händen mein Leben lag. Seine Haut war faltiger als eine Rosine. Die Leberflecken im Gesicht und auf den Händen kündeten von den gelebten Jahren. Eine Brille trug er nicht, was aber leider nicht bedeutete, dass sein Sehvermögen ausgereicht hätte. Aus seinen Ohren wuchsen Haare, und die Ohrläppchen waren groß, wie es oft bei alten Menschen der Fall ist; entweder die Ohren wachsen auch noch im Alter, oder aber sie schrumpfen nicht, so wie der übrige Körper.

Wir kehrten lebend von der Fahrt zurück, und ich schwor, nie wieder zu ihm einzusteigen. Und daran hielt ich mich. Ungefähr ein Jahr später rief er mich eines Abends an und erzählte, dass er seinen Führerschein abgegeben habe. Sechzig Jahre Autofahren seien angeblich genug. Ich war erstaunt und positiv überrascht, dass er von selbst darauf gekommen war. Ich sagte ihm, dass der Entschluss sicherlich vernünftig sei. Darauf erklärte er, dass vor dem Haus ein Auto warte, falls ich interessiert sei. Ich versuchte abzuwiegeln, aber er wollte mir den Wagen gern schenken. So sagte ich mir denn, dass es jedenfalls nicht schaden konnte. Janne erzählte ich nichts davon. Oder ich sagte nur, dass ich das Auto gekauft hätte, damit er nicht neidisch würde.

Das Auto roch nach altem Mann – besser gesagt, nach einem scheußlichen Rasierwasser, das Jalmari literweise benutzte. Auch heute noch, nach Jahren, kann man den Geruch ahnen. Ich habe das Auto seinerzeit im Fachgeschäft waschen lassen, aber vielleicht hätte ich das Know-how des nahe gelegenen Pflegeheims nutzen sollen, die Leute dort haben mit Gerüchen Erfahrung. Ich weiß es, denn ich habe Jalmari während seiner letzten Zeit in einer solchen Einrichtung besucht. Der grässliche Gestank vom Morgen war bis zum Mittag immer aus den Räumen beseitigt. Jalmaris Auto lief jedenfalls gut, und als ich mir später ein neues kaufte, gab ich den Renault an Janne weiter, gegen eine nominelle Entschädigung. Momentan besitze ich keinen Wagen, denn ich wohne so nahe an meiner Dienststelle, dass ich zu Fuß zur Arbeit gehen kann.

Mein Handy piepte. Elli antwortete.

»Wieder Mutter?«, fragte Janne.

Ich steckte das Handy ein und verspürte Wärme im Körper. Ich betrachtete mich im Schminkspiegel des Wagens und sah einen lächelnden Mann. Innere Freude gleicht die Durchschnittlichkeit des Gesichts aus.

Die Welt schien auf meiner Seite zu sein. Ich war siegessicher und überlegen, und ich wollte Janne foppen:

»Ich habe gestern aus deinem Flachmann gekostet, als du in der Dusche warst. Darin war Erdbeersaft«, sagte ich und drehte dabei am Radio. Ich versuchte, einen Sender zu finden, der nicht nervte, obwohl ich wusste, dass das Vorhaben sinnlos war.

»Mit wessen Erlaubnis?«, entgegnete er, und jetzt klang seine Stimme verärgert. Seit er erwachsen war, wurde er nicht mehr so schnell wütend.

»Mit dem Recht des großen Bruders.«

Im Radio lief ein Schlager. »Du bist mein erster Gedanke, wenn ich am Morgen erwach…« Janne hatte anscheinend nicht die Absicht, etwas zu erklären.

Ich musste also fragen:

»Bist du Alkoholiker?«

»Eben hast du selbst gesagt, dass in der Flasche Erdbeersaft war.«

»Alkoholiker lügen, wenn es ums Trinken geht.«

»Ich glaube nicht, dass sie in diese Richtung lügen.«

Janne hatte recht. Aber ich auch. Ein Mensch, der so tut, als ob er trinkt, ist nicht ganz gesund.

»Warum lügst du dann?«

»Das musst du gerade fragen.«

»Wieso?« Ich regte mich richtig auf, denn ich verstand den Vorwurf überhaupt nicht. Wo hatte ich denn gelogen?

»Du bist immer so sehr mit dir selbst und deiner Großartigkeit beschäftigt, dass du beim Beobachten anderer gar nicht die eigenen Irrwege bemerkst. Ich weiß allerhand über dich.«

Seinem Ton war anzumerken, dass er es ernst meinte. Für einen Moment stellte ich mir vor, dass er durch mich hindurchsah, so, als wäre ich ein Fenster ohne Gardinen. Dass er sich wie ein Echolot in mein Innerstes bohren und sich ein genaues Bild von allem machen konnte, was ich getan hatte. Ein eigenartiges Gefühl, irrational, so, als wären die Synapsen im Gehirn vorübergehend falsch verbunden. Ich merkte, dass ich geradezu atemlos war. Dann war alles wieder in Ordnung, und ich begriff, dass Janne höchstens durch die Frontscheibe des Autos sehen konnte und auch da nicht sehr weit. Nur Gott und der Computertomograf sehen in den Menschen hinein. Ersterer dürfte kaum existieren, und Letzterer bildet den Menschen als eine mit Gerippe durchsetzte Fleischmasse ab, bei der die einzigen Anzeichen von Kultur die Narben der Tuberkulose-Impfung sowie der Verschleiß in den Knien sind, wenn man zu oft dem Ball hinterherrennen musste. Von den Hoffnungen und Enttäuschungen, von Verrat und Liebe erzählen die Bilder nichts.

Als ich mich beruhigt hatte, versuchte ich mich zu erinnern, ob ich etwas getan oder gesagt hatte, was ich lieber hätte lassen sollen. Das mit Elli könnte man dazuzählen, aber es gehörte nicht hierher. Auch Mutter dürfte er kaum gemeint haben, die Sache war bereits abgehandelt. Ich wollte gerade anfangen zu protestieren, als Janne eine Tramperin entdeckte, scharf bremste und am Straßenrand anhielt.

»Lass uns das Thema wechseln«, sagte er. Das Mädchen raffte seine Sachen zusammen, und hinter dem Buswartehäuschen kam ein junger Mann hervor. Beide kamen zum Auto gelaufen. Janne öffnete das Fenster auf meiner Seite, und das Mädchen lugte herein. »Wir wollen nach Imatra.«

»Das trifft sich ja gut«, sagte Janne, stieg aus und half den beiden, das Gepäck im Kofferraum zu verstauen. Ich bemerkte Jalmari auf der Rückbank, hatte aber keine Gelegenheit mehr, die Urne anderweitig unterzubringen. Ich ärgerte mich, dass Janne unser Gespräch so schnöde unterbrochen hatte.

Als das Paar endlich im Auto saß, entstand vorübergehend Schweigen. Janne fuhr weiter, ich beobachtete unsere Mitfahrer im Spiegel. Das Mädchen machte einen aufgeweckten Eindruck, vielleicht lag es an ihrem roten Haar. Rothaarige sind immer aufgeweckt. Der Junge hingegen wirkte eher verwirrt. Er war lang und schmal. Lederjacke, zerrissene Jeans, Pferdeschwanz. Er glotzte vor sich hin. Ich sah mehrmals hin, und er schien es nicht mal zu merken. Als ich dann das Mädchen erneut anschaute, begriff ich, dass auch ihre Munterkeit nicht vom roten Haar herrührte. Nach Schnaps roch es jedoch nicht im Auto.

Das Mädchen begann zu reden. Die Worte kamen schnell, fast manisch. Sie erzählte, dass sie aus Lahti kamen. Plötzliche Abreise. Sie versuchten seit Stunden, Autos anzuhalten, aber heutzutage war es schwer, eine Mitfahrgelegenheit zu bekommen.

»Die Autofahrer sind so misstrauisch«, sagte sie. »Nur Frauen werden mitgenommen.«

»Stimmt anscheinend nicht«, sagte ich.

Sie hörte nicht zu, plapperte von einer Tante, zu der sie fahren wollten. Die Imatra-Tante. Dort könnten sie übernachten. Sie selbst hatte angeblich am nächsten Tag ein Bewerbungsgespräch. Sie war Bürokauffrau. Oder jedenfalls fast. Der Bursche sagte kein Wort. Von dem Mädchen lernte ich, dass er Antti hieß. Die Anttis sind nach meiner Erfahrung brave Kerle, also dachte ich mir, dass auch bei diesem Exemplar vielleicht Hoffnung bestand. Das Mädchen selbst hieß Nora. Ich sah mich nicht veranlasst, Janne und mich vorzustellen.

Der Bursche holte Tabak und eine kleine Plastiktüte mit grünlichem Schrot hervor und begann sich eine Zigarette zu drehen. Aus seiner Tasche rollte ein Tablettenröhrchen auf den Sitz. Es war kein Aspirin.

»Hier wird nicht geraucht«, sagte ich.

Der Bursche nickte. Das Nicken hielt an, und sein Kopf begann zu zucken, so, als hätte er den Klang von Bob Marley in den Ohren. Als er seine Zigarette fertig hatte, zündete er sie an.

»Hier wird nicht geraucht«, rief ich. Es ist in höchstem Maße nervig, wenn man ein klares Verbot ausspricht und der andere es dann partout nicht befolgt.

Der Bursche guckte einfach nur, und sein Kopf zuckte. Nora starrte mich beschwichtigend an.

»Jetzt komm doch mal runter.«

Ich kam nicht runter. Der Bursche rauchte weiter. Aus einer Ratgebersendung, die ich mal im Fernsehen gesehen hatte, wusste ich noch, dass man Hunde und Narkomanen ähnlich behandeln soll. Man muss ihnen zeigen, dass man keine Angst hat, und gleichzeitig mit deutlichen Befehlen unterstreichen, wer der Boss ist. Auch die richtige Betonung der Worte ist wichtig, damit sowohl Hund als auch Narkomane begreifen, dass sie gehorchen sollen.

»Du wirfst jetzt sofort die Zigarette raus, oder ihr fliegt beide mitsamt dem Ding aus dem Auto«, sagte ich mit von Autorität triefender Stimme. Ich hätte auch »sitz!« gerufen, wenn er nicht schon gesessen hätte.

Der Bursche schien aus seinen Gedanken aufzuwachen und sah mich ungläubig an, so, als wäre ihm gar nicht in den Sinn gekommen, dass jemand sein Tun missbilligen könnte. Er blickte sich um, anscheinend in dem Glauben, dass ich wegen der Asche besorgt war. Er entdeckte Jalmari und öffnete den Deckel der Urne. Dann schnippte er die Asche hinein und lächelte mich an, so als hätte er eine gute Lösung für unser Problem gefunden. Ich verlor endgültig die Beherrschung und schnappte mir Jalmari. Der Bursche wiederum wurde darüber wütend und starrte mich mit seinen Telleraugen drohend an. Dann warf er die Zigarettenkippe nach mir. Ich hatte mich zu ihm umgewandt, sodass die Kippe meinen Hals traf und von dort unter das Hemd rutschte. Sie verbrannte mir die Brust, und ich schlug mit den Händen drauf, um sie zu löschen. Dabei stieß ich Janne an, sodass er beinah die Kontrolle über den Wagen verlor, ihn aber gerade noch rechtzeitig am Straßenrand anhalten konnte, ehe wir im Graben oder auf der Gegenspur landeten.

»Verflucht noch mal!«, schrie Janne.

Der Bursche kümmerte sich nicht um Jannes Protest, sah mich von der Rückbank aus herausfordernd an und steigerte sich weiter in seine Wut hinein.

»Blödmann«, sagte er. »Solche Typen kann ich nicht ausstehen.«

Das Mädchen versuchte ihn zu beruhigen.

»Antti …, Antti, hör schon auf. Er hat ja gar nichts gesagt.«

»Jetzt mach ich dich alle.«

Antti griff mich von hinten an. Ich bekam mehrere Schläge auf den Kopf, ehe es mir gelang, die Tür zu öffnen und auszusteigen. Auch Janne sprang heraus und riss die hintere Tür auf, damit wir den Tobenden aus dem Auto bekämen. Ich packte ihn am Ohr und zog. Janne half am Kragen nach. Das Ohr saß fest und riss nicht ab. Wir zerrten Antti mit vereinten Kräften heraus, aber er kam wieder auf die Beine und büßte auch noch den letzten Funken Verstand ein, riss sich los und trat mit den Füßen gegen das Auto. Er riss den Spiegel ab und versuchte, das Fenster einzuschlagen, was ihm aber nicht gelang. Wir packten ihn erneut und konnten ihn in den Graben stoßen. Nora war aus dem Auto gestiegen und rief:

»Antti, fang doch nicht wieder an … Hatten wir nicht besprochen …«

Ich erinnerte mich, dass Susas Mann fast dieselben Worte benutzt hatte. Antti hörte nicht zu, sondern versuchte brüllend, aus dem Graben herauszukommen. Ich stieß ihn zurück und rutschte dabei selbst hinein. Janne sprang hinterher und konnte Antti von mir losreißen. Wir krochen auf die Straße und sahen, dass Antti noch im Graben saß und keine Anstalten machte aufzustehen. Das Wasser stand immerhin so hoch, dass seine Unterhosen garantiert nass wurden. Sein Blick war nach oben gerichtet, und er schien über etwas Wichtiges nachzudenken.

»Die Welt ist Fischmehl«, sagte er.

»Bloß weg hier«, sagte ich zu Janne.

Nora gefiel die Wendung nicht, die die Dinge genommen hatten, sie fühlte sich anscheinend irgendwie verhöhnt.

»Saftsack. Du verdirbst alles«, schrie sie Antti an. »Sitzt einfach im Graben, während die Kerle versuchen, mich zu vergewaltigen.«

Janne und ich sahen uns an, und wir rannten zum Auto. Ich verriegelte die Türen, Janne startete den Motor, und wir brausten davon. Nora warf uns einen Stein nach, er traf auf das Dach. Sie schrie etwas, vielleicht betraf es ihr Gepäck.

Wir fuhren mehrere Hundert Meter, dann stoppte Janne. Wir befanden uns immer noch in Sichtweite zu unserer neuen Bekanntschaft. Ich stieg aus, öffnete den Kofferraum und nahm ihre Taschen heraus. In einer momentanen Eingebung öffnete ich sie und schüttete den Inhalt auf die Straße. In einer der Taschen fand ich zwischen der Kleidung eine kleine Tüte mit einem braunen Stoff, der Brühwürfeln ähnelte. Ich konfiszierte ihn. Ehe ich wieder einstieg, sah ich mir die Schäden am Auto an: Die Seite war eingedrückt, einer der Spiegel hing lose in der Halterung, und das Dach hatte eine Beule.

Hoffentlich hatte Maria eine Kaskoversicherung oder Janne eine gute Erklärung.

Wir fuhren weiter. Ich musterte mich wieder im Schminkspiegel. Diesmal strahlte keine innere Freude nach außen. Mein Gesicht war erneut voller Dreck, und die alte Wunde am Kopf war aufgeplatzt. Ich erinnerte mich nicht, wann mir zuletzt so übel mitgespielt worden war, vor allem so oft und innerhalb so kurzer Zeit. Ich zog das Hemd aus und musterte meine Brust. Die Brandwunde war nicht groß, aber sie tat weh, und die Schmerzen würden noch zunehmen. Um die Brustwarze herum sah ich schwarze Asche. Janne hatte keine Blessuren davongetragen, lediglich die Hosenbeine waren unten feucht. Ich fand das falsch.

»Sollten wir die Polizei anrufen?«, fragte ich.

»Und was würde das nützen?«, erwiderte er und hatte recht. Es wäre Zeitverschwendung. Das Land war voller Anttis und Noras, und die Polizei hatte weder Zeit noch Lust, sich mit deren Treiben zu befassen. Lieber belegte sie brave Bürger mit Bußgeldern, denn bei ihnen hatte die Strafe eine doppelte Wirkung: Erstens bezahlten sie ihre Bußgelder, ohne zu murren, was für die Volkswirtschaft gut war, und zweitens funktionierte der Abschreckungseffekt, sodass nicht anzunehmen war, dass sie denselben Fehler noch einmal machten. Den Anttis und Noras hingegen war der ganze Begriff der Obrigkeit einerlei. Im Zusammenhang mit der Polizei fiel mir gleich wieder der Kommissar ein, der sich wegen Jalmaris Tod erkundigt hatte, und der Gedanke munterte mich nicht gerade auf.

»Das Auto hat jedenfalls gelitten«, sagte ich. »Die Versicherung zahlt nicht, wenn man keine Anzeige erstattet.«

»Du als Profi wirst dir schon etwas einfallen lassen«, lautete Jannes Antwort.

Er hatte stets eine Antwort auf alles parat, auch das nervte. Selbstverständlich würde mir etwas einfallen. Ich verfügte über ein ganzes Repertoire fantasievoller Geschichten, die die Kunden unseres Konzerns ersonnen hatten. Einmal erhielten wir einen Antrag auf Entschädigung für einen Mini, den der Kunde mit zwei zusammengebundenen Ruderbooten zu der Insel, auf der sein Sommerhaus stand, hatte transportieren wollen. Er hatte das Auto auf eine Rampe gefahren, die er auf die Boote gelegt hatte, und dann hatte ein Motorboot die ganze Geschichte ins Schlepptau genommen. Auf halber Strecke war die Konstruktion auseinandergerissen. Die Wassertiefe betrug sieben Meter.

Janne war immer noch beleidigt und blickte nicht mal nach rechts, als er bei der Ausfahrt nach Imatra abbiegen musste.

18

Das Staatshotel von Imatra ist die finnische Version eines Dornröschenschlosses. Zwar hat es nur einen einzigen Turm, sonst aber sieht es aus wie der Sommersitz eines mitteleuropäischen Grafen. Umso merkwürdiger der Name, der weniger an schönen Jugendstil als vielmehr an eine vom Staat geführte Kolchose erinnert. Aber das Gebäude ist großartig; wenn man es zum ersten Mal sieht, möchte man am liebsten laut jubeln. Kein Wunder, dass das Hotel schon seit mehr als hundert Jahren bei den St. Petersburgern hoch im Kurs steht und dass während des Krieges auch das Offizierskorps der Armee auf die Idee kam, dass sich von dort aus wunderbar das Geschehen lenken ließe. Heutzutage gehört es zu einer Kette, was Reisesnobs nicht gefällt, mir hingegen gefällt es. Kettenhotels sind immer sichere Orte: Man weiß, was einen erwartet. Nie etwas Außergewöhnliches, aber auch keine Enttäuschungen. Für einen Menschen mittleren Alters ist es wichtig, bei der Übernachtung Enttäuschungen zu vermeiden. Und die kommen leicht zustande, weil das eigene Bett und das eigene Zuhause schwer zu übertreffen sind. So traten wir denn zuversichtlich durch die schön geschwungene Tür ein.

Die Nachlassaufstellung war für den kommenden Tag angesetzt, sodass wir ruhigen Gewissens den Abend freimachen konnten. Nach all meinen Erlebnissen sehnte ich mich nach der Sauna. Ein ordentliches Schwitzbad würde die Falten der Unglückstour wieder glätten. Das Stechen und Brennen würde aufhören oder zumindest vorübergehend nachlassen. Im Hotel gab es eine Sauna und sogar ein kleines Schwimmbecken, das sie großartig »Schwimmbad« nannten. Ich erzählte Janne von meinen Plänen, und er akzeptierte sie. Auch er hatte Lust auf die Sauna.

Verwandtschaftsbeziehungen sind doch merkwürdig: Man kann dauerhaft streiten, den Streit aber auch jederzeit unterbrechen, das Problem beiseiteschieben, sich auf etwas anderes konzentrieren und dann wieder im passenden Moment dort weitermachen, wo man stehen geblieben war. Verwandte sind Teil von uns. Janne und ich waren füreinander so etwas wie ein überzähliges Glied am eigenen Körper, eines, das einfach nur existierte und mehr oder weniger im Weg war. Aber andererseits war dieses Glied, die dritte Hand, auch manchmal nützlich, wenn man etwas tragen musste, und sei es das Leben.

Ich beschloss also, bei nächster Gelegenheit auf die Sache mit dem Flachmann zurückzukommen.

Die Sauna war nicht besonders gut, sie war zu hell, und der letzte Aufguss war lange her gewesen, aber es war warm drinnen. Ich duschte zunächst lange und versuchte vorsichtig, die Kopfwunde zu reinigen. Das Wasser zu meinen Füßen färbte sich vorübergehend blassrot, ehe es im Abfluss verschwand. Die Wunde hatte sich geschlossen, es handelte sich nur um getrocknetes Blut aus meinen Haaren. An den Beinen hatte ich blaue Flecke, die Hand war verschorft. Mein Fingerstumpf wirkte in dieser Umgebung fast normal.

Ich ließ meinen Körper vom warmen Wasser liebkosen. Ein Blick auf das kleine Schwimmbassin sagte mir, dass das Wasser darin vermutlich sehr kalt wäre. Die Einschätzung beruhte auf jahrzehntelanger Erfahrung. Das Wasser in Schwimmbecken war immer kalt, weil die Leute aus irgendeinem Grund gerade dort sparen wollten.

Janne sprang ins Wasser, ohne die Temperatur überhaupt zu prüfen. Er schwamm die paar Meter bis ans Ende und wieder zurück. Er hatte die Gene eines Seehundes und das entsprechende Fettgewebe. Ihm war nie kalt im Wasser. Wenn wir als Kinder badeten, war Janne immer der Erste im Wasser und der Letzte, der wieder herauskam. Mutter hatte ihre liebe Not mit ihm. Sie fürchtete stets, dass etwas passieren könnte. Das war natürlich kein Wunder. Eher war es verwunderlich, dass sie uns überhaupt baden ließ oder es fertigbrachte, sich am Ufer aufzuhalten. Bei alledem fühlte Janne sich dann auch noch bemüßigt, sie zu foppen, indem er unter den Bootssteg tauchte, wo er nicht zu sehen war, sodass man für einen Moment fürchten musste, er sei ertrunken oder habe sich der Hechtarmee angeschlossen. Mutter rief dann nach ihm, und schließlich tauchte er aus dem Wasser auf wie der verlorene Sohn. Und so wurde er auch empfangen, obwohl er eine Tracht Prügel verdient gehabt hätte. Janne hat es immer verstanden, alles zu seinen Gunsten zu nutzen. Als Kind praktizierte er das, indem er schrie und forderte, einfach Aufmerksamkeit stahl. Nicht feinfühlig wie ein geschickter Juwelendieb, sondern eher wie ein Suchtkranker, indem er tobte und damit drohte, sich etwas anzutun, falls man sich nicht sofort um ihn kümmerte und ihn verwöhnte.

Und stets war Mutter bereit dazu. Einmal pro Tag bekam er einen Wutanfall, weil irgendjemand etwas Unliebsames zu ihm gesagt hatte, zum Beispiel, er möge doch seine Jacke an den Garderobenhaken hängen. Kritik an seiner Person konnte er nicht ertragen, er drehte immer den Spieß um und ließ es so aussehen, als ob der Fehler bei den anderen lag. Wenn er mit der Hand auf der Keksdose erwischt wurde, war die Dose daran schuld. Und da Mutter nicht die Kraft hatte, sich mit ihm auseinanderzusetzen, beschuldigte auch sie am Ende die Dose. Wir hatten in unserem Küchenschrank Finnlands mit Abstand schuldigste Keksdose.

Natürlich wirkte sich das alles auch auf mich aus. Janne stahl mir auf gewisse Weise die Kindheit. Weil er so verrückt war, hatte in der Familie kein zweiter Verrückter Platz. Von mir wurde erwartet, dass ich stillschweigend meine Sachen erledigte, wie es sich gehörte. Während Janne wegen seiner Hausaufgaben Theater machte, wurde von mir erwartet, dass ich mit meinen ruck, zuck fertig wurde. Wenn Janne mit seinen Freunden Mist baute – Schuld der Freunde natürlich –, schluckte die Klärung der Ereignisse sämtliche Energie der Familie. Mir blieb schlicht und einfach keine Chance, Dummheiten anzustellen, obwohl ich immerhin der Ältere von uns beiden war. Eigentlich derjenige, der mit dem Recht des Erstgeborenen die dummen Streiche hätte spielen dürfen, damit die Erwachsenen sahen, wohin zu viel Freiheit führte, und bei den nachkommenden Geschwistern die Zügel straffen konnten.

Als wir erwachsen waren, ging es im selben Stil weiter. Janne war nicht mehr so launisch, aber er hatte sich als Kind eine dermaßen stabile Basis geschaffen, dass Mutter es nach wie vor als das Sicherste betrachtete, ihn zu bepusseln, ihm zu helfen und ihn vorwärtszuschubsen. Mit mir machte sie das nicht, und wenn auch mein Leben vielleicht solche Schubser nicht brauchte, sehnte sich mein Herz doch danach.

Janne kam in die Sauna. Ich schüttete Wasser auf die Steine. Die Kelle war glühend heiß und verbrannte mir die Finger. Der Wasserdampf machte uns demütig, oder jedenfalls unsere Körper.

Die Sauna ähnelte einer anderen, die Jalmari einst in einer seiner Wohnungen gehabt hatte. Diese hier war natürlich größer, aber die Bänke waren ähnlich und bestanden aus dünnen, in Fächerform zusammengesetzten Brettern, keine Espe, sondern ein mir unbekanntes Holz.

Janne sagte, es sei Abachi. Er musste es wissen, denn er hatte auf dem Bau gearbeitet. Weit mehr als über das Holzmaterial wunderte er sich allerdings darüber, dass ich dauernd an Jalmari dachte.

»Er war ein anstrengender alter Zausel«, sagte er. »Und unfair. Warum hat er dir das Auto gegeben?«

Ich antwortete nicht. Ich hatte geglaubt, er wisse gar nichts davon.

»Oder besser: Warum hast du mir keine Anteile gegeben, hast sogar noch Geld dafür verlangt?«

»Weil ich Geld hineingesteckt hatte, zum Beispiel, um neue Reifen zu kaufen«, erklärte ich. Ich äußerte mich jedoch nicht dazu, warum Jalmari mich nicht losließ. Denn das war der Fall, es ließ sich nicht leugnen. Auch stimmte es, dass er anstrengend gewesen war.

Irgendwann war er beispielsweise zu dem Schluss gelangt, dass er sich nicht mehr zu waschen brauchte. Das geschah nach Großmutters Tod. Er hatte zwei Gründe für seinen Entschluss. Der erste war, dass er nicht stank, und wenn man nicht stinkt, ist man sauber. Dass es auch am eigenen Geruchssinn liegen kann, kam ihm nicht in den Sinn. Der zweite Grund war, dass seine Taschen zwar von Geld überquollen, dass er aber bei bestimmten Dingen geizig war. Er mochte die Sauna nicht heizen, weil es Kosten verursachte. Als wir dann endlich zusammen saunierten, begriff ich, dass es noch einen dritten Grund gab: Er schaffte es nicht mehr bis auf die oberste Bank. Das gab er natürlich nicht zu, sondern blieb unten hocken und erzählte, dass ihm seine Kriegswunden bei Hitze zu schaffen machten. Ich betrachtete seinen Rücken, der übersät war mit kleinen Narben, die von Granatsplittern herrührten. Ein Teil der Splitter befand sich noch in seinem Körper, Jalmari war also auch in dieser Hinsicht eisern.

Während wir dort saßen, begann er von einem Burschen namens Koivisto zu erzählen, der neu in die Gruppe gekommen war. Er war jung und unerfahren, aber Jalmari nahm sich seiner an, damit er etwas lernte und nicht in

Schwierigkeiten geriet. Ich staunte und fragte mich, ob es sich tatsächlich um *den* Koivisto handelte. Ich goss Wasser auf die Steine und wartete auf die Fortsetzung, denn diese spannende Story konnte Jalmari doch unmöglich abbrechen, aber er schien das Ganze vergessen zu haben. Er saß da und seufzte und klagte, dass ihm die Hitze aufs Herz schlage.

Wir traten zum Abkühlen auf Jalmaris Balkon. Dort war es eng. Ich betrachtete die Siedlung, die sich unter uns erstreckte, und begriff, warum Großmutter und Jalmari so lange in Spanien gelebt hatten. Wenn man zwischen Wärme, Meeresblick, hübschen Häusern und dieser Hässlichkeit und diesem Grau wählen konnte, musste man schon gemütskrank sein, um sich für Letzteres zu entscheiden. Ich fragte Jalmari, wie es zu seiner Verwundung gekommen war, und er blickte in die Ferne und begann mühsam zu reden, so, als würden die Worte ihn drücken oder als wären sie so kantig, dass er sie nur schwer aus dem Mund bekam. Aber das hatte nichts mit dem Thema zu tun, wie ich wusste. Jalmari ächzte immer, das war seine Art zu reden. Nur bei Großmutter ächzte er nicht, weder beim Reden noch vermutlich anderweitig.

Jalmari führte seine Geschichte fort und erzählte, dass sie hinter der Feindeslinie eingekesselt waren und eine der Feindabteilungen in der Nähe ihr Lager aufgeschlagen hatte. Nach Eintritt der Dunkelheit versuchten sie zu fliehen. Derjenige, der zuletzt in die Gruppe gekommen war, sollte zurückbleiben und hinter ihnen den Fluchtweg verminen. Diese Aufgabe fiel dem künftigen Präsidenten zu. Zu seinem Pech stieß Koivisto auf eine kleine russische Patrouille, die sofort das Feuer eröffnete. Es gelang ihm, zwei der Männer zu erschießen, der dritte konnte fliehen. Jalmari eilte ihm als Erster zu Hilfe. Im selben Moment kam aus der Dunkelheit eine Handgranate geflogen. Sie war zwar nicht gut geworfen, dennoch traf ein Teil der Splitter ihr Ziel. Jalmaris Rücken fungierte als Schild, sah aber anschließend wie eine Kreuzsticharbeit aus.

Die Wunden waren allerdings nur oberflächlich. Jalmari verlor kurzzeitig das Bewusstsein, und als er wieder zu sich kam, merkte er, dass ihn seine Kameraden bereits in den Wald schleppten. Die Russen konnten oder wollten nicht folgen. An dieser Stelle beendete Jalmari seine Geschichte und begann sich abzutrocknen. Ich erinnerte ihn, dass er sich noch waschen müsse, und darauf meinte er, das hätten wir bereits getan. Als ich ihm sagte, er müsse sich richtig mit Seife waschen, sagte er, er habe keine Lust mehr, da er bereits trocken sei.

Später hörte ich, dass Jalmari seinen Nachbarn erzählt hatte, ich sei so geizig, dass ich nicht zu Hause die eigene Sauna heize, sondern verlangt habe, seine zu benutzen. Das habe ihm gar nicht gefallen, obwohl er natürlich die Mittel fürs Heizen habe. Ihm gehe es mehr ums Prinzip.

Als ich das erfuhr, stellte ich meine Besuche bei ihm vorübergehend ein. Ich fragte mich, warum der Mensch, wenn er im Alter wieder zum Kind wird, nur die schlechten Eigenschaften eines Kindes übernimmt: Einfältigkeit, mangelnde Sozialkompetenz sowie unkontrolliert ausströmende Körperflüssigkeiten. Ich wusste allerdings auch die

Antwort: Weil die guten Eigenschaften des Kindes, niedliches Äußeres, Hilflosigkeit, Lebensfreude, Aufnahmefähigkeit, Vertrauensseligkeit und all das andere, außerhalb der Möglichkeiten eines alten Menschen liegen. Ein Kind kann groß wie das Universum werden, der alte Mensch schrumpft und verschwindet schließlich ganz.

Janne stand auf, duschte und ging schwimmen. Ich kühlte mich ebenfalls ab. Gern hätte ich etwas getrunken, aber wir hatten nicht daran gedacht, etwas mitzubringen. Das Zeichen für leichten Alkoholismus ist, wenn man nie vergisst, Bier in die Sauna mitzunehmen. Schwerer Alkoholismus zeigt sich daran, dass man an das Bier denkt, aber die Sauna vergisst.

Ich hielt Ausschau, ob sich in der Nähe des Umkleideraumes irgendeine Art von Bar befand. Umsonst gehofft. Wir waren hier ja nicht auf der Schwedenfähre. Ich sagte zu Janne, dass ich an die Hallenbar gehen wolle.

»Miserabler Saunierer«, tadelte er mich.

»Das dürfte dich ja nicht überraschen«, erwiderte ich. Mich locken an der Sauna vor allem die Wärme und die Ruhe, weniger das Saunieren selbst.

Außerdem musste ich mich rasieren. Ich sah schon reichlich ungepflegt aus. Irgendwie komisch, dass immer alles in der falschen Reihenfolge passiert. In diesem Alter, in dem man sich wünscht, dass kein Haar mehr wild wächst, sprießen sie überall wie Unkraut. Früher, als man jung war, empfand man wiederum die Bartlosigkeit als unangenehm. Janne lieferte mal ein herrliches Beispiel. Als er zwölf war, erzählte er, dass bei ihm Haare sprießen, es gebe da schon zwei pechschwarze Exemplare. Aber es war nichts zu erkennen. Der gute Janne hatte gleich die Erklärung parat: Die Dinger waren so blond, dass man sie nicht richtig sah.

Später behauptete er, ich sei das gewesen, ich hätte meine Behaarung vorgeführt. So verändert die Zeit unsere Erinnerungen oder löscht sie ganz aus.

Nach der Sauna steuerte ich die Hotellobby an. Ich mag diese Orte. Dort herrscht die gleiche Atmosphäre wie auf Bahnhöfen oder in Flughafenterminals. Man befindet sich im Nirgendwo, ist unterwegs, hat für einen Moment angehalten, um am nächsten Tag wieder weiterzufahren. Das Publikum ist bunt gemischt, aber all diese Leute verbindet das Hotel und die Tatsache, dass sie ein bisschen aus der Zeit gefallen sind. Im Staatshotel war es zudem besonders luxuriös, man kam sich vor wie ein Gutsherr. Das Bier kostete allerdings so viel, dass man auch das Einkommen eines Gutsherrn gebraucht hätte.

Ich hatte gerade mein erstes Glas geleert, als Janne mit einer Flasche Coca-Cola am Tisch erschien. Er blickte nachdenklich an die Decke:

»Prügel, Crash, Prügel …, mal sehen, was der heutige Abend bietet. Jetzt wäre wohl wieder ein Crash an der Reihe.«

»Warum trinkst du Coca-Cola?«

»Weil ich Durst habe.«

Jannes Gesicht zeigte die für ihn so typische unschuldige Miene. Im Mittelalter hätte er den Malern Modell stehen können, wenn sie in den Kirchen Heiligenbilder an die Decke malten.

Jetzt glaubte ich beim Heiligen Janne aufsteigenden Zorn zu spüren, der hinter dem unschuldigen Blick wohnte, versteckt, aber tief verwurzelt.

»Du weißt sehr gut, was ich meine«, sagte ich. »Du hast einen anderen Grund.«

Jannes Miene veränderte sich, und jetzt müssten ihn die Kirchenmaler statt an die Decke viel weiter nach unten malen.

»Was geht es dich an.«

Der Trotz in seiner Stimme war derselbe wie in seiner Kindheit. Von null auf hundert, schneller als der Schall. Als Erwachsener hatte er gelernt, sich zu beherrschen, aber offenbar nicht immer.

»Wir sind Brüder. Natürlich geht es mich etwas an.«

»Glaubst du, dass es zu den Rechten großer Brüder gehört, alles zu wissen?«

»Nein, aber zu den Pflichten.«

»Zu den Pflichten? Welche Pflichten? Du hast mich mein ganzes Leben lang belauert. Warst immer zur Stelle, um mir zu sagen: Nein, Janne, so macht man das nicht, nein, Janne, so ist es falsch. Warst der Goldjunge der Familie, auf den Verlass war und der alles richtig machte. Wie hießen noch gleich die Bücher? Teemu kann es. Teemu gewinnt. Teemu glänzt. Du hast so vor Tugendhaftigkeit geglänzt, dass man in dem grellen Licht nichts mehr sehen konnte.«

Janne atmete tief ein, sammelte Luft in seinem Inneren mitsamt den Vorwürfen, die er im nächsten Satz ausstoßen würde:

»Begreifst du, wie das ist? Wenn man sich während der ganzen Kindheit tagtäglich Vergleiche mit dem großen Bruder anhören muss, der bis tausend und zurück zählen kann, der seine Hausaufgaben macht und nie neben das Becken pisst.«

»Mutter hat mir beigebracht, das im Sitzen zu erledigen«, sagte ich. »Dir doch auch.«

»Und du hast es befolgt. Nie irgendetwas auszusetzen. Betragen gut. Schulnoten ausgezeichnet. Persönliche Hygiene angemessen. Geht zeitig schlafen. Benutzt Zahnseide. Verflucht noch mal, welcher Mann benutzt Zahnseide?«

»Einer, der keine Löcher und keine Zahnfleischentzündung hat?«

Ich begann innerlich zu kochen. Was sollte das? Janne, der mir mit seinem miesen Charakter so viele Tage im Leben verdorben hatte, machte mir Vorwürfe! Noch dazu wegen Dingen, die eigentlich nicht verwerflich waren. Er war es doch, der mit seinen Launen bewirkte, dass wir nie pünktlich aufbrechen konnten. Janne war derjenige, der jedes familiäre Beisammensein trübte, indem er sich dauernd neuen Unsinn ausdachte und alle verärgerte, nur damit er hinterher den Märtyrer spielen konnte, den man wieder so schnöde behandelt hatte. Er war derjenige, der erst eine Woche lang quengelte, weil er einen bestimmten Gegenstand haben wollte, sich dann aber, wenn der Gegenstand gekauft werden sollte, weigerte, ihn anzunehmen, und zu Hause erneut quengelte, weil er nicht bekommen hatte, was er wollte.

Janne hat eine komplexe Persönlichkeit, hieß es zu Hause. Ein auf sich selbst fixierter Scheißkerl, lautete meine Interpretation. Die Wahrheit lag wohl irgendwo dazwischen, denn wenn mal jemand wagte, Janne die Stirn zu bieten und ihm zu zeigen, wo sein Platz war, ihn aufforderte, zu einer bestimmten Zeit zu Hause zu sein, oder ihm schlicht und einfach etwas verbot, war er zufrieden. Das wertete er als Beweis dafür, dass derjenige sich etwas aus ihm machte. Der größte Teil der Menschheit erkannte das mit weniger Aufwand. Janne machte es anderen nicht gerade leicht, ihn zu lieben – ähnlich waren auch Vater und Jalmari. Liebenswerte Menschen sind in dieser Familie Mangelware.

»Erkennst du das alte Schema?«, sagte ich. »An dir liegt es nicht. Alles ist die Schuld der anderen. Immer der anderen. Die Tatsache, dass du zu dumm für die Schule warst oder Regeln nur gelernt hast, um sie brechen zu können. All das war meine Schuld. Du selbst bist unfehlbar.«

Die letzten Worte spie ich regelrecht aus. Die Leute in der Bar schielten zu uns herüber. Es ist peinlich, andere beim Streiten zu beobachten, man wird unangenehm an die eigenen Verwerfungen erinnert. Auch empfiehlt es sich, auf der Hut zu sein, denn man weiß nie, wohin so ein Wortwechsel führt.

Ich versuchte, mich zu beruhigen.

»Als du geboren wurdest, trug ich noch Windeln. Von dem Tag an durfte ich sie selber wechseln.«

»Du hättest lernen sollen, auf den Topf zu gehen.«

»Bildlich gesprochen, falls du das verstehst.«

Ich trommelte nervös auf die Tischplatte und überlegte, ob ich mir ein neues Getränk holen sollte. Mein Inneres verlangte danach. Die Hände auch. Beschäftigung für die Hände, damit der Wunsch, dem kleinen Bruder eine runterzuhauen, nicht übermächtig würde. Ich stand auf:

»Du warst immer das Baby, das Betreuung brauchte, und ich der fast erwachsene Dreijährige, der sich währenddessen seine Brote selbst schmieren musste.«

»Was anscheinend gut geklappt hat«, sagte Janne. »Außerdem sollte man mit solch einem Finger nicht allzu viel auf andere zeigen.«

Ich schüttelte den Kopf. Das waren billige Bemerkungen, die vom Niveau der Unterhaltung zeugten. Wenn auf körperliche Defekte angespielt wird, ist man im Schlamm angelangt. Ich würde mich nicht herablassen, das große Muttermal auf seinem Hintern zu erwähnen.

Ich ging und holte mein Bier.

»Wie geht es der zweiten Afteröffnung?«, fragte ich, als ich mich setzte.

Janne sah mich verdutzt an, schüttelte dann seinerseits den Kopf, blickte an die Decke und zur Seite, kontrollierte etwas unter dem Tisch und brach schließlich in Lachen aus. Dieses Lachen schien von ganz weit her zu kommen, so weit, wie unsere Kinderjahre zurücklagen. Ich versuchte, ernst zu bleiben, konnte es aber nicht.

Janne nahm die Colaflasche in die Hand und betrachtete sie.

»Schnaps bekommt mir nicht mehr. Ich habe aufgehört damit.«

189

»Warum hast du dann so getan, als ob du trinkst?«

»Ich wollte ein wenig Atmosphäre schaffen. Für mich selbst. Für Jalmari. Auch für dich.«

»Das ist alles?«

»Ja, alles.«

Wir schwiegen eine Weile. Ich verdaute, was er gesagt hatte, und ich glaubte kein Wort. Wenn Janne lügt, entsteht am Ende des Satzes immer ein kleiner abschließender Seufzer, so, als wollte er sich selbst versichern, dass er die Wahrheit gesagt hat. »Ich war das nicht, pih.« »Hab nie davon gehört, pih.«

Ich beschloss, es dabei zu belassen. Nicht mal mit seinen Verwandten sollte man nur um des Streites willen streiten.

»Wenigstens ein Bier könntest du doch trotzdem trinken. Zur Gesellschaft?«, fragte ich.

»Nein danke. Ich trinke nicht mehr.«

»Quatsch«, sagte ich und holte ihm ein Bier. Er betrachtete es angeödet, ungefähr so wie ein Arbeiter beim Grabenausheben die noch ausstehenden fünfzig Meter. Dann schnaubte er kurz und trank. Es schien ihm zu schmecken. Er stand auf und holte sich ein zweites, nahm sogar noch einen Jägermeister dazu. Die Winde der Welt schienen für einen Moment von einem Hurrikan zu einem sanften Passat abgeflaut zu sein und nicht auf der Beaufort-, sondern auf der Promilleskala gemessen zu werden. Ich war zufrieden, denn allein zu trinken macht keinen Spaß. Außerdem würden gemeinsame Erfahrungen mit Rauschmitteln unsere brüderlichen Bande festigen.

19

Als Janne auf den Geschmack gekommen war, gestaltete sich der Abend vielversprechend. Imatra ist vielleicht nicht unbedingt Berlin, aber genug Zerstreuung findet man auch dort, wenn man für alles offen ist. Und das war ich.

Unser Streit hatte die Luft gereinigt, und alle möglichen Altlasten aus dem bisherigen Leben waren zu Staubkörnchen geschrumpft, die man kaum mehr unter dem Mikroskop erkennen würde. Der Körper schmerzte nicht mehr, und für zusätzliches Wohlbefinden sorgte außerdem der Fakt, dass wir am kommenden Tag zu dem einen Prozent der Bevölkerung gehören würden, das echt außerhalb der Gesellschaft lebte. In dem Sinne also, dass wir nichts mehr zu tun hätten mit Betriebsversammlungen, Arbeitslosengeld, Sozialversicherung oder der Arbeitswelt. Wir würden vielleicht keine vollkommen unabhängigen Gutsherren werden, aber doch in einem Maße, dass wir abends bei den Fernsehnachrichten schimpfen könnten, all die armen Schlucker seien selbst schuld an ihren Problemen und es müsse Schluss sein mit dem staatlichen Verwöhnprogramm.

»Wo ist Jalmari?«, fragte Janne.

»Im Auto. Neben der Glasreinigerflüssigkeit.«

»Klein wird um mich der Lebenskreis«, summte er und versuchte, Vesa-Matti Loiris Manieriertheit in seine Stimme zu legen. Es gelang ihm einigermaßen. Das ist allerdings nicht sehr schwer, denn Loiris Lied ist praktisch bloße Interpretation und klingt schon in der Originalfassung wie eine Imitation.

Ich erzählte Janne die Geschichte, wie Finnland sich seinerzeit in der EU dem freien Verkauf von Glasreinigerflüssigkeiten widersetzte, was in Brüssel große Verwunderung hervorrief. Schließlich sah sich der finnische Verhandlungsführer genötigt, den peinlichen Grund zu nennen: Weil die Finnen ihr Lasolin austrinken, sowie man sie aus den Augen lässt. Die Geschichte machte Janne Spaß. Er kicherte und sagte, er hätte gern die Miene des Beamten gesehen, der dies seinen mitteleuropäischen Kollegen beichten musste.

Wir saßen in einem Restaurant im Stadtzentrum, und die Servierin brachte uns die Speisekarte. Ich konnte mich nicht entscheiden. Essen auszuwählen gehört zu den schwierigsten Dingen im Leben. Was, wenn man das Falsche bestellt, etwas bekommt, was man nicht mag? Oder noch schlimmer: Wenn man bemerkt, dass der andere etwas bekommt, was man selbst gern gehabt hätte. Das ist keine Kleinigkeit, die man einfach achselzuckend hinnehmen kann. Oh nein. Solche falschen Entscheidungen spuken einem im Gedächtnis herum und werden zu Wolken des Verdrusses, die über die Jahre ganze Wetterfronten bilden, und damit ist nicht zu spaßen. Es führt zu Depressionen oder Herzkrankheiten. Und alles nur deshalb, weil man die Möglichkeit gehabt hätte, etwas Gutes zu bestellen, es aber nicht getan hat und zu allem Überfluss auch noch für das Schlechte bezahlen musste.

Aus diesem Grunde ist es für mich undenkbar, etwas Neues oder Unbekanntes auszuprobieren. Ein Restaurant ist nicht der Südpol, zu dem man eigens eine Expedition unternimmt, weil man Strapazen und einen eisigen, langsamen Tod sucht. Ins Restaurant geht man, um gutes Essen zu genießen, das man selbst nicht hinbekommt, das man aber kennt wie das heimische Sofa.

Ich bestellte eine Pizza. Da kann man nichts falsch machen, höchstens, was den Belag betrifft.

»Für mich eine Flunder«, sagte Janne, als er an der Reihe war.

Ich sah ihn an wie einen Idioten.

»Flunder? Warum bestellst du dir so was?«

»Ich mag Flunder.«

Ich versuchte, den Abschlussseufzer herauszuhören. Der kam nicht. Janne mochte Flunder.

»Das wusste ich gar nicht«, sagte ich und bat die Serviererin, mir ein neues Bier zu bringen.

»Wir haben alle unsere überraschenden Seiten«, erwiderte er trocken.

Ich dachte über meine eigenen überraschenden Seiten nach und fand keine. Ich fürchte, dass ich ein wenig langweilig bin. Ob meine Schottin bei mir geblieben wäre, wenn ich weniger langweilig gewesen wäre? Das ist allerdings kaum hinzukriegen, wenn man nun mal langweilig ist. Es ist schwer, weniger langweilig zu sein, wenn man langweilige Dinge mag, wie zum Beispiel, zu Hause zu sein und sich in immer die gleichen Abende zu verlieren, Bücher zu lesen, vertraute Gerichte zu essen, Lieblingsserien im Fernsehen zu gucken, sich aus Routinehandlungen einen goldenen Käfig zu bauen, in dem man sich wohl- und sicher fühlt. Sich zwei Kinder anzuschaffen und sie dreimal in der Woche zum Training zu bringen – dieser Punkt hatte sich allerdings nie erfüllt.

Natürlich war mein Leben langweilig. Sein Sinn war es, langweilig zu sein. Je langweiliger das Leben ist, desto länger kommt es einem vor. Im Übrigen war auch Glenna langweilig. Vielleicht sind wir uns gerade deshalb begegnet und aneinander hängen geblieben. Im anderen erkennt man sich selbst und verliebt sich aus der eigenen Selbstverliebtheit heraus in ihn.

Anfangs lief es gut mit uns. Die Sofas waren an ihrem Platz, und die Wanduhr beförderte uns in den nächsten Tag, an dem die Runde von vorn begann. Ab und zu gingen wir aus, zum Essen, Trinken oder ins Kino. Zu zweit. Wir waren beide sehr in unsere Arbeit eingespannt. Ich hatte ein Forschungsstipendium an der Universität, schrieb an meiner Dissertation über ein Thema aus dem Bereich der Risikotheorie. Die spielt in der Versicherungsmathematik eine wesentliche Rolle, zugleich war sie eine der risikoärmsten Alternativen zur Arbeitslosigkeit.

Glenna war Guide der Stadt Edinburgh. Sie erzählte den Touristen die Geschichte der Burg und würzte sie mit Spukgeschichten, aber keinen selbst erfundenen, denn dazu fehlte ihr die Fantasie. Um ihre Arbeit aufzupeppen, erzählte ich ihr eine Geschichte, die ich als Kind über den Spuk in der Burg von Louhisaari gehört hatte, aber Glenna fand sie nicht blutig genug. Fräuleins mit Wasser und Gerste auszuhungern war ihrer Meinung nach keine Folter, da die Fräuleins heutzutage sogar für solch eine Behandlung bezahlen.

Unser Leben nahm seinen Lauf wie eine Landstraße in Varsinais-Suomi, und ich war glücklich. Sicher war das Leben auch alltäglich und manchmal grau, da bildete selbst Schottland keine Ausnahme. Glenna genügte die Gleichförmigkeit am Ende nicht. Sie begann sich zu verändern. Sie hatte die Frau satt, die sie im Spiegel sah. Sie legte sich ein Hobby zu, fing an, mit einer Gruppe zu joggen, die das Sportamt der Stadt organisiert hatte. Die Entwicklung vollzog sich Schritt für Schritt. Eines Tages tauchte bei uns ein neues, farbenfrohes Sofa auf. Nach und nach wurde die ganze Wohnung umgestaltet und dem Sofa angepasst. Glenna putzte ihr altes Leben einfach weg. Und während sie mit dem Mopp den Fußboden bearbeitete, wedelte sie mit dem geistigen Putzlappen die Spinnweben alter Gewohnheiten und alle sonstigen schlimmen Ablagerungen weg.

Sie besuchte die örtliche Volkshochschule und lernte, kleine Schmuckstücke anzufertigen. Diesen Schmuck verkaufte sie auf dem Wochenmarkt, Geld verdiente sie zwar kaum damit, gewann aber umso mehr Lebensmut und Selbstvertrauen. Am Ende barst ihr Körper schier vor Energie, sie hatte sich eine neue, offene und empfängliche Geisteshaltung zugelegt, das Heim war schön, bis auf einen einzigen Schönheitsfehler, und das war der Mann, der auf dem neuen Sofa lag. Zu diesem Zeitpunkt betrat der Iraner mit den starken Händen die Bühne, und ich merkte, dass ich ein Mann ohne Sofa und ohne Richtung war.

Kurz darauf erkrankte unsere Mutter, aber ich war so erfüllt von meinem eigenen Kummer, dass ich außerstande war, mich der Sache zu stellen. Außerdem hätte Mutter mich vom Krankenbett aus getröstet, hätte sich mit meinen Sorgen beschäftigt und sich um meinetwillen gegrämt, und das hätte ich nicht ertragen. Mutter war nun mal so, oder besser: Die Mütter sind so. Sie hören nie auf, sich zu sorgen, was tröstlich und unerträglich zugleich ist. Aber wünschen wir uns nicht gerade das? Dass da jemand ist, der sich für uns interessiert, uns akzeptiert, wie wir sind, und immer auf unserer Seite steht, auch wenn es die ganze übrige Welt nicht tut? Und das Beste bei alledem: Man braucht nicht mal etwas zurückzugeben, man kann die Mutter sogar anschnauzen und beschimpfen und sich wie ein Pubertierender benehmen, denn was man auch sagt, an ihrem Verhalten wird sich nichts ändern.

Aber die Situation ist anders, wenn sie krank ist. Eine Kranke muss man bemuttern, nicht umgekehrt. Ich kam also nicht nach Finnland, berief mich auf dringende Arbeiten. Da waren Seminare und die Korrekturen von der Vorprüfung der Dissertation, obwohl ich in Wahrheit draußen spazieren ging, mich nach Glenna sehnte und vor Regen nicht geradeaus schauen konnte, wobei das Wasser gleichermaßen vom Himmel wie auch aus meinen Augen floss.

Und dann starb Mutter. Das ist jetzt ungefähr acht Jahre her, und es war etwas, mit dem ich nicht gerechnet hatte. Ich dachte, sie wird wieder gesund, dann kehre ich nach Hause zurück, und die Wogen glätten sich. Auf der Beerdigung fühlte ich mich unwohl. Es war ein bisschen so, als wäre ihr Tod meine Schuld gewesen. Niemand sagte es laut, aber so etwas spürt man. Der Vorwurf hing an der Decke des Kirchenraums wie ein Votivschiff. Außer, dass ein Votivschiff die Dankbarkeit für die Rettung aus dem Sturm symbolisiert, während mein innerer Sturm keine Anzeichen eines Abflauens zeigte. Erschwerend wirkte sich aus, dass Janne mich verachtete, woraufhin wir uns zerstritten. Und da Mutter nicht mehr da war, um zu schlichten, dauerte der Streit an und verfestigte sich, sodass das Leben zu einer Skoliose wurde, die man bei jedem Schritt als bohrenden Schmerz spürte. Wir hatten ja praktisch nichts miteinander zu tun, und wenn wir mal zufällig im selben Raum waren, wichen wir einander aus. Erst Großmutters Tod und die damit zusammenhängenden Pflichten führten uns wieder zusammen.

»Findest du, dass ich langweilig bin?«, fragte ich. Janne sah mich verwundert an, und seine Augen lachten, Mutters Augen.

»Klar«, erwiderte er. »Das bist du immer gewesen.«

In seiner Stimme lag keine Kritik, er stellte einfach eine Tatsache fest. Er sah meine enttäuschte Miene und ergänzte rasch, gleichsam tröstend:

»Aber das ist ganz okay. An langweiligen Leuten ist nichts auszusetzen.«

»Außer dass sie langweilig sind.«

»Ja, vielleicht das.«

Die Pizza und die Flunder kamen. Die Flunder sah keineswegs übel aus. Ich versicherte mir innerlich, dass sie es trotzdem war, und machte mich über meine Pizza her. Wenn ich gezwungen bin, Fisch zu essen, sollte er aus der Dose und Thunfisch sein. Als ich klein war, mochte ich auch Sardinen.

Wir hatten Hunger, und die Teller wurden rasch leer. Die Kellnerin kam und erkundigte sich, ob wir eine Nachspeise wünschten. Ich hätte vielleicht Schokoladenkuchen genommen, aber Janne kam mir zuvor:

»Wir nehmen eine Flasche Champagner.«

Ich behielt meinen Schokoladenkuchen für mich. Der Champagner passte gut zur Situation. Wir stießen an.

»Auf den Reichtum«, sagte Janne.

»Auf das Geld«, erwiderte ich.

Der Champagner war gut, ein bisschen mädchenhaft vielleicht, aber frisch wie eine Meinung, die das Gespräch in unbekannte Bahnen lenkt. Oder vielleicht nicht einmal in unbekannte: Beim Anblick der Perlen im Glas musste ich gleich wieder ans Geld denken.

Ich genoss es richtig, dieses Wort laut auszusprechen. Geld. Ich ließ es mir auf der Zunge zergehen. Es schmeckte nach Dagobert Duck und nach Reisen und Meereslandschaft und schweren Stühlen und langem Frühstück. Es ist herrlich, von Geld zu sprechen, wenn man es in Aussicht hat, herrlich, sich hineinzuversenken, nach den Träumen zu greifen, die das Geld schafft und ermöglicht. Mit Geld gelangt man an einen Punkt in der Atmosphäre, an dem alles ein bisschen besser, qualitätsvoller und sauberer riecht. In der Troposphäre findet man diesen Punkt in der obersten Etage eines Luxushotels. Geld ist der Rohstoff der Träume, aber wirklich Spaß macht das Träumen erst dann, wenn man weiß, dass man seine Träume auch verwirklichen kann.

Auch Janne war sensibilisiert. Da saßen wir nun, zwei Männer mittleren Alters, und hatten fast Tränen in den Augen, als wir daran dachten, wie viel Geld auf unsere Konten fließen würde. Ich bekam einen Ständer. Ich dachte rasch an Elli, damit ich mir nicht so gierig vorkam und mir sagen konnte, die physische Reaktion käme ihretwegen. Anscheinend tat Janne dasselbe:

»Ich möchte mit Elli reisen. Und anschließend erweitere ich das Unternehmen.«

Ich sah ihn ungläubig an. Er verstand es, die Stimmung mit einem einzigen Satz zu verderben. Es war, als hätte er meine Fahrradreifen aufgestochen. Er wollte mir meine Pläne stehlen.

»Wohin willst du denn mit Elli fahren?«

»Irgendwohin, ganz egal. Meinetwegen um die Welt. Ich bin noch nie um die Welt gereist.«

»In diesem Alter lohnt es auch nicht mehr«, erklärte ich. Ich versuchte fieberhaft Gründe zu erfinden, warum Janne solchen Träumen nicht nachhängen sollte. Ich erinnerte ihn daran, dass er nicht gern flog, aber er sagte, dass er es ertrug, wenn am Ziel etwas wartete, das interessant genug war. Ich zitierte die Versicherungsstatistik: Siebzig

199

Prozent der Menschen sind auf Reisen irgendwie enttäuscht, einige sterben sogar. Die Zahl war freilich grob geschätzt.

Ich suchte aus allen Versicherungsstatistiken der Welt weitere Gegenargumente zusammen, sog sie in meine Lungen und wollte sie gerade über Janne ausblasen, als mir sein zweites Geldloch einfiel:

»Welches verdammte Unternehmen willst du erweitern?«

»Meines.«

»Du hast doch gar keines.«

»Nein? Postversand. Internethandel. Hauptsächlich Elektronik. Ich besorge die Ware billig da, wo es sich gerade ergibt, auf der ganzen Welt, und verkaufe sie dann mit einem kleinen Gewinn weiter. Keine Goldgrube, funktioniert aber. Mit Jalmaris Geld kann ich meine Präsenz verbessern.«

Ich verstummte, versuchte, den Schlussseufzer aus seiner Stimme herauszuhören. Vielleicht war da einer, unmerklich, aber dennoch spürbar? Er log. Bestimmt log er. Als Jugendlicher hatte er sich mit anderen herumgetrieben, und als Gruppe hatten sie allerlei angestellt, Sachbeschädigungen, Prügeleien, sogar Einbrüche. Allerdings war er nur ein einziges Mal erwischt worden, und zwar, als er mit seinen Kumpels in den Sommerferien in die Schule eingebrochen war. Die Lehrer hatten gelacht und gesagt, dass es das erste Mal war, dass er freiwillig gekommen war. Aber die Polizisten hatten nicht gelacht und Mutter auch nicht, als sie damit konfrontiert wurde.

Danach hatte er meines Wissens keine weiteren Schere-
reien mit der Polizei. Allerdings haben wir nie über diese
Dinge gesprochen. An mir nagte die Tatsache, dass er so
jung schon sein eigenes Geld verdient hatte, noch dazu mit
der schlechten Schulbildung. So hatte ich denn bewusst
nicht an seine Aktivitäten gedacht, und er hatte mir selbst
nichts darüber erzählt.

»Die Ware ist also nicht … von undurchsichtiger Her-
kunft?«

Er sah mich an wie einen Geisteskranken.

»Natürlich nicht. Wie kommst du auf so was?«

»Es ist schon ein bisschen merkwürdig, das alles in seiner Garage zu haben.«

»Microsoft wurde in einer Garage gegründet.«

»Aha, jetzt ist es also schon Microsoft.«

»Der Internethandel hat Potenzial. Und er bedeutet viel
Arbeit. Ich bin schon ziemlich gut im Verpacken.«

»Dann auf zum Korvatunturi, als Gehilfe des Weih-
nachtsmannes.«

Janne log. Das passte ins Bild. »Woher kannst du das
überhaupt?«

»Verpacken ist nicht sehr schwer.«

»Ja, aber die Technik. Und das Business.«

»Zweijahreskurs in der Erwachsenenbildung. Abends
hauptsächlich. Dort lernst du alles Mögliche, von der Co-
dierung bis zur Buchhaltung.«

Ich betrachtete die mächtigen Deckenbalken des Restau-
rants, die vermutlich zur Zierde dienten und nichts weiter
trugen als den Anflug von Atmosphäre. Ich dachte an

Mutter und begriff, wie wichtig sie gewesen war. Wäre sie noch am Leben, wüsste ich das alles. Sie war die Kühlschranktür gewesen, an der alle Informationen auftauchten und von der man sie mühelos abrufen konnte. Sie hatte uns zusammengehalten und dafür gesorgt, dass wir alles Notwendige wussten. Es war, als fehlte der Arbeitsspeicher im Computer, seit Mutter nicht mehr da war. Vater hatte überhaupt nicht das Zeug dazu. Sein Wecker war immer nur für seine eigenen Vorhaben gestellt.

»Was willst du denn eigentlich machen?«, fragte Janne.

»Mit dem Geld?«

»Dein übriges Leben interessiert mich nicht so.«

»Ich möchte ebenfalls reisen. Ich habe ja sogar von Amts wegen eine Reiseversicherung«, sagte ich. »Viel deckt sie allerdings nicht ab«, ergänzte ich, denn ich hatte das Produkt selbst entwickelt.

Mich wunderte mein plötzlicher Wunsch, die Welt zu sehen, denn der war neu. Ich war natürlich in Europa unterwegs gewesen und hatte sogar in Schottland gelebt, aber ich hatte nie zuvor das Bedürfnis gespürt, bis ans Ende der Welt zu fahren, nur um zu sehen, ob man von dort hinunterfiel. Ich begriff jetzt, dass es an der fehlenden Reisebegleitung lag. Mit Elli wäre es anders. Mit ihr wäre nicht das Reisen, sondern das Zusammensein am wichtigsten.

»Du hättest dein Priesterstudium abschließen sollen. Dann hättest du Missionar werden können«, sagte Janne und grinste. Dann erzählte er von seinem Traum, seine Doktorarbeit zu schreiben.

Ich traute meinen Ohren nicht.

»Du müsstest wahrscheinlich erst die Grundschule abschließen«, schlug ich vor.

»Ich bin neuerdings Abiturient«, sagte er, und wieder lachten seine Augen. Er genoss die Situation. Als Nächstes würde er wahrscheinlich erzählen, dass er Vizepräsident der Weltbank war.

Ich antwortete nicht, wollte ihm die Freude nicht gönnen. Aber mein autonomes Nervensystem ließ mich im Stich und hob meine Brauen um so viel, dass Janne das Spiel meiner Mimik als Frage auslegen konnte.

»Letztes Jahr habe ich das Zeugnis gekriegt. Abendgymnasium. Ich habe vier Prüfungen geschrieben und in allen Fächern bestanden.«

»Wo ist die Studentenmütze?«

»Im Kleiderschrank.«

Ich erlangte die Gewalt über mein Nervensystem zurück und war bereit, notfalls die Information entgegenzunehmen, dass Janne ein Kind hatte. Die kam jedoch nicht.

»Gratuliere«, sagte ich und hob mein Glas. »Du hättest mich zur Feier einladen können. Ich habe dich auch eingeladen.«

»Es gab keine Feier. Das Ganze war nur ein kleines Hobby. Ich wollte ausprobieren, ob ich es schaffe.«

»Und die Dissertation?«

Er erzählte, dass er einige Jugendforschungskurse an der offenen Universität absolviert hatte.

»Ich dachte, dass es Spaß machen würde. Ich mag junge Leute. Und da ich keine eigenen Kinder habe, konnte ich dort lernen, manches anders zu sehen.

Mitentscheidend war auch, dass der Stoff ziemlich leicht war. Keine Mathematik.«

Ich registrierte das Lob. Janne würdigte mich, zumindest im angeheiterten Zustand. Wie auch immer, es tat mir wohl. Lob kann man nie genug bekommen. Janne erklärte weiter:

»Die Beziehung zwischen der Jugend und der übrigen Gesellschaft lässt sich schnell auf den Punkt bringen: Die Jugend läuft ständig Gefahr, das Falsche zu tun und zu verderben wie zu warm gelagertes Fleisch. Wenn von der Jugend die Rede ist, geht es eigentlich weit mehr um die Leute mittleren Alters und um deren Ängste. Darüber weiß ich viel. So wie du wahrscheinlich auch.«

Ich konnte nicht ganz folgen, aber er sprach weiter. Die Konstellation war ungewohnt, denn im Allgemeinen war ich es, der das Wort führte.

Janne erzählte, dass die Geschichte der Jugend eine Geschichte der Missbilligung war — ich musste mir eingestehen, dass er ein recht fesselnder Erzähler war, für gewöhnlich hob er sich diese Seite seiner Persönlichkeit allerdings für seine Frauen auf. Laut seinen Ausführungen wurde anfangs sogar das Lesen von Büchern verteufelt. Es hieß, dass zu viel Lektüre die Jugendlichen zu untüchtigen Schlappschwänzen macht, die keine ordentliche Waldarbeit mehr vertragen, außerdem würden sie sich durch das ständige Starren in die Bücher die Augen verderben, und sie wären falschen Einflüssen und unsittlichen Gedanken ausgesetzt.

Dann, als man sich an die Bücher gewöhnt hatte, kamen die lebenden Bilder. Als auch die Jugendlichen, die sich Filme angeschaut hatten, zu einigermaßen normalen Erwachsenen heranwuchsen, richteten sich die Ängste auf die Musik. Janne sang ein Stückchen aus dem Beatles-Song *Help*, um die Verbohrtheit der Gesellschaft zu illustrieren. Sein Eifer artete ein wenig in Geschwafel aus. Ich sagte es ihm, aber er fuhr mit dem Auflisten der missliebigen Dinge fort: Comics, Fernsehen, Skaten, Computer und Computerspiele, Internet, soziale Netzwerke …

»All das verweichlicht die Kinder und Jugendlichen, und bald spielt überhaupt keiner von ihnen mehr draußen die traditionellen Spiele und lernt beim Baseball den Gemeinschaftsgeist, den man aus den Zeiten des Winterkrieges kennt«, unterstrich Janne.

Ich war derselben Meinung. Die Kinder spielten zu wenig draußen. Früher war es anders. Wir tobten fast rund um die Uhr auf dem Hof herum. Das hatte noch etwas Gesundes. Im Allgemeinen kämpften wir miteinander. Wir spielten Krieg mit Blasrohren, Katapulten, Hagebutten, Taschenlampen, Schneebällen, Tannenzapfen, Fäusten, Flitzbogen, Spielzeuggewehren, Schwertern und Speeren. Zwischendurch rief uns Mutter zum Essen, und hinterher ging es weiter. Ein Wunder, dass unsere Generation noch am Leben ist, aber mangelndes Training für die Verteidigung des Vaterlandes kann man uns jedenfalls kaum vorwerfen.

Ich wies darauf hin, dass ständiges Sitzen am Computer zu Übergewicht führt und dass die Spiele nicht im selben Maße die Fantasie anregen wie etwa das Lesen.

Janne lächelte darüber.

»Du bist zweifellos ein bisschen langweilig.«

Dann erinnerte er mich daran, dass die offene Universität nur ein Hobby für ihn gewesen war:

»Ich habe Ideen, wie ich den Internethandel ausweiten und mir gleichzeitig das Verpacken ersparen kann. Ich muss mich auf die Logistik konzentrieren, sie ist der Schlüssel zu allem. Dabei bräuchte ich Hilfe. Hättest du Lust, mit einzusteigen?«

Auf eine so wilde Idee antwortete ich gar nicht erst. Wir würden auf keinen Fall bei gemeinsamer Arbeit miteinander auskommen. Janne war zu impulsiv. Ich warf einen Blick auf die Uhr und schlug vor, das Lokal zu wechseln. Janne winkte die Kellnerin heran und bezahlte die Rechnung aus seinem dicken Geldbündel.

»Woher stammt das Geld eigentlich?«, fragte ich.

»Aus der Firma. Ich dachte mir, dass wir so einen Ausflug nicht noch mal machen, Grund genug also zur Verschwendung. Dies ist eine wichtige Reise. Wir sind nicht oft zu zweit unterwegs.«

»Stimmt«, bestätigte ich, und von irgendwo in mir bezog das schlechte Gewissen Stellung, so wie ein Scharfschütze, der sich auf dem Dach auf die Lauer legt, sodass niemand mehr sicher ist, und drückte auf meine Tränendrüsen. Ich mochte Janne, als er so sprach.

20

Das Zentrum von Imatra ist klein und groß zugleich. Die Stadt hat nicht viele Einwohner, aber es halten sich dort, bedingt durch die Grenznähe, viele russische Touristen auf. Ihretwegen gibt es verschiedene Geschäfte, die auf die Bedürfnisse einer größeren Stadt zugeschnitten sind. Jalmari hatte unbedingt hinziehen wollen, obwohl wir ihm unsere Hilfe verweigert hatten. Vielleicht war er gerade da, wo wir uns jetzt befanden, entlanggetrabt und hatte eine Flut heruntergefallener Scheine hinter sich zurückgelassen.

Jalmari hatte in den Sechziger- und Siebzigerjahren mehrmals in der Fabrik von Kaukopää gearbeitet. Er war Verkaufsingenieur bei Valmet geworden. Das heißt, offiziell war er immer noch kein Ingenieur, aber er war mit dabei, als der Osthandel vereinbart wurde. Er verkaufte Belüftungssysteme für Papiermaschinen, verhandelte die Preise, schmierte die Kunden mit Geschäftsessen und reiste kreuz und quer durch die Sowjetunion, um sich davon zu überzeugen, dass die Montage funktionierte und die Kunden zufrieden waren.

Wenn er gute Laune hatte, erzählte er davon. Diese Geschichten ließen mich jedes Mal darüber staunen, dass das dumme gesellschaftliche Experiment der Russen immerhin so lange gehalten hatte. Und ich denke da nicht nur an den Sozialismus, sondern generell an die Geschichte Russlands seit dem Jahr 800.

Der Handel mit der Sowjetunion bestätigte immer wieder Jalmaris negative Ansichten über den Nachbarn; für ihn war es stets der Nachbar, ein bisschen so, wie für den Eishockeyspieler der Gegner immer der Kumpel ist. Jalmaris Lieblingswitz war der, wie er nach dem Krieg erneut Viborg besuchte und an der Grenze auf die Frage nach dem Pass antwortete, dass beim letzten Mal niemand Papiere von ihm sehen wollte.

Sein Bravourstück war allerdings, wenn er bei seinen Spanienreisen auf dem Flugplatz bei der Sicherheitskontrolle den Beamten erzählte, dass er in jungen Jahren oft im Ausland gewesen war und dass man damals sogar das Gewehr mitnehmen durfte. Die Beamten verstanden den Witz zumeist nicht, worauf Jalmari sich über ihre mangelnde Professionalität mokierte.

Einmal kam eine sowjetische Delegation nach Finnland, und der Fabrikdirektor gab zu Hause ein Essen für sie. Jalmari war als Begleiter und Betreuer mit dabei. Der Abend verlief im Zeichen der Zusammenarbeit und gegenseitigen Hilfe. Bei einem Toilettenbesuch stürzte ein hochrangiger russischer Beamter im Flur und entdeckte etwas ganz Entzückendes, während er die Welt vom Fußboden aus betrachtete: die Schuhe der Gattin des Direktors. Die Schuhe gefielen ihm so ungemein, dass er ein solches Paar unbedingt seiner Frau mitbringen wollte. Dem Direktor blieb nichts anderes übrig, als ihm die Schuhe zu geben, ein kleines Opfer für bevorstehende Millionengeschäfte. Aber die Gattin des Direktors war wütend, denn es handelte sich zufällig um ihre Lieblingsschuhe. Sie sprach eine Woche lang nicht mit ihrem Mann, und dann fuhr sie aus Rache nach Paris, um sich neue Schuhe zu kaufen. Die Reise wurde in der Firma unter Repräsentationskosten abgebucht, aber im nächsten Jahr verlangte das Finanzamt eine Klärung der Angelegenheit. Und jetzt kommen wir zum merkwürdigsten Teil der Geschichte: Das Finanzamt akzeptierte die Begründung.

»Lass uns dort einkehren. Dort bekommen wir Rauschmittel«, sagte Janne.

Wir beide tranken nie gemeinsam, sondern wir konsumierten Rauschmittel. Der Witz hielt sich seit der Schulzeit: Nimmst du ein Rauschmittel?

Die Bar wirkte ganz gewöhnlich. In dem riesigen Fernseher, der eine Wand beherrschte, lief ein Fußballspiel. Mehrere Männer verfolgten das Spiel, so, als wären sie dienstlich anwesend. Sonst war die Bar ziemlich leer. Es war mitten in der Woche, anständige Menschen waren zu Hause und bereiteten sich auf einen neuen Arbeitstag vor.

Wir gingen zur Theke und bestellten Bier. Der Barmann zeigte auf die Reihe von Hähnen und bat uns zu wählen. Ich ärgerte mich. Warum musste es so viele Alternativen geben? Ich wollte keinen Brauereirundgang, sondern ein Bier, ein gewöhnliches finnisches Bier. Davon genügten zwei Sorten: große und kleine, und die kleinen brauchte man genau genommen auch nicht.

209

»Ganz egal«, sagte ich zum Barmann. Das war ein Fehler. Er zapfte mir ein lokales Gebräu, das aussah, als käme es direkt aus der Zellulosefabrik von Kaukopää. Der Bodensatz stieg an die Oberfläche, ähnlich wie im See vor unserem Sommerhaus, wenn wir als Kinder hineinsprangen und die Füße den Schlammgrund berührten. Janne und ich wetteiferten, wer mit den Füßen tiefer in den Morast gelangte. Ich gewann, weil ich längere Beine hatte und somit faktisch tiefer im Wasser war. Nachts bekam ich wegen des Wettstreits schreckliche Gewissensbisse, denn ich musste an Sanna denken und begriff, wie dumm wir gewesen waren, und ich betete zu Gott, dass er uns vergeben und es auch Sanna mitteilen möge.

Janne bestellte ein dunkles Bier – wieder so ein Produkt, das keiner braucht. Dunkles Bier ist übel, außerdem dauert der Zapfvorgang so lange, dass man getrost nach Hause gehen kann, weil der Abend sowieso endet, ehe man sein Bier bekommt. In Schottland wird viel dunkles Bier getrunken. Das erklärt vermutlich auch den Whiskykonsum in der Gegend: Die Leute sind gezwungen, etwas Schärferes zu trinken, damit sie beim Warten aufs dunkle Bier nicht verdursten.

Die ungeheure Vielzahl an Alternativen ließ mir keine Ruhe. Ich musterte die Flaschenreihen hinter dem Rücken des Barmannes. Allein an Whiskys gab es so viele, dass damit unsere gesamte Jugend hätte getränkt werden können und trotzdem noch etwas übrig geblieben wäre. Der Spiegel im Regal verdoppelte das Bild zusätzlich. Neben den Whiskys stand sogar eine Flasche mit grünem Pisang Ambong.

»Welche Menschen trinken Pisang Ambong? Oder überhaupt Liköre?«, wunderte ich mich laut.

»Davon dürften sich kaum viele auf freiem Fuß befinden«, gab Janne zu.

Wir tauschten uns über die Sortenvielfalt bei Likören aus.

»Überall dasselbe: im Bonbonregal und in der Obstabteilung des Lebensmittelmarktes, im Versicherungskonzern, im Autohaus, im Fahrradladen sowie generell überall außer in der Politik, wo kaum Alternativen geboten werden«, sagte ich.

»Amen«, sagte Janne. Jetzt war ich es wohl, der zu viel predigte.

Mag sein, aber ich hatte trotzdem recht. In unserer Kindheit war das Leben leichter. Es gab zwei Sorten Chips, zwei Sorten Nudeln, auch an Limonaden nur einige wenige Marken. Im Regal lagen Orangen und Äpfel und keine hässlichen Rambutane, mit denen man nicht im selben Haus zu schlafen wagt, höchstens bei Licht.

Ich teilte Janne meine Beobachtungen mit. Zu meiner Überraschung war er derselben Meinung. Auch er hatte gelegentlich darüber nachgedacht, war dann aber zu dem Schluss gelangt, dass die Vielzahl an Alternativen dennoch Reichtum bedeutete. »Die Jugendlichen bekommen einen größeren Weitblick, wenn sie erkennen, dass es auf der Welt noch mehr als nur Schwarz und Weiß gibt.«

Ich schnaubte nur. Ich beobachtete das Zustandekommen seines Bieres. Auch das war schwarz-weiß. Schaum wie weiße Mousse und nicht der Badeschaum wie auf dem normalen Bier.

»Das Verrückte ist, dass die Verschiedenartigkeit der Alternativen oft nur scheinbar ist«, sagte ich. »Es handelt sich vermeintlich um Alternativen, doch in Wahrheit sind es alles nur Variationen ein und derselben Sache. In jedem Optikergeschäft werden zum Beispiel Hunderte verschiedener Alternativen angeboten, aber wenn man genauer hinsieht, merkt man, dass sie praktisch alle gleich sind.«

»Wie das?«, fragte Janne. Er hatte gute Augen, sodass ihm diese Dinge nicht geläufig waren.

»Wenn zufällig gerade große Gläser in Mode sind, dann sind eben alle Brillen groß, und sie unterscheiden sich höchstens ein bisschen in der Farbe. Wenn kleine modern sind, gibt es nur die. Zu dem Phänomen gehört natürlich auch, dass nicht ich entscheiden darf, was modern ist und was nicht, sondern das entscheidet ein anderer für mich. Und weil dieser andere vermutlich irgendein in Hackfleisch gekleideter Freak aus der Popwelt oder dessen Schwester ist, trifft sich unser Geschmack nicht eben häufig.«

Janne lachte.

Ich trank aus Bosheit mein Bier so schnell aus, dass ich ein neues bestellen konnte, während Janne erst sein erstes bekam. Er wirkte jedoch nicht neidisch, blickte nur gebannt über meine Schulter hinweg. Aus der Richtung kamen zwei junge Mädchen an die Theke. Sie begrüßten uns wie alte Bekannte. Ich zog den Bauch ein, Janne lächelte einnehmend. Er ging sofort auf das Spiel ein und war bereit, der alten Bekanntschaft willen den Mädchen etwas auszugeben. Sie bedankten sich und willigten ein, als Janne vorschlug, von der Theke an einen Tisch umzuziehen.

Janne nahm die Sache in die Hand, fragte die Mädchen aus. Sie studierten bildende Kunst und Kulturmanagement. Letzteres, um für ihre Bilder den richtigen Preis aushandeln zu können.

»Der richtige Preis, wie viel ist das?«, fragte ich.

»Was bezahlst du?«, fragte die andere.

»Genau das ist der richtige Preis«, sagte ich wissend.

Ich dachte an den missglückten gestrigen Abend. Diesmal würde ich schneller sein. Die Mädchen bestellten neue Getränke auf Jannes Rechnung. Eine von ihnen sagte, sie wolle die Toilette aufsuchen. Ich beobachtete, wie sie ging. Schöner Hintern, enge Jeans. Nach einer Weile musste auch das andere Mädchen dringend auf die Toilette. Zu zweit saßen wir da und beobachteten ihren Gang. Ebenfalls nicht übel. Janne zwinkerte mir zu, er sah die Sehnsucht in meinen Augen.

Wir blickten an die Decke und warteten auf die Mädchen. Nach zehn Minuten war klar, dass sie nicht zurückkommen würden. Sie hatten sich nur kostenlos in Stimmung gebracht und waren dann zu ihrer eigenen Party gegangen, mit ihresgleichen. Keiner von uns kommentierte die Niederlage in irgendeiner Weise. Die Kluft zwischen den Generationen reißt so plötzlich auf, dass man es nicht wahrnimmt oder wahrnehmen will. Zwanzig Jahre, ein Wimpernschlag. Wir wechselten einfach das Gesprächsthema, kehrten unter den Teppich, dass wir Männer mittleren Alters mit dem Aussehen von Hausierern waren.

21

Jalmari verstand es, Frauen für sich zu gewinnen. Bis in seine letzten Jahre hinein herrschte Andrang. Die verschiedensten Omas gingen bei ihm ein und aus. Sie wollten sich um ihn kümmern. Oder sein Geld, auch das gab es. Aber in den meisten Fällen wollten sie ihn umsorgen. Da in dieser Altersgruppe die meisten Männer bereits im Krieg unter die Erde gekommen waren und der Rest früh an Herzkrankheiten starb, waren die wenigen, die lange lebten, mehr als Gold wert.

Jalmari hatte auf seinem Telefontisch ein Foto von seinem fünfzigsten Geburtstag aus dem Jahr 1968 stehen. Das Foto bedeutete ihm fast ebenso viel wie Mannerheims Porträt. Jalmari war darauf von Blumen umgeben, ein Mann im besten Alter und im Bewusstsein seiner Kraft. Die Menge der Blumen deutete darauf hin, dass es ein großes Fest gewesen war. Sonst war niemand weiter auf dem Foto zu sehen, und es gab auch keine anderen Aufnahmen von dem Fest.

Ich begriff erst kurz vor seinem Tod, woher sein ständiger Umzugsdrang rührte. Es war keine Unruhe, wie ich geglaubt hatte, auch kein Interesse an neuen Orten. Die Ursache war schlicht und einfach die, dass er, abgesehen von Großmutter, mit niemandem auskam. Das gestand er sich natürlich nicht einmal selbst ein, sodass er stets irgendeinen Fehler in der Wohnung oder der Umgebung erfand. Am Balkon fehlte die Verglasung. Der Weg zur Speisegaststätte war zu weit. Schulkinder lärmten. Die Anordnung der Räume war unmöglich. Der Anschluss für den Fernseher war an der falschen Wand. Der Nachbar hatte psychopathische Hunde oder war selbst Psychopath. Eigentlich fehlte Jalmari wohl eine Balkonverglasung, die ihm Schutz vor den eigenen unangenehmen Gedanken geboten hätte. Und solche Schutzvorrichtungen lassen sich in dieser Lebensphase nicht mehr so ohne Weiteres installieren, ist es doch selbst in jüngeren Jahren nicht einfach.

Ich glaube, dass er tief in seinem Inneren selbst darunter litt, obwohl ich mir nicht sicher bin, ob er völlig begriff, woher der pochende, entzündete Klumpen, der sich dort eingenistet hatte, stammte. Einen Anflug von Einsicht durfte ich erleben, als ich ihn kurz vor seinem Tod in seinem Endquartier, wie er das Pflegeheim nannte, besuchte. Dort im Veteranenheim in Hanko erzählte er ein wenig kleinlaut, dass er ein Gefangener sei, was natürlich stimmte. Hier sind die Türen verschlossen, sagte er. Ich betrachtete die weiße, stabile Krankenhaustür, die so breit war, dass das Bett hindurchpasste. Sie war verschlossen, damit die Bewohner nicht draußen umherirrten und sich verliefen. Außerdem beklagte er, dass dort alle Leute verrückt waren. Seine betagten Nachbarn hatten sich in eine Leere verloren, aus der sie nicht zurückfanden und es vielleicht auch nicht wollten.

Das Schlimmste war jedoch, dass man ihm sein Geld abgenommen hatte. Ihm die Geldbörse wegzunehmen war, als hätte man die Hälfte seines Herzens herausgeschnitten. Die Geldbörse ist die Waffe des Mannes, mit der er es gegen die kalte Welt aufnehmen kann. Ein Mann ohne Geldbörse ist überhaupt kein Mann. Und trotzdem wirkte Jalmari erleichtert, wie er da abgemagert in seinem Bett saß und seinem Gast Jaffa anbot. Das Getränk war abgestanden, schmeckte gleichgültig. Jalmaris Erleichterung rührte daher, dass er nicht mehr umziehen, nicht mehr von dort wegmusste. Er war nach Hause gekommen oder zumindest an einen Ort, an dem die Verantwortung an denjenigen übergegangen war, der auch die Geldbörse an sich genommen hatte. Selbst der stärkste Mann darf endlich aufgeben, wenn er über neunzig ist und hinter verschlossener Tür im Nachthemd dasitzt, das nicht mal Taschen für eine Geldbörse hat. Er klagte, dass ihn niemand besuchte. Und obwohl ich ihn daran erinnerte, dass ich ja jetzt da war, klagte er weiter, dass niemand einen alten Mann besuche, der mit allen zanke. Das war das deutlichste Bekenntnis, das er sich je abrang im Hinblick darauf, dass vielleicht auch er manches falsch machte.

Ich klopfte ihm auf die Schulter, weil ich gar keine Worte fand. Wie man sich bettet, so liegt man, pflegte Großmutter zu sagen, und deshalb ist das Leben eine so einsame Angelegenheit. Ich wünschte mir, dass Jalmari bald sterben möge. Er selbst wünschte sich das ebenfalls.

In der Glücksspielecke der Bar lockte das Versprechen. Ich betrachtete die leuchtenden Farben, die die Automaten aussandten, und fragte Janne nach Münzen. Er suchte aus seinen Taschen ein Häufchen Euros zusammen. Ich nahm das Geld und steuerte das Früchtespiel an. Ich wollte unbedingt eine Weile stehen, denn das Sitzen ging mir auf den Rücken. Das Stehen ebenfalls, aber auf andere Weise. Janne folgte mir.

Ich mag die Spannung beim Glücksspiel. Dass man gewinnen, aber auch verlieren kann. Das Wesentliche dabei ist, dass man möglichst viel riskiert, denn dadurch ist auch die Gewinnchance groß. Das maximiert beim Spielen die Gefühle: Die größtmögliche Niedergeschlagenheit beim Verlust, der größtmögliche Spaß beim Gewinn. No pain, no gain.

Aber weil meine Dissertation, die wegen Mutter und Glenna unvollendet geblieben war, die Risikotheorie behandelt hatte, wusste ich, dass man nicht so zügellos vorgehen darf. Es ist nicht vernünftig, mit dem Höchsteinsatz zu spielen, weil der im Bezug auf die Gewinnchance zu groß ist. Ich warf also zwanzig Cent in den Automaten und ließ ihn rotieren. Kein Gewinn. Ich warf noch eine zweite Münze ein und drückte. Ich drückte schnell und wütend, befehlend. Damit die Maschine begriff, mit wem sie es zu tun hatte. Jetzt erschien im Sichtfenster eine Erdbeere. Ich blockierte sie. Ich sah Janne siegessicher an. Bald würde es klimpern.

Um eine vorbei. Ich war nicht befehlend genug gewesen. Ich wollte nicht weiter verlieren und gab auf.

»Hast du schon aufgehört?«, fragte Janne. »Gib mir mein Geld zurück, dann probiere ich es mal.«

Ich suchte ein wenig ärgerlich in meinen Taschen, wie stets, wenn ich Geld weggeben muss. Janne warf fünf Euro ein und erhöhte den Einsatz so weit, wie es ging. Ich schüttelte den Kopf. Kein Wunder, dass Elli ihn verlassen hatte. Er war ja völlig verantwortungslos. Mit dieser Haltung erreichte man im Leben nichts Dauerhaftes, keine Karriere, kein Heim und man fand auch keine Frau, die in dem Heim blieb. Seine Spieltaktik war der blanke Wahnsinn.

Janne gewann sechs Euro.

»Ein letztes Mal«, sagte er und ließ die Früchte rotieren, so, als wollte er einen Salat daraus machen. Jetzt kamen vier Euro. Ich schlug ihm vor aufzuhören, weil er am Gewinnen war.

»Ein allerletztes Mal«, sagte er nur.

Jetzt verlor er, aber er spielte noch ein allerallerletztes Mal. Genau auf diese Weise verlieren Leute ihr Vermögen. Ich ärgerte mich wegen Janne und auch wegen des Geldes, denn wer, wenn nicht ich, verstand etwas von Wahrscheinlichkeitsrechnung. Der Automat begann zu rasseln, Janne sammelte seinen Gewinn ein, drei Euro.

»Acht Euro Gewinn!«, freute er sich.

»Nein, nur drei Euro«, belehrte ich ihn. »Du hast ja fünf eingeworfen.«

»Morgen gewinnst du auch«, sagte er und setzte sein Bierglas an.

»Falls Jalmari sein Vermögen nicht Pirjo geschenkt hat.«

Wir starrten beide auf unsere Getränke und sahen Pirjo vor uns. Sie war eine aus der langen Reihe von Personen, die nach besten Kräften versucht hatten, aus Jalmari zu seinen Lebzeiten Nutzen zu ziehen – und auch noch nach seinem Tod. Die Gier der Menschen ist unersättlich, und Pirjo war die Verkörperung dieser Unersättlichkeit. Ich erinnere mich, gelesen zu haben, wie im Krieg dem Feind Goldplomben aus dem Mund gerissen wurden, dabei musste der Feind nicht mal unbedingt tot sein. In Friedenszeiten verhalten sich die Menschen kaum weniger fies.

Pirjo war eine Bekannte Jalmaris aus seinen Spanienjahren. Sie war noch jung, erst knapp über siebzig. Jalmari rechnete sich wohl aus, dass sie sich um ihn kümmern und mit ihm womöglich wieder nach Spanien gehen würde, zurück in das Leben, in dem alles gut gewesen war. Und Pirjo half ihm auch. Kochte Kaffee und spielte Karten. War so schlau, ihn gewinnen zu lassen, was ständig einfacher wurde, denn er merkte es nicht, wenn ihm eine Chance überlassen wurde, die eigentlich der Gegner für sich hätte nutzen müssen.

Eines Tages bekam ich einen Anruf von der Bank. Der Direktor erkundigte sich, ob ich einen Mann namens Jalmari kenne und ob der bei vollem Verstand sei. Ja und nein, erwiderte ich.

Das ganze Knäuel entwirrte sich: Jalmari hatte seine Wohnung veräußert und eine neue gekauft. Bei der neuen hatte er als Eigentümer außer sich selbst auch seine Nachbarin Pirjo eingetragen. Dem Bankdirektor waren Zweifel gekommen, als Jalmari sich nach dem Gespräch erhoben und auf seinem Stuhl drei Zweihunderteuroscheine liegen gelassen hatte. Der Direktor sagte, dass er die Polizei einschalten wolle.

Ich rief Jalmari umgehend an und fragte ihn, warum er die Hälfte seiner Wohnung einer Frau gegeben hatte. Er überlegte eine Weile und stritt dann alles ab. Anschließend versuchte er das Thema zu wechseln und fragte, wann ich ihn besuchen würde. Ich ging nicht darauf ein, sondern verlangte, dass er mir sagte, wer die Frau war.

Jalmari sammelte wieder seine Gedanken zusammen. Sie waren ihm entfallen und hatten sich in seinem Gehirn verteilt, so wie ein Glas, das auf dem Küchenfußboden zerschellt. Eine Scherbe hier und eine da, ein Stück von einem Gedanken, ein Satzfetzen, kein heiles Ganzes. Ich fragte, ob er die Hälfte seiner Wohnung verschenken wollte, und darauf wusste er immerhin zu antworten, dass er nicht mal eine Ecke der Küche verschenken würde.

Der Kaufvertrag wurde annulliert, zugleich aber auch Jalmaris Menschlichkeit oder zumindest seine Mündigkeit. Ihm wurde ein Betreuer zur Seite gestellt, und er kam nicht mehr an sein Bankkonto heran. Ich begegnete dem Mann einmal. Ein Jurist, noch keine dreißig, Anzugtyp, sportliche Figur und bestimmt ganz kompetent. Es erschien mir unfair, dass so ein frischgebackener Hochschulabsolvent entschied, was ein Mann, der dreimal älter war, mit seinem eigenen Geld machen oder nicht machen durfte.

Der Tresor war natürlich noch da, aber irgendwie war auch im Hinblick darauf die Luft raus bei Jalmari. Wenn man es positiv betrachtete, hatte er bestimmt nie so viel verdient wie in jener Zeit, er sparte vermutlich an die zwanzigtausend im Monat, weil er das Geld nicht mehr mit vollen Händen zum Fenster hinauswarf. Aber das wirkte sich negativ auf seine Physis aus. Geld zum Fenster hinauszuwerfen ist eine Sportart, die frisch hält. Wenn man damit aufhört, beginnen die Plagen des Alters.

Ich sah Frau Pirjo auf Jalmaris Trauerfeier. Die fand in Turku statt, weil das am einfachsten war. Pirjo schien echt traurig über Jalmaris Ableben. Eine Wand der Kapelle bestand ganz und gar aus Glas, und man sah auf einen sehr gepflegten Friedhof. Die Kiefern waren robust und schön, ungefähr in Jalmaris Alter. Regen rieselte herunter, so, als würde das Glas weinen. Sonst weinte niemand. Die Trauer war zwar gegenwärtig, aber die kleine Gemeinde hatte Erfahrung mit der Unausweichlichkeit des Schicksals.

Bei der anschließenden Kaffeetafel fragte mich Pirjo nach dem Testament und der Wohnung. Sie schien immer noch davon auszugehen, dass ihr die Hälfte gehörte. Vielleicht unterscheidet gerade das den Menschen vom Tier, der Optimismus, der unerschütterliche Glaube an morgen. Nicht einmal die polizeilichen Ermittlungen und eine mögliche gerichtliche Vorladung hatten den Glauben der Frau erschüttern können. Die Torte war mit Pfirsichen belegt, und das erinnerte mich an Jalmari und Großmutter. Ihre uralten Feinfrosttorten schmeckten stets nach Pfirsich und Lebensmittelvergiftung. Ich lächelte Pirjo freundlich an, lobte die Torte und erkundigte mich, wie die polizeilichen Ermittlungen vorankamen. Aber Pirjo bemerkte die Spitze nicht, sondern fragte besorgt nach Jalmaris Tresor, der viel Vermögen enthielt. Der würde doch hoffentlich geöffnet werden? Ich nickte: Der Geldschrank wird zuallererst geöffnet, da konnte sie sicher sein.

Ich wusste, dass das Testament Bestand hatte, ob da nun Pirjos waren oder nicht, und ich sagte es Janne. Großmutters Erbe war nicht aufgeteilt worden, da vereinbart worden war, dass wir später auch Jalmari beerben würden. Im Testament stand, dass das Geld an die leiblichen Nachkommen gehen würde, und das waren in diesem Falle Janne und ich.

Im Restaurant roch es nach Staub und Langsamkeit. Wir tranken noch ein paar Bier und stellten träge Betrachtungen über ein künftiges üppiges Leben an — das zu erwartende Geld machte uns schon im Voraus faul und bequem. Janne schien angetrunken und fing an, von Elli zu reden.

»Wenn es bei euch so gut lief, warum habt ihr euch dann scheiden lassen?«, fragte ich unwirsch.

Er äußerte sich nicht dazu, stattdessen schlug er vor, ins Hotel zu gehen. Ihm war übel, wie er sagte. Ich hatte nichts gegen den Vorschlag einzuwenden. Der Abend war schon weit fortgeschritten.

Die Dunkelheit hatte die Stadt schwarz gefärbt, aber die Straßenlampen und das Licht, das aus den Wohnungen schimmerte, zeigten den Passanten den Weg. Wir überquerten den Marktplatz, als wir plötzlich Rufe hinter uns hörten und uns jemand aufforderte, stehen zu bleiben. Ich drehte mich um und sah einen jungen Mann und eine Frau auf uns zulaufen. Die Frau stieß Flüche aus, und der Mann schwenkte drohend die Arme. Ich erkannte unsere morgendlichen Tramper Antti und Nora. Sie waren nur noch zwanzig Meter entfernt, und es schien keine vernünftige Fluchtmöglichkeit zu geben.

Janne sah krank aus und hielt sich den Bauch. Er konnte kaum aufrecht stehen, schwankte hin und her, und es schien, als würde er sich bald übergeben. Von ihm war keine Gegenwehr zu erwarten. Ich stellte mich breitbeinig hin und bereitete mich vor, auszuweichen oder zuzuschlagen.

Antti erreichte uns zuerst. Er glotzte wie ein Stier, als er mir an die Kehle ging. Er hatte überraschend viel Kraft. Ich versuchte ihn wegzustoßen, aber wir fielen beide zu Boden. Nora nahm Anlauf und trat mir gegen die Nase. Ich hörte einen Knacks und spürte, wie das Blut zu fließen begann. Dennoch, ich war größer als mein Gegner, sodass es mir gelang, Antti zu Boden zu drücken, aber da griff mich Nora wieder an. Ich konnte ihr einen Schlag versetzen, aber nicht hart genug, weil ich nach hinten schlagen musste. Aus den Augenwinkeln sah ich, wie Janne umfiel, obwohl ihn niemand berührt hatte. Er hielt sich den Bauch und wimmerte. Antti strampelte unter mir und schlug auf mich ein, ich schlug zurück. Wir rollten eine Weile auf der Erde herum, bis plötzlich eine Polizeistreife auftauchte. Die Polizisten trennten uns voneinander. Antti stieß Schmähungen aus und beschimpfte mich als Dieb.

Die Polizisten zogen daraus ihre eigenen Schlüsse und machten uns den Vorschlag, sie aufs Revier zu begleiten, damit wir dort unsere Meinungsverschiedenheiten klärten. Janne lag immer noch jammernd am Boden. Einer der Polizisten fragte ihn, was mit ihm los sei.

»Der Bauch … tut weh …«, brachte Janne heraus, und ihm war anzusehen, dass er große Schmerzen hatte. Die Polizisten riefen einen Krankenwagen, der innerhalb von fünf Minuten eintraf. Janne wurde weggebracht. Meine Tramperfreunde und ich beobachteten das aus dem Streifenwagen und in Handschellen. Mir fiel ein, dass ich immer noch Anttis Haschischvorrat in der Tasche hatte. Jetzt konnte ich dagegen nichts mehr machen. Ich versuchte mich zu erinnern, wie der Besitz von Rauschmitteln juristisch gewertet wurde, und hoffte, dass ich das Ganze durch Reden aufklären und die Schuld demjenigen zuweisen konnte, den sie traf. Antti hatte sich beruhigt, ähnlich wie am Morgen, und murmelte wieder etwas von Fischmehl vor sich hin. Ich hatte von den Polizisten ein Handtuch bekommen. Meine Nase schmerzte, aber das Blut hatte nun Pfropfen gebildet und floss mir immerhin nicht mehr aus der Nase. Ich atmete durch den Mund und hoffte, dass ich nie wieder etwas erben würde.

Das Auto fuhr los, und die Lichter und Schatten der Stadt Imatra wirkten nicht mehr so freundlich. Ich hatte das Gefühl, als wäre ich ins Leben geworfen worden und außerstande, meinen Weg selbst zu bestimmen. Gleichsam als würde ein Außenstehender mich ständig schubsen und so meinem Weg die Richtung geben, ohne mich nach meiner Meinung oder meinen Wünschen zu fragen. Ein unangenehmes Gefühl, zum ersten Mal hatte es mich im Sommerhaus beschlichen, als das Schilf ein bisschen zu lang war und Vater mit Sanna im Arm auf dem Bootssteg stand und schrie. Ein bisschen so, als würde ich neben mir stehen.

Das Polizeirevier war in der Nähe, und dort herrschte gähnende Leere und Alltagsruhe. Andere Kriminelle waren nicht zu sehen. Ich versuchte, so nüchtern wie möglich zu wirken und die Polizisten nicht zu hetzen oder zu reizen. Wenn ich einen vernünftigen Eindruck machte, würde ich vielleicht als Opfer durchgehen, und man würde mich laufen lassen.

Es klappte nicht. Die Polizisten hatten keine Lust, den Vorfall näher zu untersuchen, sie nahmen zuerst unsere Personalien auf und forderten uns anschließend auf, die Taschen zu leeren, damit wir keine Schneidwerkzeuge oder andere gefährliche Gegenstände in die Arrestzelle mitnahmen. Messer fanden sie nicht bei mir, aber ich musste mich widerstrebend von dem Haschischpäckchen trennen.

»Na, so was«, sagte der Polizist. Er sah mich an wie ein Vater seinen Sohn, der beim Äpfelklauen erwischt worden ist. Missbilligend und traurig-verdrossen.

»Es gehört dem da«, sagte ich und zeigte auf Antti.

»Genau«, sagte der und versuchte sein Eigentum an sich zu nehmen. Der Blick des Polizisten wurde noch verdrossener. Er bedeutete seinem Kollegen, Antti wegzubringen. Ich versuchte das Vorgefallene zu erklären.

»Ich nehme keine Drogen«, versicherte ich.

»Natürlich nicht«, sagte der Polizist. »Die sind ja auch ungesund.«

»Eben«, sagte ich ein wenig unsicher.

Der Polizist musterte mich abschätzig.

»Machen wir morgen früh weiter«, sagte er schließlich. Mein lädiertes Äußeres weckte anscheinend weder sein Mitleid noch sein Vertrauen.

»Es war mein Bruder, der mit dem Krankenwagen weggebracht wurde. Wie geht es ihm?«, fragte ich, als mir Janne
einfiel.

Der Polizist wusste es nicht. »Morgen früh dann.«

»Ruf im Krankenhaus an!«, verlangte ich.

Mein Blutzucker war im Keller, da war die Streitschwel-
le rasch überschritten. Und auch der Polizist schien hung-
rig zu sein, denn er ließ mich umgehend in die Zelle schaffen. Ich trat gegen die Tür, als sie abgeschlossen wurde. Auf
dem Fußboden war ein Viereck von der Größe eines Bettes
eingezeichnet, wie ein Parkplatz. Ich parkte dort ein und
dachte an Janne. Was war mit ihm passiert?

Unruhe hing von den Wänden und der Decke herab
und machte die Zelle noch kleiner. An Schlaf war nicht zu
denken. Nach einer Weile hörte ich, dass jemand an der
Tür war. Die Klappe wurde geöffnet, und der Polizist von
vorhin lugte herein.

»Dein Bruder ist am Leben und bleibt es wahrscheinlich
auch«, sagte er.

»Was hat er?«

»Bauchspeicheldrüsenentzündung.«

Als der Polizist weg war, versuchte ich zu überlegen,
was Bauchspeicheldrüsenentzündung war. Bestimmt eine
Bauchspeicheldrüse, die sich entzündet hatte. Aber was das
bedeutete, war mir völlig schleierhaft.

Ich erinnerte mich, wie Janne mal als Kind an irgend-
einer Entzündung erkrankt war, die als Folge normalen
Fiebers aufgetreten war. Vater hatte ihn mitten in der
Nacht ins Krankenhaus gebracht, und ich war von der

hektischen Atmosphäre erwacht, die beim Aufbruch herrschte. Ich erinnere mich an das Licht im Flur und die leisen Worte der Erwachsenen, die ich nicht verstand, die aber von Ernst und Müdigkeit und Verzweiflung kündeten und in denen die unausgesprochene Frage mitschwang: Doch nicht wieder? Ich wünschte mir damals, Janne möge nicht sterben.

Das wünsche ich mir immer noch.

22

Die Sünden der Vergangenheit sind anfangs erfrischend, später erklärungsbedürftig. Ich hatte ein schlechtes Gewissen, und irgendwie fand ich, dass ich am richtigen Ort war, verurteilt wurde ich jedoch für die falsche Tat. Der Polizist war morgens anders als am Abend. Er war sachlich, als wir die Ereignisse durchgingen. Ich erzählte ihm, was passiert war und woher das Rauschgift stammte. Er bezog keine Stellung zum Wahrheitsgehalt meiner Geschichte, notierte nur alles und drückte mir schließlich einen Bußgeldbescheid in die Hand. Dann durfte ich gehen. Es war früher Morgen, es wehte ein unfreundlicher und kalter Wind, das graue Straßenpflaster passte zu meiner Stimmung. Ich wusste nicht, wo ich mich befand, erriet die Richtung und ging los. Ich musste ins Hotel und dann weiter ins Krankenhaus. Ich versuchte Janne anzurufen, er antwortete nicht. Ich marschierte ungefähr einen Kilometer, und jetzt wirkte die Stadt lebendiger. Bald schon erkannte ich ein Gebäude und wusste, wo ich war. Zum Hotel war es nicht mehr weit.

Der Mitarbeiter am Empfang hob beim Anblick seines derangierten Gastes leicht die Brauen. Ich nickte ihm grüßend zu und verzog mich auf mein Zimmer. Nach der Dusche setzte ich mich mit dem Handtuch um die Hüften auf die Bettkante. Ich hatte das Gefühl, als läge das Schlimmste hinter mir. Jetzt würden keine Missgeschicke mehr passieren, und alles würde sich zum Besseren wenden. Das Erbe winkte und die vage Andeutung einer Wegkreuzung und ein Schild mit der Aufschrift Elli. Ich zog mich an und ging nach unten, ich brauchte unbedingt etwas zu essen.

Beim Frühstück waren nicht viele Gäste anwesend. Der Orangensaft war warm, schmeckte schal, genau so, wie er nicht schmecken sollte. Woran liegt es, dass der Saft nie kalt ist? Der Mensch fliegt auf den Mond und schickt Fahrzeuge auf den Mars, bringt es aber nicht fertig, den Orangensaft gekühlt zu servieren.

Ich aß einen Teller Grütze und ein Brötchen. Der Kaffee war immerhin gut. Anschließend ließ ich mir am Empfang ein Taxi rufen und nannte dem Fahrer als Fahrziel das Krankenhaus.

»Honkaharju?«, fragte er.

»Das weiß ich nicht, gibt es denn hier mehrere Krankenhäuser?«

»Nein.«

Das Krankenhaus war nicht weit entfernt. Der Fahrer setzte mich am Eingang der Notaufnahme ab. Ich sah wohl so aus, als ob ich hierhin müsste, auch meine Nase war größer als normal.

Drinnen am Empfang fragte ich nach Janne. Die Mitarbeiterin blickte in ihre Papiere, nickte und sagte mir, dass er auf die Station verlegt worden sei. Ich bekam die Zimmernummer und eine Wegbeschreibung. Das Haus war nicht groß, sodass ich leicht hinfand. Ich meldete mich bei der Krankenschwester, stellte mich als Jannes Bruder vor und fragte, wie es ihm ging und was er hatte.

»Bauchspeicheldrüsenentzündung«, erklärte sie. »Daran kann man sterben, aber wie es aussieht, ist er in diesem Fall mit dem Schrecken davongekommen.«

»Was ist das?«

»Die Bauchspeicheldrüse entzündet sich. Häufig ist Alkohol die Ursache, manchmal sind es Gallensteine, zuweilen kennt man die Ursache nicht. Die Leibschmerzen sind sehr schlimm. Für deinen Bruder war es bereits das zweite Mal, er hätte auf gar keinen Fall Alkohol trinken dürfen«, sagte sie, und ich hörte deutlich den Tadel aus ihrer Stimme heraus.

»Ich wusste nicht, dass er das hat«, verteidigte ich mich. »Wie geht es ihm?«

»Wie es aussieht, ist die Entzündung so schnell gegangen, wie sie gekommen ist. Aber wir müssen ihn noch ein bisschen beobachten.«

Ich war erleichtert. Janne war okay. Ich brauchte mich über die Sache nicht länger zu grämen. Ich wundere mich über Menschen, die auch dann noch jammern und in Gefühlswallungen baden, wenn sich längst alles zum Besseren gewendet hat. Die Welt besteht aus Annahmen und Tatsachen, und immer wenn man es mit Letzterem zu tun hat, ist es müßig, weiter zu lamentieren. So fiel mir denn ein, dass mir der Umstand, dass Janne für eine Weile bettlägerig war, einen kleinen Vorsprung in Sachen Elli verschaffte.

230

Im Zimmer befanden sich außer Janne zwei weitere Patienten, ein fetter Mann, der aus seinem Bett herauszuquellen schien wie die Mayonnaise aus einem Hamburger, sowie ein uralter Opa, der irgendwie wirkte, als hätte er sich verirrt und wäre am falschen Ort. Vielleicht war er das ja.

Ich sagte mir, dass es sich mit alten Leuten ein bisschen wie mit Autos verhielt: wenn man sich ein neues Auto kauft, sieht man denselben Wagentyp auf einmal überall. Ebenso entdeckt man in seiner Umgebung Legionen alter Leute, wenn man in seinem eigenen Leben gerade mit einem Typen wie Jalmari zu kämpfen hat. Alte Leute sind eine sonderbare Spezies, und es ist schwer, sie zu verstehen. Und man will sie auch gar nicht verstehen, denn wenn man das tut, ist man selbst auch nicht mehr richtig jung.

Janne sah mich erschöpft an, war aber eindeutig mehr oder weniger in Ordnung.

»Bauchspeicheldrüsenentzündung, schon die zweite, wie ich hörte.«

Janne nickte.

»Du hättest keinen Alkohol trinken dürfen«, sagte ich.

»Es war schwer, Nein zu sagen.«

»Woher sollte ich wissen, dass du nicht trinken darfst?«

Ich mochte keinen Streit anfangen, da noch andere Patienten im Zimmer waren. Außerdem hatten wir ein Problem. Die Nachlassaufstellung sollte in wenigen Stunden beginnen.

»Du kommst momentan hier wahrscheinlich nicht raus?«, fragte ich.

»Ich kann dir eine Vollmacht geben.«

»Und wenn wir es hier machen?«, sagte ich. »Ich rufe den Nachlassverwalter an und frage ihn, ob es möglich ist. Du musst unbedingt dabei sein, wo wir es nun schon bis hier geschafft haben.«

Janne hatte nichts gegen den Vorschlag einzuwenden. Ich suchte nach der Nummer des Mannes und rief ihn an. Er war ein karelisch-jovialer Typ, jedenfalls hörte er sich so an. Oder vielleicht war er auch ein Savolaxer, ich kann die Dialekte einfach nicht unterscheiden. Er war nicht nur Nachlassverwalter, sondern auch Immobilienmakler, also ein Kaufmann, und das merkte man an seiner Reaktion. Für ihn waren alle Menschen Kunden, und denen musste man dienen, somit setzte ihn der Vorschlag nicht weiter in Erstaunen. »Machen wir es doch so, ich frage die anderen und melde mich dann wieder, recht so?«, sagte er fröhlich.

»Alles klar«, erwiderte ich, und es dauerte einen Moment, ehe ich begriff, was er gesagt hatte. Welche verdammten anderen? Zur Nachlassaufstellung kommen doch wohl nur die Erben?

Ich versuchte zurückzurufen, aber die Nummer war besetzt. Janne sah die Verwunderung auf meinem Gesicht und wollte wissen, was los war. Ich erzählte es ihm.

»Der Angriff der Pirjos?«, sagte er mit verzogenem Gesicht. Anscheinend befand sich seine Genesung erst im Anfangsstadium.

»Hoffen wir es. Pirjo lässt sich abwimmeln«, sagte ich, war aber nicht überzeugt. Im Umgang mit Jalmari hatte ich gelernt, dass manches schiefging oder zumindest anders lief als geplant.

Ich rief erneut an, keine Antwort. Nach einer Weile bekam ich eine Textnachricht. »Gerade im Gespräch. Krankenhaus o.k. Wir sehen uns um 12.00.«

Ich sah auf meine Uhr. Uns blieben zwei Stunden Zeit. Ich erkundigte mich bei Janne, wann er das erste Mal eine Bauchspeicheldrüsenentzündung gehabt hatte.

»Vor einem Jahr«, sagte er.

»Zu viel Alkohol?«, fragte ich, denn woher hätte sie sonst kommen sollen.

»Nein«, erwiderte er. »Damals hatte ich überhaupt nichts getrunken.«

»Du trinkst doch immer«, wunderte ich mich.

»Wenn du in den Spiegel schaust und dort einen Mann siehst, der trinkt, folgt daraus nicht unbedingt, dass ich trinke«, sagte er. »Du hast die schlechte Angewohnheit, deine eigenen Eigenschaften und Mängel auf andere zu übertragen.«

Ich sah ihn verwundert an. Begriff er überhaupt, wovon er redete? Er war es doch, der so handelte. Er übertrug die Schuld auf andere. Auf die Keksdose oder den Nachbarn oder auf mich, auf Mutter, auf Vater, den Lehrer oder auf einen Stein, über den er gestolpert war.

»Aber du trinkst doch, das kannst du nicht leugnen!«, sagte ich.

»Wie oft sehen wir uns?«, fragte er. »Vielleicht dreimal im Jahr? Oder viermal? Nicht mehr als viermal. Zweimal davon durch Zufall, wir begegnen uns in einem Restaurant in der Stadt und sind beide betrunken. Sonst war ich meines Wissens immer stocknüchtern.«

233

Ich überlegte, ob es sich so verhielt. Schon möglich, aber zumindest war Janne stets betrunkener als ich und benahm sich geräuschvoller. Ich zwang mich, die Möglichkeit in Betracht zu ziehen, dass ich in dieser Sache unfair gewesen war. Vielleicht wogen einfach die Kinderjahre so schwer, dass ich mich unter dem Gewicht nicht umdrehen und eine neue Perspektive einnehmen konnte. Man müsste das Gewicht abschütteln können, um Bewegungsfreiheit zu haben. Leider gelingt das nicht. Es ist ein bisschen so, als wollte man sich die Strümpfe ausziehen, während man die Treppe hinuntersteigt.

»Vielleicht irre ich mich.«

»Vielleicht? Ist es denn so schwer? Kannst du nicht einfach zugeben, dass du dich geirrt hast?«, sagte Janne.

Ich sah auf die Uhr. Drei Minuten nach zehn. Diese zwei Stunden würden lang werden.

»Woher kam dann die Entzündung, wenn nicht vom Alkohol?«, fragte ich.

»Ich weiß es nicht. Bauchspeicheldrüsenentzündung ist nun mal so. Einige kriegen sie einfach. Und wenn man sie kriegt, kommt sie leicht wieder, und dann ist Alkohol gefährlich. Es braucht nicht mal viel zu sein.«

»Und du warst so verrückt zu trinken.«

»Es war deine Schuld.«

Ich antwortete nicht. So kamen wir nicht weiter. Das zumindest war Jannes Schuld.

23

Als ich klein war, wurde ich an den Mandeln operiert. Es war das einzige Mal, dass ich über Nacht im Krankenhaus bleiben musste. Ich wurde also betäubt, und zuvor spritzte man mir ein Beruhigungsmittel. Nie zuvor hatte ich mich so vollkommen wohlgefühlt. Mich umgab ein warmes Rauschen, und die Stimmen drangen wie durch Mull zu mir. Ich konnte nicht schlafen und wollte es auch gar nicht, aber auch bewegen mochte ich mich nicht. Ich betrachtete die Welt um mich herum, und es gab nichts, was mich hätte berühren können. Es war ein Zustand vollkommener Gleichgültigkeit, nie wieder in diesem Leben bin ich dem Himmel näher gekommen. Ich konnte mich ganz in mich selbst einrollen, war kein Individuum, kein Ich mehr, sondern nur mehr bloßes Bewusstsein, das die Welt durch seine Sinne in sich aufnahm, ohne sie in irgendeiner Weise zu werten. Dem Dasein fehlte nichts, weder Liebe noch Essen oder Wärme. Es gab nur das absolute Präsens des Seins. Ich nenne es Himmel, weil es in der Religion um etwas Ähnliches geht. Man braucht sich um nichts zu sorgen, weil man weiß, dass sich eine höhere Macht um einen kümmert, was auch immer geschehen mag.

Die eigentliche religiöse Erweckung erfuhr ich im Gymnasium. Es war kein so großartiges Erlebnis wie bei manchen anderen, die es als eine plötzliche Richtungsänderung in ihrem Leben beschreiben. Bei mir war der Verlauf nicht dramatisch, die Sache begann vielmehr in meinem Inneren zu wachsen, in dem Moment, da bei der Beerdigung plötzlich der Regen aufhörte. Nach und nach wurde mir bewusst, dass ich abends betete und dass ich die Veranstaltungen der Kirchgemeinde besuchte. Der Konfirmandenunterricht hatte sicherlich einen Anteil daran, sein Einfluss wurde jedoch erst allmählich spürbar. Es war kein Nachteil, dass viele Mädchen die Veranstaltungen besuchten und dass das Zusammensein – physisch und geistig – eine gute Basis für Kontakte bot. Gläubige Mädchen entwickelten einen natürlichen Eifer für alles, in das sie ihre Energie steckten.

Der Jugendpastor der Gemeinde war auf angenehme Art selbstsicher, zugleich aber niemand, der endgültige Wahrheiten parat hatte, sondern selbst nach ihnen suchte. Im Nachhinein betrachtet, war er naiv, sodass man sich vermutlich leicht mit ihm identifizieren konnte. Als er von seiner Studienzeit und seiner Suche nach Jesus erzählte, weckte das mein Interesse, ich informierte mich über die theologische Fakultät, bewarb mich schließlich und wurde angenommen.

Jesus hat jedoch keine ganze Arbeit an mir geleistet, er hat vergessen, ein tief in den Winkeln meines Gehirns schlummerndes Faible für Wahrscheinlichkeitsrechnungen auszuschalten. Obwohl an der Universität die Mädchen um mich herum immer schöner und die Partys heißer wurden, war der Glaube an ein Leben nach dem Tod nur schwer aufrechtzuerhalten. Die Kommilitonen pflegten zu scherzen, dass einen der Gedanke an ein jenseitiges Leben besonders am Morgen nach einer Party überforderte, da man schon mit dem diesseitigen, normalen seine liebe Not hatte.

Je mehr ich über die Sache nachdachte, desto klarer wurde mir, dass ich genau dasselbe getan hatte wie meine Vorfahren: Ich war dem Weg meines Vaters gefolgt. Um ihn war es die ganze Zeit gegangen. Seine Familie hatte zu einer Frömmlersekte gehört, zwar war er selbst davon nicht nachhaltig geprägt, immerhin aber so viel, dass er, als ich Kind war, eine Wahlperiode lang Kirchengemeindevertreter gewesen war, weil er es in die kommunale Gemeindevertretung nicht geschafft hatte. Er gab damals sogar in der Presse Stellungnahmen zu Fragen der Erziehung, der Rolle der Familie und Vaterschaft ab. Soweit er als Physiker etwas davon verstand, und das war nicht viel.

Mein zweites – und zugleich letztes – Frühjahr an der theologischen Fakultät verbrachte ich im Sinne von Augustinus. Ich betete zu Gott, er möge mich zu einem guten Menschen machen, aber noch nicht gleich. Und so nahm ich denn an jeder nur möglichen Feier teil, aber an keinem einzigen Kurs. Im Herbst begann ich mit der Mathematik, und dort war alles genau umgekehrt, die Feste waren schlechter, aber die Kurse exponentiell interessanter.

Die Kantine des Krankenhauses war wie die Gemeinschaftsküche eines Studentenwohnheims, öde und irgendwie traurig. Eher Pausenraum des Personals als Café. Ich war dorthin gegangen, denn jetzt, da klar war, dass Janne überleben würde, ertrug ich seine Gesellschaft nicht mehr. So ist es eben: Solange ein Mensch lebt, ist er einem unerträglich, und wenn er dann tot ist, sehnt man sich nach ihm.

In den letzten Jahren waren mir solche Orte vertraut geworden. Dort die Zeit totzuschlagen war schwer, und man begann die Raucher zu verstehen, die zumindest für fünf Minuten eine Beschäftigung fanden. Großmutter gehörte zu ihnen. Mindestens ein halbes Jahrhundert ihres Lebens hatte sie mit der Zigarette im Mund verbracht.

Jalmari warf eines Tages Großmutters komplettes Zigarettenarsenal in den Müll und brachte sie dazu, mit dem Rauchen aufzuhören. Das war eine beachtliche Leistung und zeugte von seinen Überredungskünsten, denn immerhin hatte Großmutter mit dem Rauchen in den Dreißigerjahren angefangen, kurz nachdem die Prohibition aufgehoben worden war. Im Grunde genommen war Nikotin vermutlich der Stoff, der sie zusammenhielt. Anstelle von Blut zirkulierten in ihrem Körper Gifte, die sie aus den Light-5-Zigaretten sog, so, als hinge sie ständig am Tropf. Großmutter rauchte denn auch heimlich weiter. Sie rauchte hinter der Straßenecke oder hinter dem Lebensmittelmarkt, versteckt wie ein Schulmädchen. Mit dem Rauchen aufzuhören hätte damals auch medizinisch keinen Vorteil mehr gebracht. So gesehen, hätte sie das noch vor Kekkonens Amtsantritt machen müssen.

Am Ende erlag sie schließlich auch dem Nikotin, doch hatte sie sich lange gehalten. Eines Nachts klingelte mein

Telefon. Jalmari war dran, völlig außer sich. Die Verbindung war schlecht, er rief aus Spanien an. Er stammelte hirnlos Worte. Schließlich brachte er heraus, dass die Oma tot im Bett liegt.

Der Schrecken sickerte aus dem Hörer, nachdem er sich durch Länder und den ganzen Kontinent seinen Weg gebahnt hatte. Ich wusste, dass Jalmari immer noch kein Spanisch sprach und auch sonst nicht in der Verfassung war, jetzt das Notwendige zu tun. Nicht im Ausland, nicht wenn es um die eigene Frau ging, niemals.

Ich bat ihn, mir die Telefonnummer von jemandem zu geben, der Spanisch sprach und in der Nähe wohnte. Er erlangte so weit die Fassung, dass er sein Adressbuch holte – Leute in dem Alter haben so etwas noch – und mir eine Nummer vorlas. Ich sagte ihm, ich würde diesen Tapani anrufen und ihn bitten, herüberzukommen. Tapani versprach mir denn auch, zu Jalmari zu gehen, den Krankenwagen zu rufen und den bürokratischen Apparat in Gang zu setzen.

Als Nächstes rief ich Janne an und erzählte ihm, dass Großmutter gestorben war. Wir hatten nach Mutters Beerdigung kaum miteinander gesprochen, aber ich dachte mir, dass jetzt der geeignete Moment war, wieder damit anzufangen. Janne schien sich über meinen Anruf zu freuen.

Unterwegs redeten wir nicht viel. Aber das ganz große Schweigen war dennoch vorbei, und Jannes Enttäuschung über mich und mein Zorn auf ihn lösten sich mithilfe der Flugzeugmotoren am Himmel über Europa allmählich in

Luft auf. Obwohl Janne Jalmari nie in dem Maße geholfen hatte wie ich, half Jalmari uns beiden, wieder zusammenzufinden, so wie ein gemeinsames Problem dies häufig tut. Ich schätze, wenn die personenstarke Generation unserer Eltern siech wird und betreut werden muss, entsteht aus meiner Generation eine ähnliche Veteranenfront wie in den Fünfziger- und Sechzigerjahren, als die Männer bei jeder Gelegenheit zusammenhockten und ihre Schützengrabenerfahrungen austauschten. Wir modernen Veteranen sind Waffenbrüder in der Pflege, wir tauschen uns über die Schwierigkeiten aus, mit denen wir zu kämpfen hatten, bevor wir unsere Eltern ehrenhaft begraben konnten.

Als die Maschine auf dem Flughafen Malaga landete, hielten wir Ausschau nach Tapani. Er war nicht zu sehen, die anderen Passagiere gingen ihrer Wege. Immer noch niemand. Ich rief Tapani an. Er antwortete sofort und sagte, er stehe in der Nähe des Ausgangs, habe ein Schild dabei und alles. Wir gingen zu der genannten Stelle, fanden aber niemanden vor. Ich rief ihn erneut an. Er wunderte sich und beschrieb das Schild, das er hochhielt, genauer. Ich sagte ihm, dass ich dieses Schild nirgends gesehen hätte, nur eines mit der Aufschrift Malaga. Tapani fragte verdutzt, was um Himmels willen wir denn in Malaga taten. Ein unangenehmes Gefühl beschlich mich, als ich antwortete, dass Malaga doch der nächste Flughafen für Fuengirola sei. Tapani erklärte, dass er – und Jalmari – sich in Cartagena befänden. Ich beharrte darauf, dass Jalmari doch in Fuengirola wohne, doch das stimmte schon seit geraumer Zeit nicht mehr, wie sich herausstellte. Ich seufzte und erkundigte mich kleinlaut nach der Entfernung, und die betrug etwa dreihundert Kilometer, wie ich erfuhr.

Wir kamen gegen Mitternacht in Cartagena an. Ein Taxi brachte uns ans Ziel, und Jalmari öffnete die Tür. Er war nur noch ein Schatten seiner selbst. Er war zusammengeschrumpft, eingesunken, wirkte zerbrechlich und gealtert und glich einer Pusteblume, die der sanfte Wind des Sonnenstrandes in die Wellen des Mittelmeeres bläst.

Die spanische Bürokratie erwies sich als schwierig, aber schließlich waren Menschen und Dinge in den richtigen Formularen erfasst. Ich versuchte zu erfahren, woran Großmutter genau gestorben war, aber ausgerechnet das schien niemanden zu interessieren. Der Arzt zuckte nur die Achseln: Alte Menschen sterben aus Altersgründen, daran war nichts Außergewöhnliches. Das Problem beschäftigte mich weiter, und ich dachte immer noch daran, als wir auf dem Flughafen von Cartagena an der Sicherheitskontrolle anstanden – wenn sich niemand für die Todesursache interessierte, konnten alte Leute ja an sonst was sterben, man konnte sie sogar umbringen. Das war ein erschreckender Gedanke.

Jalmari saß während des ganzen Heimfluges still in der Maschine und hielt die Urne auf dem Schoß. Die Stewardess hatte ihn gebeten, die Urne während des Starts und der Landung im Fußraum oder oben im Fach für das Handgepäck zu verstauen, aber Jalmari hatte nicht zugehört. Die Stewardess ließ ihn in Ruhe.

Die Trauerfeier fand einige Wochen später statt, nur wenige Menschen waren anwesend. Großmutter wurde im

Familiengrab in Hämeenlinna beigesetzt. Großvater ruhte woanders, auch Jalmari würde an anderer Stelle beigesetzt werden. Es war eigenartig, wie diese Dinge gehandhabt wurden: Warum die Beisetzung bei den Eltern, warum nicht beim Lebensgefährten? Andererseits müsste man dann die Wahl treffen, mit welchem Gefährten man in der Ewigkeit ruhen wollte – oder womöglich mit allen? Und sollte man auch die neuen Partner der alten Ehepartner mitnehmen? Das wäre eine ziemliche Leichensuppe, sodass es vielleicht am besten war, zur Mutter zurückzukehren. Dort war man immer willkommen, und diese Lösung missbilligte niemand.

Ich kaufte für Janne einen Schokoriegel. Nussschokolade. Die mag er nicht, aber der Gedanke zählt. Janne lag in seinem Zimmer im Bett und las die Zeitung, als ich eintrat. Er nahm die Schokolade entgegen und bot mir davon an.

»Danke«, sagte ich erfreut. Ich für meinen Teil mag Nussschokolade.

Je näher die Mittagsstunde heranrückte, desto mehr beschleunigte sich mein Herzrhythmus. Mein Bauch krampfte sich zusammen, so, als hätten wir eine Premiere vor uns. Die Premiere vom Rest unseres Lebens, ein Spektakel, das mit Applaus zu Ende gehen würde und mit dem Rückzug an den Goldzahnstrand, gemeinsam mit anderen Privilegierten.

Der fette Mann aus Jannes Nachbarbett durfte nach Hause. Er zog sich an, und ich empfand Mitleid, als ich beobachtete, wie viel Mühe es machen konnte, sich die Strümpfe überzustreifen, wenn man seine Füße nicht sah.

Auch der alte Mann war weg, aber nicht weit, denn seine Sachen lagen auf dem Nachttisch. Die Zeitung und die Brille.

Ich bekam eine Textnachricht: »Sind unten, welches Zimmer?« Ich überprüfte die Nummer und antwortete: »306«. Wir warteten schweigend. Janne blickte an die Decke und wirkte nicht sonderlich leidend. Nach einer Weile klopfte es, und die Tür wurde geöffnet. Ein rundlicher, etwa fünfzigjähriger Mann in einem hellen Anzug erschien. Seine Augen huschten flink umher und ließen ihn wie einen Präriehund aussehen.

»Sind wir hier richtig?«, fragte er.

»Ja, wenn Sie zur Nachlassaufstellung kommen«, erwiderte ich.

Er trat ein, und ihm folgte eine Frau in den Sechzigern, die mir entfernt bekannt vorkam, ich verstand nur nicht, warum. Sie trug einen braunen Rock und dazu einen Pullover in der gleichen Farbe. Sie war schlank, nicht sehr groß, das Haar von der typisch finnischen Landstraßenfarbe, im Gesicht Furchen des Lebens. Hinter ihr trat Jalmari ins Zimmer.

24

Für einen Moment blieb die Welt stehen. Ich blickte Jalmari und dann Janne an. Er sah dasselbe: Jalmari stand vor uns, aber als eine Sekunde und noch eine verstrichen waren, schärfte sich das Bild, und irgendetwas war falsch daran. Jalmari war zu groß, und seine Gesichtszüge waren nicht genau die gleichen, die Augen und die Falten freilich waren es. Die Wangenknochen schienen etwas höher, die Ohren ein wenig kleiner, das Haar war anders. Der Mann war garantiert Jalmaris Bruder, den es gar nicht mehr geben dürfte – eine andere Erklärung gab es nicht. Ich erinnerte mich dunkel an ein Gespräch am Kaffeetisch, bei dem ich Jalmari nach seiner Familie ausgefragt hatte. Ganz sicher hatte er gesagt, dass alle bereits tot seien.

Der Nachlassverwalter gab Janne und mir die Hand, sein Name war Lankinen. Dann stellte er Vilho Saari und Leena Mäkelä, Jalmaris Tochter, vor.

Die Worte hallten zwischen meinen Ohren, als befände sich dort ein leerer Turnsaal. Jalmari hatte keine Tochter. An eine solche hätte er sich bestimmt erinnert. Wir hätten davon gehört gehabt. Kannten uns seit mehr als zwanzig Jahren. Ich musterte die Frau. Sie wirkte befremdet oder verlegen, aber sie hatte Jalmaris Augen, deshalb war sie mir

bekannt vorgekommen. Sie gab uns die Hand. Jalmaris
Bruder begnügte sich mit einem finsteren Blick, nickte
nicht einmal. Die Dinge entwickelten sich in keine gute
Richtung.

»Ich wusste nicht, dass Jalmari eine Tochter hat«, sagte ich und betrachtete unsere Gruppe in der Hoffnung,
irgendwo Halt zu finden. Schließlich lehnte ich mich an
Jannes Bettgestell. Seine metallische Gleichgültigkeit half
mir ein wenig.

»Doch, die hat er«, sagte der Nachlassverwalter.

»Vater wollte nichts mit uns zu tun haben«, erklärte die
Tochter. »Er verließ uns, als ich acht war. Danach habe ich
ihn weder gesehen noch von ihm gehört. Nicht mal eine
Weihnachtskarte ist gekommen. Ich wusste allerdings, dass
es ihn gibt und dass er am Leben ist.«

Ich betrachtete die Frau, und es fiel mir schwer, diese Information zu verdauen. Mir fielen Bruchstücke eines Gesprächs ein, das Großmutter und Jalmari vor langer Zeit
geführt hatten. Großmutter sagte, wie glücklich sie sei,
dass sie Kinder und Enkelkinder habe, und wie sie Jalmari
dafür bedaure, dass er keine habe. Jalmari murmelte etwas
und sagte schließlich, dass sie, Großmutter, ihm genüge.

Großmutter hatte es also auch nicht gewusst. Solche
Kleinigkeiten waren nicht zur Sprache gekommen. Wer
zählt schon nach, wie viele Töchter er hat, dachte ich auf-
gebracht. Jalmari hatte einfach alles, an dem ihm nicht viel
lag, aus seinem Leben gestrichen, wie etwa seine Vergangenheit. Angesichts dieses Verrats fragte ich mich unwillkürlich, ob er auch Großmutter dazu gebracht hatte, ihre

Familie zu vergessen. Wenn er selbst keine Vergangenheit hatte, warum sollten dann andere eine haben? Allerdings hatte Großmutter ihr eigenes Leben geführt und wir das unsere. Es war aller Ehren wert, in so hohem Alter ganz neu anzufangen und den vergangenen Ballast hinter sich zu lassen, so, als würde man in einem Heißluftballon fliegen und die Sandsäcke abwerfen, um noch einmal hoch zum Himmel aufzusteigen.

Mein Zorn über Jalmari hatte, außer der moralischen, auch eine mathematische Dimension. Die Tochter würde einer bestimmten Passage im Testament, in der von mir und Janne und dem Erbrecht die Rede war, neue Bedeutung verleihen. Ich hatte den Ausdruck »laut Erbrecht« als leeren Juristenslang abgetan. Durch die Tochter komplizierten sich die Dinge. Außerdem war da noch Jalmaris Bruder. Ich versuchte, mir in Erinnerung zu rufen, was ich über die Erbfolge wusste. Der Bruder war meiner Meinung nach nicht erbberechtigt, sodass ich keinen Grund sah, warum Vilho Saari anwesend war. Es sei denn, um das Andenken seines Bruders zu ehren.

Janne lächelte in seinem Bett und sah abwechselnd Jalmaris Bruder und Jalmaris Tochter an. Die Situation schien ihn zu amüsieren.

»Du bist Jalmari ziemlich ähnlich«, sagte er. Vilho antwortete nicht, stand nur stocksteif an der Wand. Lankinen schlug vor zu beginnen.

»Warum ist uns vorab nichts von alledem mitgeteilt worden?«, sagte ich unwirsch. Ich ärgerte mich, und das aus gutem Grund.

»Dafür gibt es ja die Nachlassaufstellung, damit sich die Dinge klären!«, sagte Lankinen munter. »Dies war wirklich ein komplizierter Fall. Der Jalmari hat dauernd etwas ändern wollen. Und Leena hatte es natürlich schwer«, ergänzte er und sah Jalmaris Tochter mitfühlend an.

Ich nickte. Ich begriff, dass jetzt nicht der richtige Moment war, wegen des verlorenen Geldes zu lamentieren. Diese Frau hatte viel mehr verloren: den Vater. Und damit nicht genug; viele Menschen verlieren ja ihren Vater bei einem Unfall oder durch Krankheit oder Alter, aber diese Frau hatte den Vater deshalb verloren, weil er beschlossen hatte, sich nicht um sie zu kümmern. Weil er sich einen Dreck um all das scherte, was Verantwortung und Anstand genannt wird. Oder Liebe.

Ich habe keine eigenen Kinder, aber ich hatte mir immer vorgestellt, dass man sich Kinder fürs ganze Leben anschafft. Dass man sich immer um sie kümmert und auch dann noch für ihr Wohlergehen sorgt, wenn sie bereits erwachsen sind. Man seufzt erst dann erleichtert auf, wenn sie gut und sicher im Altersheim untergebracht sind.

Mein eigener Vater dachte allerdings nicht so. Aus seiner Sicht waren Kinder dazu da, seine Bestrebungen zu bewundern und zu unterstützen. Er fragte zwar immer, wie es uns geht, hörte aber nie zu. Jeder Beginn einer Unterhaltung endete spätestens im dritten Satz mit dem, was er selbst in letzter Zeit getan hatte.

Leena seufzte. Sie wäre eindeutig am liebsten nicht anwesend gewesen. Mir schoss durch den Kopf, dass wir für sie vermutlich ebenso seltsame Vögel waren wie sie für uns.

Wenn sie vom Treiben ihres Vaters nichts gewusst hatte, waren seine neue Ehe und die dadurch erworbene neue Verwandtschaft eine Überraschung für sie. Vielleicht hatte auch ihre Verwirrung eine mathematische Dimension. Ich lächelte sie vorsichtig an, als mir der Gedanke kam, dass wir im selben Boot namens Jalmari saßen, das schwer zu steuern war.

Der Nachlassverwalter nahm die Papiere aus der Tasche und wollte gerade beginnen, als sich die Tür öffnete und der alte Mann aus Jannes Nachbarbett hereintappte. Er ärgerte sich über die vielen Leute.

»Jetzt ist keine Besuchszeit«, sagte er.

»Verzeihung. Wir sind keine Besucher. Wir führen hier eine Nachlassaufstellung durch«, sagte Lankinen.

»Aber der Verstorbene lebt ja!«, wunderte sich der Alte und sah Janne an.

»Ich bin kein Verstorbener«, sagte der gereizt. »Jedenfalls noch nicht«, ergänzte er.

»Sag ich ja«, meinte der Alte und musterte unsere Gruppe. Sein Interesse war eindeutig geweckt, aber er konnte nicht umhin, das peinliche Schweigen zu registrieren, das auf seine Worte gefolgt war. Niemand mochte etwas sagen, aber er erklärte von sich aus, dass er sich vor den Fernseher setzen wolle.

Der Nachlassverwalter begann mit der Feststellung, dass alle Beteiligten anwesend waren. Er fügte hinzu, dass Vilho Saari nicht eigentlich erbberechtigt sei, aber er habe im Zusammenhang mit dem Nachlass noch einiges zu klären, sodass es vernünftig erscheine, wenn er ebenfalls teilnahm.

Lankinen verlas das uns bekannte Testament, das sich jetzt in ganz anderem Licht darstellte. Als er mit dem Lesen fertig war, sagte er:

»In der Praxis bedeutet es, dass die Hälfte des Nachlasses Leena und die Hälfte euch gehört«, dabei wies er auf Janne und mich. Wir nickten ernst. Bei solchen Gelegenheiten wird man immer ernst. Der Druck des Offiziellen ist so groß. Man wagt nicht, sich locker zu geben, weil man fürchtet, dass einem die Situation irgendwie entgleitet.

»Eine Million ist damit futsch«, flüsterte Janne mir zu.

Lankinen fuhr fort:

»In der Praxis umfasst der Nachlass die Wohnung in Imatra und ihr Inventar, und hier speziell den Inhalt des Tresors.«

Jetzt kamen wir zur Sache, jubelte ich innerlich.

»Die Wohnung wurde vergangenes Jahr fertiggestellt, siebzig Quadratmeter, drei Zimmer und Küche. Ihr Wert beträgt etwa zweihunderttausend. Das Inventar wurde für tausendfünfhundert verkauft.«

Ich schnaubte innerlich. Allein Jalmaris Fernseher war einen Tausender wert. Fast alles andere war zweifellos wertlos, aber trotzdem: tausendfünfhundert für das, was von einem Menschen bleibt! Das klang nach Geringschätzung. Wegen dieser Summe hätte es sich nicht gelohnt, all die Möbel jahrelang hin und her zu schleppen.

Lankinen kam nun auf Jalmaris Kronjuwel, den Tresor, zu sprechen.

»Im Tresor befanden sich ganze fünftausend Euro Bargeld, außerdem in der Tasche des Bademantels des Verstorbenen im Pflegeheim weitere zweitausend Euro«, sagte Lankinen und fuhr fort: »Die zweitausend waren eine Überraschung, denn seine Geldbörse war konfisziert worden, und sie hatte nur ein paar Zehner enthalten. Auf jeden Fall ein ganz hübsches Sümmchen als Eiergeld, was?«, endete er und erwartete von uns Dank für seine Ausführungen.

Für mich waren neunhundertfünfundneunzigtausend ein Grund, nicht dankbar zu sein. Wo waren Jalmaris Millionen? Oder zumindest die Million? Wo war die Zukunft, die zum Greifen nah gewesen war, sodass ich sie hätte pflücken können wie eine Frucht vom Diamantenbaum?

Janne blickte an die Decke und wirkte nachdenklich. Vielleicht beobachtete er, wie ihm die aus Geldscheinen gefalteten Flugzeuge davonflatterten.

»Jalmari dürfte doch reich gewesen sein!«, stieß ich aus.

Lankinen sah mich erstaunt an:

»Die Wohnung hat ja einen beträchtlichen Wert«, sagte er. »Die meisten alten Leute besitzen bei ihrem Tod nicht einmal so viel, da ihr Vermögen für die Pflegekosten draufgegangen ist.«

Ich gab nicht so schnell auf.

»Wer hat den Tresor geöffnet?«, fragte ich.

»Wir«, antwortete die Tochter und deutete auf Lankinen. »Wir waren beide dort.«

»Jalmari war ein reicher Mann. Immer Tausende Euro in der Tasche«, beharrte ich.

»So auch bei seinem Tod«, erinnerte Lankinen. »Aber wenn man zwei Tausender in der Tasche hat, folgt daraus nichts weiter, als dass man zwei Tausender besitzt, die man in der Tasche trägt. Es ist nichts Besonderes. So viel haben doch alle.«

»Sogar ich«, sagte Janne und sah mich herausfordernd an. »Immerhin bleiben uns nach Abzug der Steuern noch fast fünfzigtausend. Ist doch auch was. Der Lottogewinn bestand für mich diesmal darin, dass ich bei der Bauchspeicheldrüsenentzündung mit dem Schrecken davongekommen bin.«

Ich wollte mich damit nicht abfinden. Ich war nicht imstande, nach all den Jahren diese große Lüge zu schlucken. Sie wollte nicht runter in den Magen, sondern blieb in der Kehle stecken, und heraus kam nichts weiter als ein Ächzen nach Jalmaris Art. Ich hatte in Jalmari investiert. Für ihn gearbeitet. Die Kaffeetassen gespült, wenn er es selbst nicht konnte.

Jalmaris Bruder mischte sich ins Gespräch:

»Hier wären ein paar Rechnungen.«

Ich blickte ihn zornig an. Ich sah Jalmari vor mir und hätte Lust gehabt, ihm eine reinzuhauen. Allerdings war auch er an die neunzig, und so ließ ich es sein.

»Welche Rechnungen?«, wollte Janne wissen.

»Für Umzugshilfe. Und ein bisschen fürs Material«, krächzte der Alte. Wie er aussah, konnte er garantiert schon seit Jahren nichts mehr tragen.

»Welche Umzugshilfe?«, fragte ich, obwohl ich es irgendwie ahnte.

»Bei Jalmaris Umzügen.«

»Du hast Jalmari beim Umziehen geholfen?«, fragte ich.

»Ich und die Schwester mit Familie«, erwiderte er.

Die Schwester mit Familie? Mich wunderte gar nichts mehr. Vilho drückte mir einen Haufen Papiere in die Hand. Ich warf einen Blick drauf und war froh, dass wir uns im Krankenhaus befanden, denn bei einem Herzanfall wäre hier der richtige Ort. Die Rechnungen waren handschriftlich auf kariertem Papier verfasst, und als Rechnungsgrund stand da »Umzugshilfe«. Außer der Handschrift waren auch die Daten interessant. Die ersten Rechnungen stammten aus den Siebzigerjahren, und die in Mark ausgewiesenen Summen zeigten, dass die Umzugshilfe dieser Familie nicht gerade billig war. Die letzte Rechnung stammte von 1988. Um die Zeit zogen Großmutter und Jalmari zusammen.

»Schön, dass die Verwandten behilflich waren«, sagte ich.

Lankinen führte seine Sache zu Ende, und wir unterschrieben die Papiere. Ich hatte das Gefühl, als handelte es sich um die Pariser Friedensverträge, und Janne und ich vertraten Finnland.

Ich überlegte, was der von Jalmari so verehrte Mannerheim in dieser Situation getan hätte. Er hätte vermutlich die Hacken zusammengeschlagen, kurz genickt, eine Kehrtwendung um hundertachtzig Grad gemacht und wäre gegangen. Hätte die Angelegenheit innerlich abgehakt und sich auf neue Herausforderungen konzentriert.

Ich hingegen war angefressen. Auch davon, dass Janne so gleichgültig blieb. Seine Konzentration auf die Genesung war reines Getue. Und dennoch begriff ich, dass er wegen seiner Haltung auch in diesem Wettkampf der Sieger blieb. Es konnte einen zur Weißglut bringen, wie er es stets verstand, die amüsanten Seiten der Dinge zu sehen und dadurch die Missgeschicke zu vergessen, ob es sich nun um Frauen oder um Geldsorgen handelte.

Ich fragte Jalmaris Verwandte, ob ich sie zum Mittagessen einladen dürfte. Ich vermutete, dass zumindest Vilho einverstanden wäre; die Rechnungen bewiesen, dass er für kostenlose Essen viel übrighatte. Auch Leena hatte nichts gegen den Vorschlag einzuwenden. Sie war eine weite Strecke gefahren. Wir ließen Janne zurück, damit er sich von seinen Bauchspeichelsünden erholte, fuhren mit Leenas Auto ins Stadtzentrum, und dort führte ich sie in dasselbe Restaurant, in dem Janne und ich gewesen waren.

»Die Flunder schmeckt hier gut«, erklärte ich, als wir die Speisekarte studierten. Leena befolgte den Rat. Ich bestellte eine Pizza. Vilho stand auf Steaks.

25

Vilho wirkte zufrieden, ein kostenloses Steak im Bauch und die Umzugsrechnungen eingereicht. Ich bestellte uns Kaffee und erkundigte mich nach Jalmari. Wie war er gewesen? Fröhlich? In sich gekehrt? Unehrlich? Kam man mit ihm aus? Warum hatte er so gehandelt, wie er gehandelt hatte?

Leena sagte, dass sie nichts weiter von ihm wusste und auch nicht sicher war, ob sie etwas wissen wollte.

»Er war Installateur«, sagte sie, wie um wenigstens eine Zutat für die Suppe zu spendieren.

»Hat er nicht in der Papierindustrie gearbeitet?«, wunderte ich mich.

»Raumbelüftung«, mischte sich Vilho ins Gespräch. »Und gewöhnliche Installationsarbeiten. In einer Fabrik wird viel Wasser verbraucht.«

»Er hat mir erzählt, dass er im Osthandel tätig war.«

Vilho sah mich an wie einen Geisteskranken.

»Jalmari war nie beim Nachbarn – außer damals, als man keinen Pass brauchte«, sagte er und lachte. Die Witze hatten sie anscheinend gemeinsam. »Gehandelt hat er zwar in den Fünfzigerjahren, aber mit Molkereiprodukten. In der Region Joensuu.«

254

Vilho erzählte, dass Jalmari einen kleinen Großhandel betrieben hatte, er kaufte von den Bauernhöfen Milch auf und transportierte sie weiter. Den Lastwagen fuhr er selbst. Ich versuchte ihn mir vorzustellen, wie er mit der Schirmmütze auf dem Kopf volle Kübel von den Milchböcken einsammelte und über die Kieswege bretterte, dass die Milch ohne industriellen Prozess zu Butter wurde.

»Aber mit dem Jalmari klappte einfach nichts. Er war so …«, Vilho suchte nach Worten und fand schließlich eines: »Unmöglich. Jalmari war unmöglich. Er kam nicht mal mit unserer Mutter aus. Er hat mit ihr in den letzten zwanzig Jahren kein einziges Mal gesprochen. Ist auch nicht zum Begräbnis gekommen.«

»Jalmari sagte, er sei mit zehn Jahren von zu Hause weggegangen und nie zurückgekehrt.«

»Ja, stimmt«, sagte Vilho. »Er ist nie zurückgekehrt. Nur dass er nicht zehn, sondern fünfzehn war. Jalmari arbeitete im Forst und hörte nach mehreren Jahren dort auf. Vor dem Krieg arbeitete er in einem Laden.«

Das kam mir bekannt vor.

»Jalmari konnte gut mit Zahlen umgehen, wo hat er das gelernt?«, fragte ich.

Vilho nickte. »Das war angeboren«, erzählte er. »Er hatte einen scharfen Verstand, besonders, was das Rechnen anging. Dadurch kam er dann auch nach Parola.«

»Nach Parola?«

»Da im Stab war es nicht schlecht. Er konnte am Schreibtisch sitzen und ausrechnen, wie viel Brot und Munition gebraucht wurden, um die Russen in Schach zu halten.«

Leena blickte durch Vilho hindurch in die Ferne, vielleicht in ihre Kindheit. In eine Zeit, da sie sich wohl fragte, was sie falsch gemacht hatte, dass ihr Vater sie einfach verstieß. War sie ein böses Mädchen gewesen? Lag der Fehler bei ihr? Oder aber sie sah jene Jahre vor sich, da sich die Fragen nach der eigenen Schuld in Bitterkeit und in Vorwürfe und am Ende in Gleichgültigkeit verkehrten, sodass jene Stelle in ihrem Herzen, wo sie Zuneigung für ihren Vater hätte spüren müssen, gleichsam versteinerte.

So zumindest dachte ich selbst.

Aber vielleicht war das alles nur meine eigene Interpretation, und Leena wollte gar nicht mehr an Vergangenes denken, weil es sich sowieso nicht korrigieren ließ. Mir persönlich fiel es schwer, Vilhos Worte zu begreifen. Wenn dem Gehirn Informationen angeboten wurden, die von den bisherigen zu weit abwichen, weigerte es sich, die Informationen entgegenzunehmen. Es versuchte, sie außer Acht zu lassen oder in eine vertrautere Version umzuwandeln.

Vilho erzählte, dass Jalmari im Fortsetzungskrieg als Schreiber gedient hatte.

»Jalmari war immer ein Glückspilz«, sagte er. »Das Leben stieß ihn herum, aber er schaute immer nach vorn, und alles fügte sich zum Besten.«

Das klang nun wieder schwer nach Jalmari. Keine unnötigen Risiken eingehen, und das hatte er anscheinend auch nicht nötig gehabt, da er den Krieg in Sicherheit verbrachte.

»Und der Winterkrieg?«, fragte ich. »Jalmari wurde ja verwundet, bei einem Einsatz der Fernpatrouille.«

»Das war eine von seinen Geschichten. Er erzählte ja gern so was. Aber im Winterkrieg war er tatsächlich an der Front. Er war Kanonier, von einer Verwundung hat er nichts gesagt.«

»Vielleicht war das mit der Fernpatrouille so geheim, dass niemand davon weiß.«

Vilho sah mich amüsiert an:

»Und Papiere sind keine erhalten, stimmt's? Jedenfalls war Jalmari Kanonier.«

Ich bestellte mir noch einmal Kaffee und dazu einen Kognak. Leena wollte beides nicht, Vilho lehnte den Kognak ab – er brauchte so etwas nicht. Andererseits wurde sein Weltbild auch nicht so erschüttert wie meines gerade eben.

Ich verstehe ja, dass das Leben auf diversen Lügen basiert und dass wir ohne Lügen nicht leben können, sonst würden wir uns alle gegenseitig an die Gurgel gehen. Aber die Lüge muss ein Gewürz und nicht das Hauptgericht sein. Man könnte Lüge auch als Parmesan des Geistes bezeichnen: Als zu großer Haufen stinkt sie nach Erbrochenem.

Mit der Ehrlichkeit hat man es allerdings auch nicht leicht. Man glaubt, ehrlich zu sich selbst zu sein, und ist es auch, weil man nur das sieht, was man zu sehen wagt. Janne wagte nicht rechtzeitig zu sehen, wie er und Elli auseinanderdrifteten. Jalmaris Augen weigerten sich, sein Spiegelbild generell zu akzeptieren. Vielleicht war das auch Vaters Art, mit Dingen umzugehen, mit denen er nicht umgehen konnte. Vielleicht hat auch er den Realitätsstar

im Auge, der ihn daran hindert, die Dinge aus dem Blickwinkel anderer Menschen zu sehen. Vielleicht haben wir
den alle.

Einmal spielten Janne und ich an Weihnachten ein
Wahrheitsspiel. Das ging so, dass wir keinerlei Lügen erzählen durften. Nicht mal weiße Lügen, wie etwa: Dein neues
Hemd ist toll. Ich war damals sechzehn, Janne vierzehn.
Mutter fing an zu weinen, als wir ihr sagten, wie wir das
Weihnachtsessen fanden. Wir entschuldigten uns und hörten auf mit dem Spiel, doch zuvor konnte ich Janne noch
entlocken, was er später, wenn er groß war, machen wollte. Er erzählte, er wolle ein Haus gründen, in das Kinder
und Jugendliche kommen dürften, die kein eigenes Zuhause haben oder nicht nach Hause gehen können. In dem
Haus dürfte jeder machen, was er irgend will, und es würde niemanden geben, der aufpasst oder etwas verbietet.
Er, Janne, wäre der Leiter des Hauses und die Vaterfigur, die
alle bewundern und bei der sie Rat und Schutz suchen.
Ich brach in Lachen aus, als ich seine Jugendhausfantasie
hörte, und bedachte nicht, dass es vielleicht der Ort war,
von dem er selbst träumte in jenen Pubertätsjahren, als
Vater weg war.

»War eure Mutter in einem Gefangenenlager der Roten, als Jalmari geboren wurde?«, fragte ich.

Vilho seufzte. Der gleiche Seufzer wie bei Jalmari, registrierte ich.

»Vater war im Lager, nicht Mutter. Vater starb dort«, sagte Vilho. »Mutter kümmerte sich allein um uns. Deshalb
ging Jalmari ja in so jungen Jahren von zu Hause weg.«

»Ich wurde in Hämeenlinna geboren«, mit diesen Worten mischte sich Leena ins Gespräch. »Nach dem Krieg zogen wir in Vaters Heimatgegend, nach Punkaharju. Ich war gerade in die Schule gekommen, als Vater uns verließ.«

Leena machte Anstalten aufzubrechen. Sie erhob sich und sagte, dass sie eine lange Autofahrt vor sich habe.

»Es hat mich gefreut, euch zu treffen«, sagte sie und entnahm ihrer Handtasche einen großen Briefumschlag, den sie mir reichte.

»Hier ist das, was sich im Tresor befand – außer dem Geld. Ich will das Zeug nicht.«

Ich dankte ihr und nahm den Umschlag entgegen. Er war schwerer, als ich gedacht hatte, enthielt nicht nur Papiere. Ich würde mir den Inhalt später ansehen, Janne würde sich bestimmt auch dafür interessieren.

Vilho saß am Tisch und wirkte nicht so, als ob er es eilig hätte.

»Wir hatten nicht viel miteinander zu tun«, sagte er. »Jalmari war zu Friedenszeiten eine Art Pionier – brannte die Brücken hinter sich nieder.«

Ich holte die Rechnungen hervor, die Vilho mir gegeben hatte, und sah sie mir erneut an:

»Aber die sind ja aus den Siebzigerjahren. Sind sie denn überhaupt echt?«

Vilho richtete sich auf, so, als hätte man ihn beleidigt.

»Ja, das sind sie. Jalmari bat uns um Hilfe, und wir kamen. Wenn andere nicht halfen, wandte er sich an die Familie.«

»Was machte er damals beruflich?«

»Immobilienhandel«, sagte Vilho und erzählte, dass Jalmari den Häuserjob genossen hatte. Begonnen hatte er als Immobilienmakler, aber er hatte rasch gemerkt, dass man mehr verdient, wenn man eigene Immobilien verkaufen kann. Da er an der Quelle saß, gelangte er an gute, aber billige Wohnungen, kaufte eine, renovierte sie und verkaufte sie weiter. Auf die Weise besaß er schon bald mehrere Wohnungen, verkaufte sie, erwarb wieder neue und so weiter.

»Also war er reich! Wo ist das Geld geblieben?«, fragte ich verwundert.

»Ich weiß es nicht.«

Ich verdaute das Gehörte. Bei solchen Geschäften hatte man rasch eine Million beisammen. Allerdings waren damals die Wohnungspreise nicht so astronomisch wie heute. Außerdem war Jalmari fast dreißig Jahre Rentner; während der Zeit ein Vermögen zu verprassen ist kein Kunststück. Besonders, wenn einem die Geldscheine aus den Taschen fallen.

Ich ließ mir die Rechnung bringen, dankte Vilho und sagte, dass ich wieder ins Krankenhaus fahren wolle. Er fragte, wann ich die Umzugsrechnungen begleiche.

»Sowie die Polizei der Meinung ist, dass sie bezahlt werden müssen«, erwiderte ich und gab dem Alten die Hand, der so aussah, als hätte er nicht verstanden, was ich sagte.

Ich bewahrte die Rechnungen trotzdem auf. So grotesk sie auch waren, waren sie dennoch ein interessantes Souvenir von Jalmari, gleichsam, als machte er mir aus dem Grab heraus eine lange Nase.

26

Der Briefumschlag in meiner Hand rasselte und klimperte. Darin befanden sich Metallgegenstände, eine Uhr
vielleicht, oder Schmuck. Womöglich weitere Rätsel.

Ich verstand die Sorgen vieler alter Leute im Angesicht
des nahenden Todes. Sie wollten ihre Dinge geregelt wissen,
damit die Verwandten nicht in ihren unerledigten Rechnungen, laufenden Angelegenheiten oder alten Geheim-
nissen wühlen mussten. Deshalb ist es vernünftig, Tage-
bücher bereits zu vernichten, ehe man in Rente geht. Oder,
noch besser, gar keine zu schreiben. Von seinen Sachen sollte man sich so weit trennen, dass man in einer leeren Wohnung stirbt, in der man vorher noch Staub gesaugt hat. Ich
erinnerte mich, von einer Frau gelesen zu haben, die in ihrem Flur schon einen Sarg bereitgestellt hatte. Wenn sie das
Zeitliche segnen würde, hätten die Verwandten keine Mühe
mit der Wahl eines passenden Modells. Auch für sie selbst
wäre es praktisch, denn man bräuchte sie nicht auf einer
Bahre aus der Wohnung zu tragen, sondern könnte sie direkt in ihre mit Seide gepolsterte Ruhestätte betten.

Die Tür von Zimmer 306 stand offen. Ich trat ein und
war so verdattert, dass ich über den Hocker stolperte, der
am Fußende des Bettes stand. Ich fiel hin und stieß mir das

Knie. Ich zog eine Grimasse, aber da mein Eintritt schon jetzt für Aufsehen gesorgt hatte, mochte ich nicht auch noch klagen.

An Jannes Bett saß Elli. Sie drehte sich zu mir um und schien meine Schmerzen nachzuempfinden. Ich stand auf. Elli lächelte, als sie merkte, dass ich in Ordnung war. Sie hatte ein Lächeln, dem ich stets aufs Neue erlag. Ein Lächeln, so warm, dass es einem über die harten Frostmonate hinweghalf. Ein Lächeln, das schwere Gegenstände aus dem Weg rollte – etwa Steine, die in die Herzkanäle geraten waren und dort auf den Puls drückten.

Elli wirkte frisch und elastisch wie eine Zwanzigjährige, obwohl auch sie nicht mehr ganz jung war. Der Verlauf ist ja so, dass in der Jugend alle schön sind, auch die, die es nicht sind. Erst mit den Jahren kommt die Schönheit auf die Waagschale, und mit jedem neuen Jahrzehnt sinkt die Zahl derer, die mit ihrem Aussehen punkten können.

Ich versuchte mittels Gedankenübertragung alle anderen aus dem Zimmer zu scheuchen, vor allem Janne, schaffte es aber nicht. Elli stand auf, um mich zu begrüßen, und gönnte mir eine kurze Umarmung.

»Du hast dich verletzt!«, sagte sie und betrachtete meine blauen Flecke.

»Immer«, erwiderte ich.

Der alte Mann in Jannes Nachbarbett sah uns missbilligend an. Seiner Meinung nach bekam Janne zu viel Besuch.

»Mich besucht niemand«, sagte er tadelnd und erwartete eindeutig Sympathiebekundungen. Die blieben aus. Mir standen alte Leute bis sonst wohin. Besser war es, niemand besuchte sie, womöglich erwiesen sie sich als ebenso schlimm wie Jalmari oder sein Bruder.

Ich wusste, dass der Gedanke unfair und dass der Alte womöglich ein netter Mensch war, auf jeden Fall ein Mensch. Und der sollte im Krankenhaus Besuch haben, so ist es nun mal. Aber es wäre die Aufgabe seiner Verwandten. Wir hatten bereits das Unsere getan. Und noch dazu war es uns schlecht gedankt worden. Ich warf Janne den Briefumschlag zu.

»Der Inhalt des Tresors. Ohne das Geld also.«

Janne ergriff den Umschlag, musterte ihn, als hätte er einen Röntgenblick, betastete und schüttelte ihn. Dann öffnete er ihn und entleerte ihn auf seine Bettdecke. Zwei Armbanduhren und ein paar Ringe rutschten heraus, außerdem zwei große Ohrgehänge, die Ostereüberraschungseiern glichen und daher nur von Großmutter stammen konnten.

Großmutter hatte stets Schmuckstücke getragen, die bei kleinen Kindern und bei Elstern Neid weckten. Ihr Trauring hatte immerhin zwanzig Diamanten enthalten, und er war so schwer gewesen, dass man damit Felder hätte pflügen können, man hätte nur die Hand hinter sich herziehen müssen. Außerdem war er ungewöhnlich hässlich gewesen, was mich seinerzeit zu der Annahme veranlasste, dass Jalmari ihn heimlich besorgt hatte, ohne Großmutter Gelegenheit zu geben, die Wahl zu beeinflussen. Andernfalls wäre, eingedenk ihrer Vorliebe für Kitsch, das Resultat womöglich noch verrückter gewesen. Den Trauring besaß jetzt Elli. Als einzige Frau in der Familie bekam sie ihn nach Großmutters Tod; sie war damals noch mit

Janne verheiratet, und Mutter war bereits tot. Jalmari übergab ihr den Ring zusammen mit Großmutters übrigem Schmuck. Ich kann mich an ihre Miene erinnern, als sie die Sachen entgegennahm: Sie wusste nicht so recht, was sie davon halten sollte. Ihrem Geschmack entsprachen die Stücke nicht, und sie zu verkaufen war ihr vermutlich peinlich. Ich müsste mich mal erkundigen, was sie damit gemacht hatte.

Der Briefumschlag enthielt auch ein Bündel Papiere. Janne faltete sie auseinander und blätterte sie durch.

»Was ist das?«, fragte ich. Tief in mir drinnen hoffte ich, dass Aktien dazwischen wären oder wenigstens eine Schatzkarte. Der Gedanke war kindisch, aber die Hoffnung kann nun mal trügerisch sein.

»Apothekenquittungen. Mittel gegen Sodbrennen, gegen Schwindel, fürs Herz. Ein Beleg der Sozialversicherung für eine Reha-Maßnahme. Quittung vom Lebensmittelmarkt: Kaffee und Brot«, zählte Janne auf. »Keine Schatzkarte ins El Dorado«, ergänzte er, so, als hätte er meine Gedanken gelesen.

Ich nahm eine der Uhren, es war eine goldene Rolex, und streifte sie über das Handgelenk. Solche Dinger wurden an Spaniens Sonnenküste an jeder Straßenecke verkauft. An ihnen war nichts weiter echt als die Anstrengung, mit der die armen Verkäufer ihren Lebensunterhalt zu verdienen versuchten, damit sie ihre Familien ernähren konnten. Jalmari hatte mehrere dieser Uhren besessen. Uhren waren für seine Generation wichtig. Eine Uhr bekam man vielleicht als Konfirmationsgeschenk oder kaufte sie sich, wenn man anfing zu arbeiten. Sie war ein Status-symbol, für spätere Generationen absolut unverständlich. Eine Uhr kündete davon, dass ihr Besitzer viele wichtige Dinge wahrzunehmen hatte, die zu bestimmten Tageszeiten erledigt werden mussten. Nur arbeitslose Männer konnten außerhalb der Zeit leben. Heutzutage braucht man die Armbanduhr nicht, denn um Dinge zu erledigen, gibt es nur einen einzigen günstigen Moment: jetzt.

Einige Papiere waren älteren Datums, bereits leicht vergilbt oder zumindest patiniert. Ich sah sie mir an. Zuoberst lag ein Truppennachweis, aus dem hervorging, dass Jalmari tatsächlich während des Krieges in Hämeenlinna gedient hatte. Von einer Verwundung war keine Rede.

Ein Blatt erregte meine Aufmerksamkeit. Es war eine alte, amtlich wirkende Überweisung zum Hautarzt. Der Stempel war immer noch deutlich zu erkennen, obwohl das Papier ringsum vergilbt war, ebenso die Handschrift, die einmal unleserlich gewesen war und jetzt schön wirkte. Auf der Überweisung wurde dem Patienten eine fortge-schrittene *Acne vulgaris* bescheinigt, die eine Behandlung erforderlich machte. Ich wunderte mich zunächst, doch dann sah ich Jalmaris Rücken vor mir, krumm und faltig, aus dem sich die Wirbel abhoben wie die Appalachen. Lebendes totes Gewebe, wie die misslungene Prüfungsarbeit eines Tätowierers. Granatsplitter, fleischgewordene Kriegs-geschichte, Akne.

Ich erinnerte mich an meine Jugend und an Momente, da das Gesicht blühte wie eine Sommerwiese, und ich, wenn ich gewollt hätte, mit meinen Freunden Eiterkrieg hätte spielen konnte. Der Eiter spritzte bis zu einem halben Meter weit, wenn ich die Pickel ausdrückte. Man kann sich kaum etwas vorstellen, was weniger sexy ist, aber selbst dieses Schrecknis der Jugend vermochte Jalmari in einen Sieg zu verwandeln. In einen so glorreichen Sieg, dass er damit die Leute veranlasste, ihn zu achten und ihm Dienste zu erweisen. Bestimmt hatte er mit seiner Akne auch Frauen rumgekriegt. Ein Mann, der es versteht, Pickel in Kriegsheldentum umzuwandeln, lässt Goebbels' Lebenswerk wie Stümperkram erscheinen.

Ich reichte das Blatt an Janne und Elli weiter. Elli kannte den Hintergrund nicht, sodass sie nichts begriff, wohl aber Janne.

Seine Augen funkelten begeistert, so, als hätte man ihm eine neue Wirklichkeit gezeigt, von deren Existenz die Menschheit vorher nichts geahnt hatte. Wieder einmal bewies er die Aufgeschlossenheit eines Entdeckungsreisenden, die es ihm ermöglichte, die amüsanten Seiten der Dinge zu sehen.

»Juh«, sagte er in Nachahmung von Jalmari und sah Elli an, aber die verstand nicht, was an dem Papier so lustig war. Auch ich fand es nicht sonderlich unterhaltsam. Janne klärte Elli auf, aber sie lächelte nur vage, sah immer noch nicht wirklich das ganze Bild. Außerdem hatte sie bei Jalmari einen Stein im Brett gehabt. Das verriet nicht nur der Schmuck, den er ihr geschenkt hatte, sondern auch, dass er ihr nie etwas übel nahm. Vielleicht auch, weil Elli eine spitze Zunge hatte, wenn es darauf ankam. Sie stutzte ihn mit ein paar sorgfältig gewählten Worten zurecht. Keine

Rede davon, dass sie vor dem alten Mann Scheu oder einen Pseudorespekt empfunden hätte, nur weil sie noch nicht so lange zur Familie gehörte.

Kurz bevor Janne und Elli sich trennten, besuchten wir gemeinsam Jalmari. In der Wohnung roch es furchtbar, und als Erstes öffnete Elli sämtliche Fenster. Jalmari fing an zu nörgeln, dass es kalt würde und wir das Öl verschwendeten. Elli erklärte jedoch, dass die Fenster nicht geschlossen würden, ehe er nicht geduscht und sich umgezogen hätte.

Janne und ich erstarrten vor so viel Unverschämtheit. So konnte man doch nicht reden. Nicht mit Jalmari, einem alten Mann, einem Kriegsveteranen. Jalmari seufzte und suchte nach Worten, hoffte, bei uns Unterstützung zu finden, bei den Männern, bei dem Geschlecht, das doch letztendlich das Sagen hatte, aber die Unterstützung blieb aus. Stattdessen blickten Janne und ich uns verstohlen an, und es fehlte nicht viel, und wir wären selbst ins Badezimmer marschiert. Bei einem Truppenkommando im Stile Ellis hätte Solidarität notgetan.

Schließlich trabte Jalmari ins Badezimmer. Vielleicht hatte Elli mit ihrer Strenge recht, und es kam auch im Alter, ähnlich wie in der Kindheit, darauf an, Grenzen zu setzen, denn Grenzen schaffen Sicherheit. Vielleicht achteten Janne und ich das Alter zu sehr, erlaubten alles, sodass es am Ende immer reichlichen Klärungsbedarf, umgekippte Gläser und Missverständnisse gab.

Keiner von uns dreien wusste so recht, wo beginnen oder wer in der Runde überflüssig war und warum. Janne sah Elli an, Elli sah uns beide an, mein Blick irrte zwischen dem Blumenbild an der Wand und dem Krankenbett hin und her. Ich dachte an die SMS, die Elli mir tags zuvor geschickt hatte. Das war eine Nachricht gewesen, auf die man wartete wie auf die Mitteilung über den bewilligten Studienplatz, und wenn sie schließlich kam, wichen Anspannung und Ungewissheit, die sich im Körper gestaut hatten, und sogar die Luft schmeckte besser, so, als wäre die Brust geöffnet und jeder Winkel des Körpers und die Milz und die Leber und die Lunge und die Adern und die dunkelsten Winkel des Gehirns mit dem Staubsauger gereinigt worden.

All das kann ein einziger Satz bewirken: »Wir treffen uns in Imatra.« Ich hatte den Satz im Stillen noch ein wenig ausgeschmückt und mir auch den Ort vorgestellt, an dem wir uns treffen, und all das, was wir erleben würden. Und jetzt befand ich mich mitten in Ellis Versprechen, im selben Zimmer mit ihr, auch ein Bett war da, aber im Hinblick auf alles andere hatte ich mich in meinen Vorstellungen geirrt.

Ich nahm zwei Zeitungsausschnitte zur Hand, die auf Jannes Bett lagen. Ich hatte sie früher schon gesehen, sie handelten von einer großartigen Erfindung namens Superoxydator sowie von einer Methode zur schnelleren Papierproduktion. Ich sah mir letzteren Bericht genauer an, vor allem die abgebildeten Männer, die wie zu einem Klassenfoto aufgestellt waren. Im Hintergrund, neben der Papiermaschine, stand eine Gestalt, die eindeutig nicht zur Gruppe gehörte. Der Mann war ein bloßer Schatten. Ich sagte mir, dass es wohl Jalmari war. Der richtige Jalmari.

»Warum bist du in Imatra?«, fragte ich Elli.

»Wir werden wieder heiraten«, erklärte Janne.

Ich versuchte mir einzureden, dass sich nichts geändert hatte. Mein Körper hatte keine Schusswunde, die Erde drehte sich weiter, ich hatte ein Einkommen und war mehr oder weniger zufrieden mit meinem Leben, von dem noch ein gutes Stück vor mir lag. Ein einzelner Satz ändert an alledem nichts. Darf daran nichts ändern.

»Nein, werden wir nicht«, sagte Elli.

Da, wieder. Die einzelnen Sätze hatten es mir angetan. Aus den Steinen, die mir vom Herzen fielen, hätte man eine Mauer von mehreren Hundert Metern Länge bauen können.

»Nicht?«, fragte Janne. »Nun, ein Versuch lohnt immer.«

Elli klimperte mit den Wimpern wie ein Filmstar aus alten Zeiten und tätschelte ihm die Wange. Janne lächelte zurück, aber ich sah auch die Enttäuschung in seinen Augen.

»Ich wollte nachschauen, wie es meinem Lieblingsbrüderpaar geht«, sagte Elli. »Und außerdem habe ich für euch – oder für uns – einen Gruß von Jalmari.«

Elli holte einen kleinen Briefumschlag aus der Tasche und entnahm ihm einen Schlüssel. Die Form war ungewöhnlich, es war kein Wohnungsschlüssel, aber auch keiner fürs Auto, erinnerte eher an einen Sicherheitsschlüssel. Ich musste an Jalmaris Tresorschlüssel denken, aber dieser hier war moderner.

»Was ist das?«, fragte ich.

»Ich bin mir nicht sicher«, erwiderte Elli.

Irgendwo tief in mir drinnen war ich mir sicher. Es war der Schlüssel zu Jalmaris Schatztruhe. Zu der Schatztruhe, die wir nie gesehen hatten, weil sie unter dem Tresor oder unter dem Bett versteckt gewesen war. Der Tresor war ein Bluff, das hier war real. Ich juchzte laut auf, und Janne teilte meine Gefühle und schnappte sich den Schlüssel. In seinen Augen flammten Fackeln auf, wie sie zu allen Zeiten in den Augen der Goldgräber gebrannt haben. Die Fackeln erhellten die Zukunft, ihr zuckender Schein machte sie ein wenig zugänglicher, sodass nicht alles sichtbar wurde, aber hier und da die Schatten verschwanden, und kleine Momente künftigen Glücks zum Vorschein kamen.

Auch mein eigenes Herz pochte heftiger als gewöhnlich. Das Herz war schon ein merkwürdiges Organ. Außer auf Sätze reagierte es auch auf vom Menschen gemachte Gegenstände, so wie auf diesen Schlüssel, der ja so viel mehr war, denn er versprach den Zugang zu irgendetwas.

»Dieser Schlüssel lag in der Schmuckschatulle eurer Großmutter, die Jalmari mir gab.«

»Und deshalb bist du hier?«, fragte ich.

»Auch deshalb«, erwiderte Elli. »Und weil ich euch sehen wollte. Ich habe Urlaub.«

Ich freute mich, dass Elli mich hatte sehen wollen, sodass ich nicht darauf einging und mich etwa wunderte. Sie hätte womöglich ihren Wunsch revidiert. Gerade im Moment interessierte mich außerdem der Schlüssel mehr als Elli. Sie erzählte, dass sie bei Jalmari gewesen war und ihn gefragt hatte, was dahintersteckte. Jalmari hatte die Achseln gezuckt und sich nicht weiter dazu äußern mögen.

Seit Großmutters Tod waren noch nicht viele Monate vergangen; Jalmari war immer noch deprimiert und hatte nicht recht die Kraft, an dem teilzunehmen, was man Leben nennt. Elli hatte insistiert und den Schlüssel abgeben wollen, aber Jalmari hatte ihn nicht genommen. Er hatte gesagt, dass Elli daran Freude haben würde.

Dass er für die Bank sei.

Wir verdauten die Information eine Weile, Janne und ich. Wir musterten die verputzte Zimmerdecke. Es war ein weiß gestrichenes Gebirge mit niedrigen Bergen, die in die falsche Richtung wuchsen. An der Decke hing eine Fliege mit dem Kopf nach unten. Ungefähr so fühlte auch ich mich.

Ich erinnerte mich an Gesprächsfetzen bei Jalmaris Trauerfeier. Pirjo hatte das Wort Geldfach benutzt. Ich hatte es für einen Irrtum gehalten, hatte geglaubt, dass sie die Worte verwechselte, wie man es im Leben und vor allem auf Begräbnissen oft tut. Aber wenn es nun irgendwo ein Schließfach gab, von dem niemand wusste? Was, wenn sich dort Jalmaris Geld befand? Wenn er sich trotz allem nicht ausschließlich auf den Tresor verlassen, sondern einen Teil seines Geldes in einem Bankschließfach untergebracht hatte?

Ich sah mir den Schlüssel an. Keinerlei Hinweise, keine Nummer, kein Logo, nichts. Ich wusste von Schließfächern nichts weiter als das, was ich aus Filmen kannte, wo es um Schweizer Banken geht, in denen ebenfalls schon seit Jahrzehnten keine herkömmlichen Schlüssel mehr verwendet werden. Aber Schlüssel oder nicht, das Entscheidende bei Schließfächern ist, dass darin unermessliche Reichtümer lagern.

27

Ich bekam das Gefühl, als befänden wir uns in der Duellszene des Films *The Good, The Bad and the Ugly.* Elli war gut, Janne böse und ich hässlich. Einer musste gehen, und das konnte nicht Elli sein. Ich persönlich war der Meinung, dass Janne aus unserer Dreiecksgeschichte entfernt werden müsste. Wenn auch nicht gleich aus der Zeit in die Ewigkeit, so doch an irgendeinen anderen Ort. Das ging nur leider nicht, weil wir ja gewissermaßen bei ihm zu Besuch waren.

Ich selbst mochte auf keinen Fall gehen, da ich nicht wollte, dass Elli mit Janne allein blieb. Das Schweigen hatte jedoch schon ein wenig zu lange gedauert. Ich sah an Jannes Körpersprache, dass er fand, *ich* sei überflüssig. Bei Elli konnte ich es nicht einschätzen. Sie wirkte nicht so, als ob sie aufbrechen wollte, aber sie warf mir auch keine giftigen Blicke zu. Vielleicht hatte sie wirklich Urlaub und somit viel Zeit. Das Patientenzimmer im Krankenhaus von Imatra war allerdings keine Sehenswürdigkeit, die es mit dem Wasserfall aufnehmen konnte.

Ich wollte für eine Weile von dem Schlüssel ablenken und die Tatsache nutzen, dass ich, anders als Janne, herumlaufen konnte. Ich fragte Elli, ob sie den Wasserfall gesehen hatte. Ich log, dass er sehr schön sei und dass ich sie hinführen könnte. Die Lüge bestand darin, dass ich ihn angeblich gesehen hatte, schön war er vermutlich wirklich. Der Wasserfall befand sich meines Wissens direkt neben unserem Hotel.

Janne knurrte sofort:

»Ich wusste gar nicht, dass du ein Spezialist für Wasserfälle bist. Hast du dir das Ding im Internet angesehen?«

Elli sagte, dass sie den Wasserfall kenne, aber die Sache mit dem Schlüssel müsse auf jeden Fall zuerst geklärt werden. Sie schlug vor, auf der Bank nachzufragen, wie das System funktionierte.

»Großartiger Gedanke«, sagte ich. »Schade nur, dass du hierbleiben musst«, sagte ich mitfühlend zu Janne.

»Wir müssen gehen, ehe die Banken schließen«, sagte Elli und zog sich die Jacke an.

»Versuch dich auszuruhen«, sagte ich zu Janne. »Überlass alles uns.«

Janne lächelte eine Antwort, als Elli ihr Tuch nahm, ohne jemanden anzusehen. Ich bekam das Gefühl, dass ich zum nächsten Geburtstag nicht mal eine Kuckucksuhr bekommen würde.

Ich summte die Titelmelodie aus dem Film *Indiana Jones* und sah Elli an. Dabei versuchte ich einen Ausdruck in mein Gesicht zu zaubern, der gespannte Erwartung verriet, zugleich aber auch, dass ich das alles schon x-mal durchgemacht hatte, dass mich bei meiner Lebenserfahrung nichts mehr überraschen konnte. Ich verströmte all meine Gelassenheit im Raum.

Dann gingen wir, die Tür von Zimmer 306 schloss sich diskret hinter uns. Der Korridor war sauber und öde. Ich wich dem Wagen der Putzfrau aus und berührte Elli dabei versehentlich. Ich wünschte mir, die Welt möge voller Putzfrauenwagen sein. Ich rief den Fahrstuhl, ließ Elli den Vortritt und drückte den Knopf fürs Erdgeschoss.

»Du hast anscheinend ein wenig zugenommen«, sagte Elli und betrachtete meinen Bauch.

»Das darf man nicht laut sagen.«

»Entschuldigung. Ich habe nur wiederholt, was Janne vorhin meinte.«

»Hat Janne gesagt, dass ich dicker geworden bin?«, schimpfte ich.

»Ihr habt eine recht merkwürdige Beziehung.«

»Janne hat sie.«

Wir durchquerten schweigend die Eingangshalle und traten aus der Tür. Draußen schien die Sonne. Wir nahmen ein Taxi und fuhren ins Zentrum. Der Fahrer setzte uns am Ende der Fußgängerstraße ab, und wir machten uns auf die Suche nach einer Bank, der erstbesten. Beim Gehen dachte ich über Ellis Worte nach. Sie hatte natürlich recht. Jannes und meine Beziehung war ein bisschen merkwürdig. Aber war das nicht bei allen Geschwistern so? Das Maß an Merkwürdigkeit war lediglich verschieden. Konkurrenz, Neid und Zuneigung in unterschiedlichen Abstufungen.

Ich schlug vor, dass wir uns für einen Moment auf eine Bank setzten, denn ich wollte Pirjo anrufen und sie nach dem Schließfach fragen. Wenn Jalmari ihr von dem Fach erzählt hatte, hatte er vielleicht auch die Filiale genannt. Wir brauchten nicht alle Banken abzuklappern, wenn die Antwort nur einen Anruf weit entfernt war. Pirjo konnte uns jedoch nicht helfen. Jalmari hatte nichts über die Lage seines Schließfaches gesagt. Wir wussten also nur, dass es sich nicht in jener Bank befand, in der Jalmari seine laufenden Geldangelegenheiten abgewickelt hatte, denn im Zusammenhang mit seinem Tod wäre das Schließfach sicherlich entdeckt worden.

Wir standen auf und gingen weiter, merkten aber, dass wir zu spät dran waren, die Banken hatten bereits geschlossen. Das war schlecht im Hinblick auf das Schlüsselrätsel, ansonsten aber störte es mich nicht, denn Banken sind kein besonders guter Ort für Romantik. Außer natürlich, man will einen gemeinsamen Wohnungskredit aufnehmen.

Wir hatten jetzt den ganzen Abend Zeit, und Janne war passenderweise außer Gefecht gesetzt. Ich von meiner Seite würde alles tun, damit Elli sich wohlfühlte.

»Wollen wir essen gehen?«, fragte ich. »Ich kenne ein nettes Restaurant. Dort bekommt man eine gute Flunder.«

Elli lehnte ab. Ich schlug vor, Kaffee oder auch ein Glas Wein zu trinken. Ich selbst wollte weder das eine noch das andere, aber es hörte sich besser an, als wenn ich vorgeschlagen hätte, Bier zu trinken und hinterher Sex zu haben oder umgekehrt.

»Auf ein Bier würde ich mitkommen«, sagte Elli, und ich erschrak und fürchtete, dass sie meine Gedanken lesen konnte. So etwas gibt es ja, wobei meine Gedanken gerade jetzt nicht schwer zu entziffern waren.

Wir fanden einen kleinen Pub neben Ellis Hotel, eigentlich gehörte er zum Hotel, jedenfalls konnte man von innen in die Lobby gelangen. Ich bestellte die Getränke, wir setzten uns, und ich überlegte, was ich sagen könnte. Das Handy rettete mich. Janne rief an.

»Na? Wo seid ihr?«, fragte er, so, als würde ihn ausschließlich das Schließfachsystem der finnischen Banken interessieren und nicht, wo wir uns befanden.

»In Ellis Hotel.«

Ich hörte, wie in seinem Kopf etwas einrastete, so, als wäre ein Stein zwischen die Scheibenbremsen des Autos geraten, und es würde eine Weile dauern, ehe er zerkleinert war. Dieser Fantasiestein wäre nicht so rasch zermalmt.

»Und die Bank?« Janne knirschte mit den Zähnen.

»Die war geschlossen. Morgen wieder. Wir kommen dann und erzählen es dir«, sagte ich und beendete das Gespräch.

»Janne ist eifersüchtig, weil ich mit dir hier bin«, sagte ich zu Elli.

»Ihr seid recht streitsüchtig«, entgegnete Elli und wirkte nicht sehr überrascht.

»Janne war es von klein auf. Aber das ist vorbei. Wir erwägen die Gründung einer gemeinsamen Firma. Janne käme auf die Beine, und auch für mich ergäben sich neue Herausforderungen …«

Elli hob die Brauen.

»Was für eine Firma?«

»Internethandel, oder eher ein Business auf dem Gebiet der Logistik des Handels. Das ist eine Zukunftsbranche.«

»Janne hat mir erneut einen Antrag gemacht«, erwiderte Elli.

Es dauerte einen Moment, ehe ich den Inhalt des Satzes verstand. Janne hatte also nicht gescherzt. Ich lachte nervös. Ich wollte den Tisch packen, die Welt anhalten und ihren Verlauf ein bisschen zurückdrehen. Umsonst. Ich bekam diesen Zirkel der Wirklichkeit nicht zu fassen. Wenn der Mensch geboren wird, müssten die Ärzte in der Klinik einen Anker an ihm befestigen, der stetig mitwächst, sodass er später groß genug ist, um dem erwachsenen Menschen dabei zu helfen, sich in jeder Situation zu verorten. So wäre man nicht ständig ein Spiel des Windes und der Wellen, sondern wüsste seine Position und könnte dort verharren wie finnisches Urgestein. Manche Menschen haben einen solchen Anker. Das sind die, die immer und überall souverän sind, die immer die richtigen Leute kennen und die wissen, wie man ein Auto fernsteuert, wie weit es noch zur Oma ist und wie man mit peinlichen Situationen umgeht. Ich habe keinen solchen Anker. Dann fiel mir ein, dass Elli Nein gesagt hatte. Sie hatte das absurde Vorhaben abgelehnt. Der Gedanke breitete sich in meinem Inneren aus wie ein Kontrastmittel und wärmte mich bis in die Knochen.

»Deshalb bin ich hier«, sagte Elli. »Ich wollte Janne treffen. Ich habe viel über die Sache nachgedacht. Janne ist reizend, ist es immer gewesen, aber er ist auch unmöglich.«

Auch ich bin reizend, dachte ich bei mir. Sah Elli denn nicht, dass ich ebenfalls reizend war, sogar reizender als Janne? Ich sprach es jedoch nicht aus. So etwas muss der andere auch ohne Worte erkennen.

»Und der Schlüssel?«, fragte ich. War Elli nicht eigentlich gekommen, um uns den Schlüssel zu bringen?

»Es wäre gut zu wissen, was es damit auf sich hat«, sagte sie.

»Aber du heiratest nicht wieder?«, vergewisserte ich mich. Meine Gedanken sprangen auf und nieder wie die Elementarteilchen in der Superfedertheorie.

»Nein.«

»Ich habe mich nach dir gesehnt«, sagte ich.

Elli sah mich an, als wollte sie diesmal mir die Wange tätscheln. »Auch du bist reizend.«

Na also. Jetzt waren erwiesenermaßen beide Brüder reizend. Ich überlegte, wie sich die Tatsache, dass ich reizend war, manifestieren ließe, und ich nahm Ellis Hand. Sie überließ sie mir eine Weile, zog sie dann aber weg.

»Wusstest du, dass Janne von uns beiden weiß?«

»Wieso denn?«

»Ich habe es ihm erzählt.«

»Wann?«

»Vor einer Woche.«

»Warum?«

»Ich wollte, dass es zwischen uns keine Geheimnisse gibt. Das war meiner Meinung nach vernünftig, falls wir von vorn anfangen würden.«

»War es nicht.«

Ich wunderte mich, warum Janne nichts gesagt hatte. Es kam mir vor wie eine Lüge, so, als hätte er mich hintergangen. Saß tagelang mit mir im Auto und schwieg und sah seelenruhig zu, wie ich mich zum Narren und immer weiter schuldig machte. Selbstverständlich hätte ich es zugegeben, wenn ich gewusst hätte, dass er es weiß.

»Was hat Janne dazu gesagt?«

»Er war nicht erfreut«, erwiderte Elli.

Ich staunte über ihre Worte: »Falls wir von vorn anfangen würden.« Hatte sie also doch Jannes Vorschlag in Erwägung gezogen? Ich fragte sie danach. Jetzt nahm sie meine Hand und streichelte meine Finger irgendwie flüchtig, so, als würde sie Brotkrümel auf dem Tisch zusammenscharren.

»Ich mag dich, deshalb ist das mit uns auch passiert«, sagte sie. »Ich bereue es nicht.«

»Ich auch nicht«, versicherte ich.

Elli hatte ihre imaginären Brotkrümel beisammen, ließ meine Hand los, stand auf und sagte, sie wolle in ihr Zimmer gehen. Es war keine Einladung. Ich sah zu, wie sie den Raum durchquerte und das Hotel betrat wie das Hoheitsgebiet einer fremden Macht, zu dem ich keinen Zutritt hatte. Aber diese fremde Macht war Elli selbst, ein unbekanntes Land, das ich gern erobert hätte. Es ging nur nicht, weil ich mich schon verirrt hatte, ehe ich überhaupt Kundschafter aussenden konnte. Eine schöne Kriegspartei war ich, machtlos und in meinen Strategien fehlbar und unvollkommen und schon fast armselig, wie ich da jetzt saß und überlegte, was nun wieder schiefgelaufen war, obwohl es doch ausgesehen hatte, als wäre alles wie für mich gemacht.

28

Janne erzählte abends am Telefon, dass er mit dem Schrecken davongekommen war: Die Entzündung war schnell wieder abgeflaut. Er würde am nächsten Tag gegen Mittag entlassen. Ich schlug die Zeit damit tot, den Wasserfall zu besichtigen, den Rest des Abends verbrachte ich vor dem Fernseher. Ersteres war interessanter.

Am Morgen gingen Elli und ich in die nächstgelegene Bank und erkundigten uns nach den Schließfächern. Man führte uns in eine Glaskabine, und die Angestellte dort wollte wissen, wozu wir das Fach brauchten. Ich erklärte, dass wir eigentlich gar keines brauchten, aber wir hätten einen Verstorbenen gekannt, der vielleicht eines besessen hatte, und wir fürchteten nun, dass der Inhalt für immer ein Rätsel bleibe, da er niemandem davon erzählt hatte.

Die Frau lächelte uns teilnahmsvoll an. Vielleicht dachte sie, dass der Verstorbene ein naher Angehöriger war. Dann sagte sie:

»Das ist nicht möglich.«

»Warum nicht?«

»Ein Schließfach kann niemand einrichten, ohne seine persönlichen Daten anzugeben, und wenn die Person stirbt, werden die Daten automatisch an die Angehörigen weitergegeben. Ein Toter kann kein Bankkonto und auch kein Schließfach behalten.«

»Unter gar keinen Umständen?«, fragte ich verwundert. »Und wenn das Schließfach schon vor Jahren eingerichtet worden ist?«

»Auch in dem Falle nicht«, sagte sie. »Das System ist lückenlos.«

Kein System ist lückenlos. Immer kann etwas Unerwartetes passieren, etwas, auf das man nicht gefasst gewesen war. Ein Tsunami, ein Erdbeben, Heuschrecken, Jalmari.

Jalmari war absolut ein Mensch, auf den man kaum gefasst sein konnte, der X-Faktor, eine unbekannte Variable, ein Hochstapler, wie sich bei der Nachlassaufstellung herausgestellt hatte. Ein gutes Beispiel dafür ist auch eine Episode seiner letzten Lebensjahre, als er für die Minderjährigen seines Wohnviertels Feste zu veranstalten begann. Angefangen hatte das Ganze im Café der Tankstelle, wo Jalmari an den Automaten spielte und den Jugendlichen großspurig erklärte, dass er, falls sie auch spielen wollten, eine Runde spendieren würde. Das ging eine Weile so weiter, bis Jalmari anfing, mit seinen neuen Freunden immer mehr Zeit zu verbringen und ihnen, wie mir der Schuldirektor später am Telefon erzählte, Schnaps zu besorgen. Ich stellte ihn mir vor, wie er im Kapuzenshirt, das Basecap verkehrt herum aufgesetzt, steif auf dem Skateboard stand, so, als hätte er in einem Krieg Posten bezogen. Es war Winter und kalt, sodass Jalmari die ganze Bagage höflich in seine Wohnung einlud. Nach ein paar Wochen beschwerten sich die Nachbarn über den Lärm, und die Sache flog auf.

281

Die Polizisten quatschte Jalmari besoffen und erinnerte sie daran, dass sie ohne seinen Einsatz fürs Vaterland heute Milizionär heißen würden. Und auch seitens der Schule hielt man es für das Beste, Jalmari einfach nur klarzumachen, dass alte Leute zu Hause bleiben und dem Wetterbericht und der Wanduhr lauschen sollten.

»Gesetzt den Fall, wir hätten einen Schlüssel für ein Schließfach, wissen aber nicht, für welches, wie ließe sich das klären?«, fragte ich die Bankangestellte.

»Was für einen Schlüssel?«

Ich zeigte ihn ihr. Sie musterte ihn und sagte, dass er nach einem Schließfachschlüssel aussah, aber nicht von ihrer Bank. Außerdem könnte es sich auch um etwas ganz anderes handeln.

»Es gibt also kein Mittel, das herauszufinden?«

»Ich fürchte nein.«

Wir bedankten uns und gingen. Die Enttäuschung hing zwischen uns, so, als wären wir ein altes Ehepaar. Dieser Gedanke brachte mich Elli irgendwie näher. Ich lächelte in mich hinein: In guten wie in schlechten Zeiten. Jetzt war gerade eine schlechte Zeit, die guten Zeiten ließen noch auf sich warten.

»Müssen wir jetzt sämtliche Banken abklappern?«, überlegte Elli laut. »Jede einzelne, an jedem Ort, an dem Jalmari gewohnt hat? Der Schlüssel könnte ja noch aus den Zeiten der Nationalen Aktienbank und der Finnischen Genossenschaftsbank stammen.«

»Oder von der Postbank«, ergänzte ich, obwohl ich wusste, dass kaum Hoffnung bestand. Ich erzählte Elli, wie groß die Zahl der Orte war, an denen Jalmari gewohnt hatte. Es wäre eine endlose Suche.

»Ich habe Janne versprochen, ihn bis mittags abzuholen. Kommst du mit?«, fragte ich.

Elli nickte, und wir fuhren mit dem geliehenen Auto, mit dem wir nach Imatra gekommen waren, zum Krankenhaus. Ich dachte an die Beulen, ein sichtbares Zeugnis vom Charakter unserer Fahrt. Unterwegs fragte mich Elli, ob ich mich über das Erbe ärgerte. Ich überlegte einen Moment, was ich antworten sollte. Natürlich ärgerte ich mich. Vor allem war da jedoch ein Gefühl der Leere an der Stelle, an der riesige Mengen von Geldbündeln liegen sollten. Ich konnte es nicht erklären. Jalmaris höchst subjektive Auffassung von der Wahrheit war folgerichtig und irrsinnig zugleich, sodass man sie erst allmählich verstehen würde, was irgendwie eine Gnade war.

»Ich finde es schön, dass du hier bist«, sagte ich schließlich.

»Schöner, als wenn du eine Million bekommen hättest?«

Das war ganz klar eine Frage, die Frauen gern stellen, und auf die es keine richtige Antwort gibt. Wenn man Ja sagt, ist man eindeutig ein Lügner. Sagt man Nein, betritt man unsicheres Terrain.

»Wir hätten sie teilen können«, sagte ich.

Elli sah mich amüsiert, aber auch irgendwie enttäuscht an. »Ja, das hätten wir«, sagte sie schließlich.

Ich antwortete nicht, aber das herbstliche Ostfinnland, das ich durchs Autofenster sah, erstrahlte für einen Moment in einem eigenartigen Glanz, so, als hätte die Landschaft Fieber bekommen und würde glühen. Ich sah Elli verstohlen an, aber sie blickte starr geradeaus. Dorthin wollte auch ich blicken, zusammen mit Elli in eine Richtung.

Janne wartete bereits. Er saß im Fernsehraum der Station auf einem grünen Sofa und sah sich im Fernsehen Snooker an. Sonst war niemand im Zimmer, Snooker hat diese Wirkung auf Menschen.

Janne begrüßte uns ein bisschen verhalten, so, als wollte er herausfinden, ob zwischen uns etwas gelaufen war.

»Das Rätsel des Schlüssels lässt sich vermutlich nicht lösen«, sagte ich und erzählte ihm von dem Gespräch in der Bank.

Janne hörte zu und stellte eine überraschend vernünftige Frage:

»Und die spanischen Banken?«

Der Gedanke war mir in der ganzen Eile gar nicht gekommen. Jalmari hatte mehr als zwanzig Jahre in Spanien gelebt. Das war eine viel vernünftigere Annahme als Aktien- und Genossenschaftsbank.

»Hablar du Spanisch?«, fragte ich Elli. Ich triumphierte innerlich, war ich doch endlich mal witzig gewesen. Bei der richtigen Art von Witz werden einem sogar zwanzig Kilo Übergewicht verziehen.

Elli war nicht amüsiert. Sie nahm den Schlüssel in die Hand und schien die Alternativen abzuwägen. Ich erinnerte mich, dass ihr Denken immer einen leidigen Anstrich von Realismus hatte. Sie mochte keine Fantastereien, suchte bei Wohnungsinseraten keine Luftschlösser und

284

dachte gern längerfristig. Deshalb wohl hatte sie sich von Janne getrennt. Und jetzt, wo ich beim Thema war, kam mir der Gedanke, dass sie vielleicht aus demselben Grund wieder zurückgekehrt war. Janne hatte ja reich werden sollen, was, langfristig gesehen, eine gute und vernünftige Sache war.

Das war eine hässliche Unterstellung. Aber ich bekam den Gedanken nicht mehr aus dem Kopf. Gedanken sind so. Wenn einer zu dir sagt, denk bloß das nicht, denkst du garantiert nichts anderes mehr.

»Falls der Schlüssel nach Spanien gehört, haben wir keine Chance«, sagte Elli. »Wir sprechen die Sprache nicht, und wir wissen nicht, wo anfangen und wo aufhören.«

Sie warf Janne den Schlüssel zu. Er musterte ihn eine Weile und steckte ihn dann ein.

Ich dachte an den Sonnenstrand und seine Banken. In einem Radius von ungefähr vierhundert Kilometern um die Orte, an denen Jalmari gewohnt hatte, gab es Hunderte Bankfilialen und in jeder mehrere Angestellte, die kein Englisch sprachen. Sofern die Filialen halbwegs selbstständig waren, hätte jede ihr eigenes Schließfachsystem, und zudem war bei Jalmari bekanntermaßen alles möglich, also auch, dass der Schlüssel gar nicht zu einem Bankschließfach, sondern zu einer Umkleidekabine der örtlichen Schwimmhalle gehörte.

Schlüssel vermitteln uns den Eindruck, das Leben in der Hand zu haben. Häufig sind sie abstrakter Natur: Berufliche Qualifikation, die dem Menschen die Tür zum Erfolg öffnet. Charme, mit dem man jede Situation bewältigt.

Verstand, der Chancen ermöglicht. Dummheit, die sie ausschließt. Ich besaß viele solcher Schlüssel, denn das Leben besteht vor allem aus verlorenen Chancen. Wenn ich nicht so, sondern anders gehandelt, ein anderes Fach oder eine andere Arbeit gewählt, Kinder gemacht, viel oder wenig geweint, nicht hier, sondern dort gewohnt hätte. Mögliche Welten. Welten, die hätten sein können. Und doch lebt man in dieser einen, die man mehr oder weniger gewählt hat und die man deshalb nicht zurückgeben kann – oder es auch gar nicht will.

Schönes und Schlimmes, die anderen Leben wären wohl kaum wesentlich anders gewesen.

Jetzt war das Leben jedoch an einem Punkt angelangt, an dem es galt, den Weg fortzusetzen; zu klären war nur noch, wohin.

»Wollen wir Jalmaris letzten Wunsch erfüllen?«, fragte ich.

»Nein«, sagte Janne mit fester Stimme.

Ich wunderte mich über seinen Mangel an Ehrfurcht. Auch wenn Jalmari uns nicht rühmlich behandelt hatte, so war er doch tot, und wir Lebenden sollen Tote respektvoll behandeln; warum, weiß ich allerdings nicht.

»Jalmari hatte sich ja gewünscht, dass wir ihn in den Graben werfen. Das machen wir nicht«, fuhr Janne fort, und ich begriff, dass es sich nicht um einen Mangel an Ehrfurcht, sondern um dessen Gegenteil handelte.

Als Jalmaris Ende nahte, versuchte ich herauszufinden, wo er begraben werden wollte, aber ich bekam keine richtige Antwort. Er sagte, dass es ihn nicht interessiere und dass wir ihn einfach irgendwo in den Straßengraben werfen sollten, das wäre für uns am einfachsten.

Ich war derselben Meinung, doch derlei verbietet vermutlich schon allein das Straßenverkehrsgesetz, von den Traditionen ganz zu schweigen. Ich gab nicht auf, und als ich lange genug gebohrt hatte, förderte ich den Puruvesi-See zutage, in dem er als Kind geangelt hatte. Ich erinnerte mich an jedes Wort des Gesprächs:

Also in den Puruvesi-See, fragte ich. Nein, in den Straßengraben, sagte Jalmari, und ich: Möchtest du auf den Friedhof? Und er erwiderte: Ganz egal, meinetwegen in den Puruvesi-See.

Da wir nun bis hierher gekommen waren und der Straßengraben nicht infrage kam, sollten wir die Sache ordentlich zu Ende führen, fand Janne. Elli erklärte, dass sie mitkommen wolle, und als ich verstohlen Jannes Reaktion beobachtete, begriff ich, dass keiner von uns beiden etwas dagegen einzuwenden hatte. Nichts belebt eine Trauergesellschaft mehr als eine Frau auf der Rückbank.

29

Die Urne lag im Kofferraum auf der Seite, und ich dachte bei mir, dass sich der Ort eigentlich ideal als Jalmaris letzte Ruhestätte eignete. Jalmari könnte so ständig unterwegs sein. Ich reichte Janne das Reisegepäck, und er warf es zu Jalmari in den Kofferraum. Wir hatten einen weiten Weg zurückgelegt, seit das Stellproblem aufgetaucht war. Das war eine kleine Sorge gewesen. Jetzt hatten wir ganz andere Sorgen oder vielleicht eher Ärger, und außerdem glaubte ich zu spüren, dass sich ein ziemlich dickes Beziehungsproblem im Auto ausbreitete. Zwei Männer und eine Frau sind eine schwierige Kombination, auch wenn bei uns Männern der Tank mit Hoffnung gefüllt war, so wie fast immer, wenn eine Frau mit von der Partie war.

Elli setzte sich also auf die Rückbank, Janne kam nach vorn und ächzte, als er sich hinsetzte. Er wirkte hinfällig, so, als hätte er über Nacht das mittlere Alter überschritten. Das linderte meine eigenen Schmerzen, die gerade im Moment trotz der körperlichen Blessuren eher geistiger Natur waren. Die Melancholie des mittleren Alters angesichts der eigenen Misserfolge. Dagegen hilft nur eine Erdballerweiterung, um sich besser im Kontext des Großen und Ganzen betrachten zu können.

Bis zum Puruvesi-See waren es keine hundert Kilometer. Aus der Schulzeit wusste ich, dass der Punkaharju eine Art Sehenswürdigkeit war. Ich dachte an das Foto im Lehrbuch, das den See und in seiner Mitte einen kurvenreichen Weg zeigte. Das war sicher der *Harju,* der Kiesrücken. Hier in dieser Gegend war Finnland schön, das musste ich zugeben. Außerdem gab es so viele Seen, dass jeder Einwohner ein Ufergrundstück haben konnte, was auch nicht so übel war. Schade nur, dass sich diese Seen und Landschaften weit weg von menschlichen Ansiedlungen befanden.

Das Auto schnurrte, der Verkehr brummte, das Radio summte, alles flirrte und schwirrte, aber mich beschäftigten die Probleme.

Ob sich auch Jalmari so gefühlt hatte, wenn er umzog? Hatte er gedacht: Wieder eine nichtssagende Stadt, die ich hinter mir lasse?

Elli war merkwürdig schweigsam und schaute hinaus. Warum war sie mit uns gekommen? Ich betrachtete im Rückspiegel ihr Gesicht, von dem ich nicht genug bekommen konnte. Janne bemerkte, wie ich sie anstarrte, und störte meine Gedanken. Die waren nämlich so hauchfein, dass man sie nicht aus der Nähe betrachten durfte, sonst brachen sie zusammen wie das europäische Bankensystem.

»Ich weiß von dir«, sagte er.

»Was weißt du von mir?«, fragte ich, obwohl ich sehr gut wusste, was es war.

»Du weißt es.«

Ich antwortete nicht. Dieses Gespräch sollten wir nicht im Auto führen, nicht jetzt, da Elli dabei war. Wir sollten sie da nicht hineinziehen. Dann wiederum war sie ja keine Außenstehende.

»Ich weiß von euch beiden«, sagte Janne.

Ich fand, dass er unkorrekt war.

»Wer lügt hier eigentlich?«, schimpfte ich. »Du hast es seit Tagen gewusst und hast nichts gesagt. Das ist nicht nett.«

»Was, ich soll hier der Lügner sein?«, fauchte Janne.

»Ich sehe es so«, sagte ich. Ich hatte mal einen Ratgeber zum Thema »Konstruktiv Streiten« gelesen, damals, als das in meiner Beziehung mit Glenna aktuell war. In dem Buch hieß es, man solle dem anderen keine Vorwürfe machen, sondern Formulierungen benutzen wie »ich sehe es so« oder »ich denke, dass du …«

Janne betrachtete eine Weile die Straße und sammelte sich. Meine weiche Annäherung hatte ihn aus dem Konzept gebracht.

»Ich wollte versuchen zu verstehen«, sagte er schließlich. »Wollte dir die Möglichkeit geben, dich zu erklären oder wenigstens alles zu bekennen. Ich wollte prüfen und abschätzen, wie du bist.«

»Auf der Welt gibt es zwei Arten von Menschen. Solche wie mich und andere. Ich selbst gehöre zu Ersteren«, sagte ich. Mir gefiel der Gedanke nicht, dass ich abgeschätzt worden war.

»Wir sind immerhin Brüder«, sagte Janne überraschend leise.

»Man sollte die Vergangenheit ruhen lassen«, erklärte ich, schaltete den Blinker ein und überholte einen Traktor, der sich anscheinend verirrt oder zur Getreideernte verspätet hatte.

»Ach ja? Wer kramt denn andauernd die Vergangenheit wieder hervor – zum Beispiel dämliche silberne Markstücke?«

Er drehte sich zu Elli um, und es klang, als würde er den älteren Bruder bei der Mutter verpetzen, als er ihr sagte, dass ich mich angeblich nicht an den Ehebruch erinnerte. Da irrte er sich. Ich würde es nie vergessen. Nicht Ellis Duft, nicht ihre Brüste, ihre Lippen, ihren Mut, sich fallen zu lassen. Nicht das Glücksgefühl, das mich in jenen Wochen ein paar Zentimeter über der Erde schweben ließ.

»Doch, das tut er«, sagte Elli und sah Janne an. Ihr Gesicht war ernst. »Nach allem, was passiert ist, seid ihr beide immer noch verliebt in mich«, sagte sie schließlich.

»Aber beruht das Gefühl auf Gegenseitigkeit?«, fragte Janne.

Wir waren ganz still. Elli erwiderte nichts.

»Tut es das?«, bohrte Janne. Ich merkte, dass ich das Lenkrad umklammerte, so, als hätte ich einen Krampf in der Hand. Mein Atem stockte, und das Herz pochte laut. Ich beschloss, Sportsgeist zu zeigen und Janne gegenüber nicht überheblich zu sein, wenn ich diesen Wettkampf gewonnen hätte.

»Ich ärgere mich wegen des Schlüssels«, sagte Elli und umging unsere Frage. »Ich hatte geglaubt, das könnte etwas sein. Der Beginn von etwas Neuem.«

»Aber mit wem?«, fragte ich, da es mir nicht gelang, meine Zunge im Zaum zu halten.

»Das spielt jetzt keine Rolle«, sagte Elli.

Im Radio meinte die Band *Tehosekoitin,* dass dies der leichteste Weg war. Das stimmte nicht. Er war nicht mal leicht zu fahren. Von der Anspannung schmerzten die Muskeln. Abends würde der Kopf schmerzen. Auf jeden Fall war Elli diplomatisch, als sie auf diese Weise antwortete, sie wollte sicherlich keine Wahl treffen und einen von uns enttäuschen.

Janne war anderer Meinung:

»Es spielt keine Rolle, weil das Geld ausgeblieben ist?«, fragte er boshaft.

»Ja, kann sein«, fauchte Elli. Auch sie war jetzt wütend, aber auf Janne. Die beiden hatten offenbar schon früher gestritten und kannten sich damit aus.

»Du warst immer hinter dem Geld her«, erklärte Janne.

»Ich war auch hinter dir her, wenn ich mich recht erinnere«, sagte Elli kalt. »Und in deinem Falle war das Geld nie lange da, wo du warst.«

Ich hielt es für das Beste, mich aus dem Streit herauszuhalten. Zweifellos würde ich später die Früchte ernten.

»Könntest du über Sienimäki fahren?«, fragte Elli.

An Jannes Blick sah ich, dass er den Ort kannte. Ich wartete auf eine Antwort.

»Dort wohnt meine Mutter«, sagte Elli. »Ich muss auf jeden Fall vorbeischauen.«

Mein Prinzip war schon seit Langem, dass Elli stets bekam, worum sie mich bat.

»Wie kommt man dorthin?«, fragte ich.

292

Imatra lag bereits einige Kilometer zurück, also kehrte ich um. Elli erklärte mir den Weg. Sienimäki war eine Wohnsiedlung, die zu Imatra gehörte und die nicht sonderlich verlockend wirkte, als wir dort ankamen. Wobei solche Siedlungen selten verlockend wirken. Elli zeigte auf ein bestimmtes Haus, und ich hielt auf dem Vorplatz an. Dort standen nur wenige Autos, die Hausbewohner waren sicherlich auf der Arbeit. Die Autos waren alt wie auch das Haus. An seiner Giebelseite befand sich eine niedrige Heizanlage, zu der wahrscheinlich eine Hausmeisterwerkstatt gehörte oder mal gehört hatte. Neben ihr schaute ein Rohr aus der Erde, in das Öl gepumpt wurde, das sich in den Wohnungen in Wärme umwandelte.

Elli kündigte an, gleich wiederzukommen. Wir beide blieben im Auto sitzen. Die Erwartung tickte in meinen Ohren wie eine deprimierte Uhr, langsam und mühevoll. Ellis »Gleich« wurde zu einer halben Stunde. Uns blieb reichlich Zeit, miteinander zu schweigen.

»Verzeihung«, sagte ich schließlich.

Janne betrachtete die verrosteten Mülltonnen und seufzte. Dann drehte er sich zu mir um und nickte. Er sagte kein Wort, hatte aber geistig eindeutig einen neuen Kurs eingeschlagen. Der Brocken, der sich Leben nennt, würde sich allmählich drehen, und wir könnten wieder annähernd in dieselbe Richtung segeln. Ich persönlich segelte übrigens nicht, auf der Welt gibt es nichts Nutzloseres als Segeln. Welchen Sinn hat es, sich fortzubewegen, ohne zu wissen, wohin die Reise geht, geschweige denn, wann man ankommt, denn das ist vom Wind abhängig und kann genauso gut zwei Stunden wie zwei Tage dauern. Reicht es nicht, dass das Leben insgesamt ein Hin-und-her-Treiben ist?

Mir schien, dass ich mit dem Wort Verzeihung das örtliche Luftverschmutzungsproblem beseitigt hatte. Im Auto ließ es sich deutlich leichter atmen. Wenn man die Entschuldigung für die Stromerzeugung nutzen könnte, könnten die Kernkraftwerke abgeschaltet werden. Zumal es sich um einen erneuerbaren Rohstoff handelt – es gibt immer wieder Gründe, sich zu entschuldigen.

Meine Beine fühlten sich nach langer Zeit wieder leicht an, sodass ich ausstieg, um mir Bewegung zu verschaffen. Ich war schon im Begriff, Elli zu holen, als ich sah, dass sich die Haustür öffnete. Elli trug eine große Tasche und hielt die Tür auf.

Ein kleines Kind kam heraus. Elli nahm es bei der Hand und kam mit ihm zum Auto. Wir sahen den beiden entgegen und verstanden überhaupt nichts. Am Himmel flog ein Krähenschwarm, der aussah wie ein Lakritzfleck. Beim Auto neben uns waren die Reifen zerstochen und das Fenster eingeschlagen. Die Welt war voller Tatsachen, aber daraus Schlussfolgerungen zu ziehen war schwer.

»Das ist Siiri«, stellte Elli vor.

»Und Siiri ist …?«, fragten wir.

»Meine Tochter. Sie ist drei Jahre alt.«

Die Luft war plötzlich geschwängert von Mathematik. Ich hörte, wie in Jannes Kopf Zahlen und Substraktionen durcheinanderschwirrten, genau wie in meinem eigenen. Wenn man vom jetzigen Jahr drei Jahre und noch neun Monate zurückrechnete, kam man ziemlich dicht an den

Zeitpunkt heran, da sich Janne und Elli trennten. Ich erinnerte mich, wie ich Elli nach der Trennung auf der Straße gesehen hatte: Hatte sich ihr Bauch da schon gerundet? Mir war jedenfalls nichts aufgefallen, aber vielleicht hatte sie ein weites Kleid getragen. Auf jeden Fall ließ sich aus Siiris Geburtszeitpunkt alles Mögliche schließen, sodass ich sie vorsichtig musterte und nach vertrauten Zügen suchte. Siiri hatte die Augen unserer Mutter. Aber das Blau der Augen ist keine dominante Eigenschaft, von wem also hatte sie den Blick geerbt, von mir oder von Janne? Sie hatte blondes Haar, wie ich. Andererseits war auch Jannes Haar blond gewesen, als er klein war. Der Mensch ist veränderlich. Und auch von Elli hatte Siiri sicherlich einiges geerbt.

Siiri betrachtete uns, so wie man auf einer Auslandsreise eine langweilige Kirche betrachtet. Wir lächelten sie an und versuchten, interessant auszusehen. Sie trug einen blauen Stoffmantel mit großen Knöpfen, der irgendwie altmodisch aussah. Elli zog ihr den Mantel aus und half ihr auf den Sitz. Sie war einfach zu klein für den gewöhnlichen Sicherheitsgurt, sodass Elli sie in die Mitte setzte. Dort wurde der Sicherheitsgurt über den Bauch gelegt und konnte so festgezogen werden, dass ein Kind Halt hatte. Ich ärgerte mich, dass es im Auto keinen Kindersitz gab. Von meiner Arbeit her wusste ich, welche Folgen der sorglose Umgang mit dem Sicherheitsgurt haben konnte, aber man kann einfach nicht auf alles vorbereitet sein. Janne stellte Siiris Sachen in den Kofferraum — jetzt ächzte er nicht —, und Elli griff sich einen zuoberst liegenden kleinen Beutel und nahm ihn mit ins Auto.

Ich streifte mir vorsichtig die Vaterschaft über, kostete, ob sie schwer wog, womöglich drückte. Oder war sie eher ein Surfbrett, das die Schwerkraft außer Kraft setzte und das einen leicht und locker durchs Grau des mittleren Alters trug? Ich konnte es nicht sagen. Ich sah das kleine Mädchen an und empfand nichts für sie. Sie erwiderte meinen Blick, und es schien, als beruhte das Gefühl auf Gegenseitigkeit, oder, falls Gefühle im Spiel waren, waren sie eher so geartet, dass ich lieber nichts von ihnen wissen wollte. Die Kleine bohrte sich etwas aus der Nase und gab es Elli. Sie nahm ein Taschentuch und wischte der Kleinen gleich das ganze Gesicht ab.

Ich merkte, dass ich sehr konkret in eine Situation geraten war, in der sich die Männer seit Jahrtausenden befanden: Man kann sich einer Vaterschaft nie sicher sein. Mütter haben es da viel leichter: Wenn das Kind aus dem eigenen Bauch gekommen ist, ist es das eigene. Außer natürlich, die Mutter hat ihren Bauch vermietet. Aber auch in dieser Frage hat die heutige Welt für Komplikationen gesorgt.

Siiri begann mich anzustarren. Ein bisschen so, als wollte sie eine Wahl treffen, das zumindest dachte ich, bis ich merkte, dass sie meinen Finger anstarrte. Jenen, von dem die Hälfte fehlte. Dreijährige sind sehr aufmerksam. Ich hob meine Hand hoch und zeigte sie ihr. Siiri zog sich zurück und drückte sich an ihre Mutter, und, wenn ich es richtig sah, schnaubte sie dabei in Ellis Bluse. Ich senkte meine Hand. Die Zirkusvorstellung war beendet.

»Wo ist Siiris Vater?«, fragte Janne.

Ich fand die Frage aufdringlich, zumal Siiri mithörte. Frauen muss man rücksichtsvoller behandeln. Elli würde es sicherlich erzählen, wenn sie den Zeitpunkt für gekommen hielte. Wenn man hetzt, entstehen nur bekloppte Bälger. Ich sah wieder in den Rückspiegel. Ich wollte etwas zu Siiri sagen, aber ich wusste nicht, wie man mit Dreijährigen redet. Vielleicht könnte man fragen, ob sie Kaugummi mochte oder wie es in der Kita war. Sprechen können Dreijährige wohl schon ganz gut, aber sie haben kaum viel zu sagen. In dieser Hinsicht unterscheiden sie sich nicht sehr viel von mir selbst.

»Ich weiß nicht«, sagte Elli zu Janne, sah ihre Tochter an und lächelte. »Sie ist eine von euch. Siiri hat die Augen eurer Mutter, seht hin.«

Ich sah hin, obwohl ich es bereits wusste. Janne drehte sich zu der Kleinen um und forderte sie auf, ihm in die Augen zu sehen.

»Wir haben die gleichen Augen, Siiri«, sagte er. Siiri musste lachen. Ich nicht. Ich fand es unerhört, dass Janne sogar dreijährige Frauen richtig zu nehmen wusste.

30

Unsere Trauergesellschaft hatte sich verdoppelt und verkompliziert. Oder vereinfacht: Jetzt hatten wir den ganzen Kreislauf des Lebens im Auto, Beginn und Ende, Geburt und Tod und dazwischen viel Verwirrung. Ich war froh, dass ich fahren und meine Aufmerksamkeit auf den Verkehr richten konnte. Wir ließen Sienimäki hinter uns. Hätten wir ein Navigationsgerät gehabt, hätte das vermutlich festgestellt, dass wir uns schwer verirrt hatten, und uns eine Kehrtwendung um hundertachtzig Grad empfohlen.

Wir warteten darauf, dass Elli etwas sagte, aber sie spielte konzentriert mit Siiri. Ich wusste nicht, was ich denken sollte. Worte fand ich jedenfalls nicht, und die, die ich fand, ließ ich lieber unausgesprochen. Und wenn man sie nicht ausspricht, ist man bald darauf in einer Situation, in der es immer schwieriger wird, etwas zu sagen. Es ist, als wäre der Mund voller Bitumen, das an den Zähnen haftet wie Giftkaugummi, sodass man nicht mal kurze Pronomen oder Ausrufe herausbringt, geschweige denn tröstliche und versöhnlich stimmende Sätze.

Als Siiri dringend pullern musste, sah ich meine Möglichkeit gekommen. Dies würde mir weiterhelfen, Notsituationen verbinden die Menschen. Ich sagte, dass ich eine Tankstelle suchen wolle, aber Elli verlangte, dass ich an der nächsten Bushaltestelle stoppte.

»Wenn wir bis zu einer Tankstelle warten, ist es zu spät«, sagte sie, und ich fand, dass das sehr dramatisch klang. Ich spielte im Geiste mit den Worten: Es ist zu spät! Nichts mehr zu machen! Alles ist verloren! Es ist sinnlos, weiterzumachen! Ich habe alles versucht, es hat nicht gereicht!

»Es ist nie zu spät«, sagte ich und versuchte, Tiefe und Vieldeutigkeit in meine Worte zu legen.

Elli sah mich im Spiegel an und erklärte, dass die Bank bald nass wäre, falls die Bushaltestelle nicht schnellstens auftauchte. Ich errötete vor so viel Realismus und stoppte sofort. Elli ging mit Siiri hinter das Wartehäuschen. Ich hatte zwar gewusst, dass das Pinkeln bei den Frauen schwierig ist, aber ich hatte nie geglaubt, dass es bei kleinen Mädchen noch schwieriger sein könnte. Als Vater müsste ich auch das verstehen und im Bedarfsfall mit solchen Situationen fertig werden, dachte ich, war aber dennoch froh, dass die eigentliche Prüfung, nämlich die Windelphase, bereits vorbei war. Ich nickte Siiri beifällig zu, als Elli ihr wieder ins Auto half. Ich wollte ihr zu verstehen geben, dass Papi zufrieden war, weil das Töchterchen mit diesen Dingen schon fast allein fertig wurde.

Doch, ich hätte das Zeug zum Vater. So furchtbar schwer ist es gar nicht. Am wichtigsten ist, dass man, während das Kind pullert, im Auto wartet und nicht einfach weiterfährt. Vertrauen entsteht gerade aus solchen Dingen.

»Wollen wir Versteck spielen?«, schlug Janne der Kleinen vor. Ich schnaubte, denn das Auto war dafür absolut

299

nicht geeignet. Janne dachte die Dinge nicht zu Ende. Siiri würde enttäuscht sein, wenn sie gar nicht spielen könnte.

Janne deckte die Hände über die Augen, verharrte eine Weile so, nahm die Hände wieder weg und rief *buuh*. Siiri musste lachen. Janne machte dasselbe noch einmal. Jetzt war Siiri gar nicht mehr zu halten. Sie kicherte wie ein kleines Mädchen, was sie natürlich auch war. Janne machte weiter, und auch Siiri legte sich die Hände auf die Augen, aber ich sah, dass sie linste.

»Man darf nicht linsen«, bemerkte ich.

Siiri hörte nicht zu, lachte nur. Mich wärmte das Lachen nicht, sondern es strich an mir vorbei. An meiner rechten Schulter spürte ich immerhin einen leisen Hauch, als die Freude sie streifte, um anschließend Jannes Gesicht aufleuchten zu lassen. Oder vielleicht bildete ich es mir nur ein, und die Wärme war in Wirklichkeit Muskelschmerz und Brennen als Folge meines Sturzes in der Kirche und all der anderen Blessuren, die unsere Fahrt mir eingebracht hatte.

Elli sah zu, wie Siiri und Janne ihre Späße trieben, und sie lächelte, auch wenn das Lächeln nicht ihre Augen erreichte. Da war wohl zu viel Unausgesprochenes, das erst ihren Organismus verlassen musste, ehe er wieder mit all dem Licht gefüllt werden konnte, das es auf dieser Welt gab.

Wir erreichten den Abzweig nach Savonlinna und fuhren weiter in Richtung Joensuu. Ich beschloss, auf mich aufmerksam zu machen, indem ich ein Stückchen aus dem Lied von der Elli aus Joensuu sang.

Siiri hielt inne und lauschte. Sie sah mich eine Weile mit zur Seite geneigtem Kopf an und fing dann hysterisch an zu weinen, so, als hätte sie gerade gehört, dass Weihnachten abgeschafft worden war. Ich blickte entsetzt nach hinten. Was hatte ich denn falsch gemacht? Elli begann Siiri zu trösten. Janne sah mich amüsiert an. Siiris Reaktion war völlig überzogen. Ich bin durchaus kein schlechter Sänger, im Gegenteil, sogar ein recht guter, und ich habe eine warme, tiefe Stimme. Vielleicht hatte sich Siiri davor erschrocken. Ich habe auch schon oft beim Karaoke gesungen und immer guten Applaus bekommen – und nicht etwa dafür, dass das Lied zu Ende war.

Elli erklärte Siiri, dass sie müde und dass es Zeit für ihren Mittagsschlaf sei.

»Bin nicht müde«, brüllte Siiri, und auch ich fand, dass sie bei ihrer ganzen Energie nicht so wirkte. Vielleicht verstand Elli ihr Kind falsch. Ein Mensch, der mit rotem Kopf brüllt, kann nicht sonderlich müde sein.

Nach einem Kilometer schlief Siiri. Sie lag eigenartig verrenkt da, und obwohl Elli versuchte, sie bequemer zu betten, rutschte sie immer wieder zurück. Würde man einen Erwachsenen so hinlegen, würden keine fünf Minuten vergehen, und Human Rights Watch stünde in der Tür. Siiris Wangen waren noch rot vom Schreien, und auf ihren Wimpern glänzten Tränen. Die Stille, die im Auto eingetreten war, wirkte betäubend. Angesichts dessen, dass sie so klein sind, haben Kinder ein überraschend lautes Organ. Ich war auf so etwas nicht vorbereitet. Ich dachte an Entdeckungsreisende: Warum, um Himmels willen, machen sie sich zum Südpol auf oder besteigen hohe Berge, wo es doch viel einfacher wäre, sie würden ein Kind zeugen? Kinder sind Nahentdeckungen, fand ich, interessant und ein wenig beängstigend, möglicherweise voller Reichtümer, dabei aber auch bevölkert mit Eingeborenenkriegern, sodass man jederzeit damit rechnen muss, eins auf die Schnauze zu kriegen.

Ich merkte, dass mich die Vaterschaft zum Philosophen gemacht hatte.

»Und Papis Kleine schläft so süß«, sagte Janne und betrachtete Siiri mit schafsmäßiger Miene.

Wind war aufgekommen. Zwischen freien Feldern griff er mit herbstlicher Kraft nach dem Auto und versuchte es auf die Gegenfahrbahn zu drücken. Ich hielt das Lenkrad ganz fest. Im Spiegel blickte ich auf die Rückbank. Die Fracht war wertvoll, unklar war nur der Eigentümer.

31

Da Siiri schlief, schien es an der Zeit, das Gespräch fortzusetzen, das eigentlich noch gar nicht begonnen hatte. Das Thema hing zwischen uns, sodass ich das Gefühl hatte, es würde mich bald aus dem Auto drücken. Die anderen empfanden ebenso.

»Es war ein Schock, als ich merkte, dass ich schwanger war«, sagte Elli schließlich. »Ich verstehe immer noch nicht, wie es dazu kommen konnte – Pech gehabt. Oder Glück«, ergänzte sie und betrachtete die schlafende Siiri, die ihrer Umgebung Frieden und Zukunftsgewissheit einzuhauchen schien, den sanften Atem eines warmen Alltags, ein Leben, das so gleichmäßig verläuft, dass man an jedem Morgen die Wasserwaage in die totale Waagerechte stellen kann. In jungen Jahren verursachte einem dieses Leben Albträume, aber wenn man älter wird, hat man gelernt, dass man gerade in solchem Gelände am besten zurechtkommt.

»Ich wusste, dass jeder von euch Siiris Vater sein konnte«, sagte Elli und sah uns an.

»Aber wir waren bereits geschieden«, fuhr sie fort und nickte in Jannes Richtung. »Und ein Kind hätte die Beziehung nicht gerettet – wir hätten höchstens noch ein paar bittere Jahre zusammengehangen, und Siiri hätte im Schatten des Streits ihrer Eltern aufwachsen müssen.«

Janne sah bleich aus, dachte wahrscheinlich an die eigenen Sünden.

»Du hättest es erzählen müssen«, sagte er. »Du weißt, wie wichtig mir das war.«

»Ja, vielleicht. Aber Siiri ist nicht unbedingt von dir. Und du schienst mir damals kein guter Vaterkandidat zu sein«, sagte Elli. »Du erinnerst dich sicher, was im Januar geschah?«

»Was geschah im Januar?«, fragte ich.

Keiner der beiden antwortete. Elli sah Janne herausfordernd an, und er wirkte verärgert. Er hätte anscheinend gern widersprochen, konnte es aber aus irgendeinem Grunde nicht. Vielleicht war im Januar etwas passiert, von dem er nicht wollte, dass ich es erfuhr. In Ehen geschehen immer Dinge, die man anderen Menschen nicht erzählen kann.

Dann sah ich, wie aus Jannes Augenwinkel eine Träne rann. Er weinte. Ich war erstaunt. Janne weinte nie. Ich kannte nur einen Janne, der stritt und wütete, aber nicht weinte. Eher setzte er sich ins Feuer. Er hielt seine Gefühle in seinem Innersten zurück und ließ sie erst heraus, wenn sie sich schon in Wut und Hass und Geschrei und Protest verwandelt hatten. Und ich wusste auch, dass die Wut nur eine Nebelwand war. Durch Streit hielt er die Fassade aufrecht. Janne war in all seiner Widersprüchlichkeit sehr berechenbar und hätte selbst ein gutes Fallbeispiel für seine Jugendforschungsdissertation abgegeben.

Der Träne folgte eine zweite, Janne wischte sie nicht ab. Er sagte nichts, schluchzte nicht, ließ das Wasser einfach laufen wie aus einem leckgeschlagenen Boot. Elli bemerkte es, war aber außerstande, etwas dagegen zu tun, und blickte hinaus auf die knöcherne Geisterarmee toter Lupinen, die aus dem Straßengraben ragte. Auch ich hatte natürlich gewusst, wie sehr sich Janne nach Elli gesehnt und sich ein Kind gewünscht hatte. Er tat mir ein bisschen leid.

»Und ich?«, fragte ich dann.

Elli lächelte, wie man ein Kind anlächelt, das die Morgenzeitung aus dem Kasten geholt, unterwegs aber sämtliche Seiten außer der Werbebeilage verloren hat.

»Es hätte nicht funktioniert. Nicht in der Lebensphase.«

Ich registrierte ihre Wortwahl. In einer anderen Lebensphase hätte es also durchaus funktionieren können. Vielleicht war diese Phase gerade jetzt. Ich musste lächeln und versteckte die Worte sorgsam in meinem Herzen. Ich musterte Siiri und sah Elli in ihr. Auch Siiri würde zu einer schönen Frau heranwachsen. Wir würden sicherlich miteinander auskommen, und sie würde sich an meine Singstimme gewöhnen. Wir könnten sogar gemeinsam singen. Ich müsste Kinderlieder einüben, das eine oder andere kannte ich. Wenn ich mich anstrengte, würden mir sicherlich auch noch mehr einfallen.

»Warum ist Siiri hier?«, fragte Janne, und ich hörte den beleidigten Mann aus seiner Stimme heraus.

»Wo denn sonst? Sie war bei meiner Mutter, weil Omas das Recht haben, ihre Enkelkinder zu sehen. Und auch deshalb, weil ich nicht ganz sicher war, wie alles hier läuft.

Ich dachte, dass ich mich vielleicht geirrt habe. Vielleicht haben auch Väter das Recht, ihr Kind zu sehen.«

Elli verwendete den Plural. Viele Väter kann es nicht geben. Das ist eine biologische Unmöglichkeit. Ich überlegte, ob man die Vaterschaft teilen und ob ich sie mir mit Janne teilen könnte. Es wäre ein bisschen so, als hätte man im Lotto den größten Jackpot aller Zeiten gewonnen, und fünf Minuten später stellt sich dann heraus, dass auch neun andere Leute die richtige Zahlenfolge getippt haben. Man kann nicht genießen, dass man eine Million gewonnen hat, sondern trauert um die verlorenen neun. Das Leben ist eine Frage der Einstellung: Der eine gerät nach der Arbeit grundsätzlich mit seinem Auto in den Stau, der andere begreift, dass er selbst der Stau ist, und bleibt gelassen. Auf jeden Fall nahm das Teilen langsam überhand. Gerade hatten wir mit Jalmaris Tochter unser Erbe geteilt und würden unseren Anteil untereinander noch teilen – zusätzlich würden wir von dem bisschen auch dem Fiskus noch etwas abgeben müssen. Es wäre nur recht und billig, könnte man irgendetwas ganz für sich haben. Der auf die Risikotheorie spezialisierte Versicherungsmathematiker in mir wandte jedoch ein, dass es eine fünfzigprozentige Chance auf den Gewinn gab, aber auch auf den Verlust. Alles oder nichts oder ein Kompromiss, bei dem jeder etwas bekommt.

Wenn die Vaterschaft geteilt werden müsste, würde das vielleicht gerade mit Janne funktionieren, dachte ich ein wenig säuerlich. Im Bezug auf ihn wäre auch die Eifersucht andersgeartet. Es wäre ein bisschen so, als würde man gegen sich selbst kämpfen.

Und für Siiri wäre es besser, wenn sie nicht nur Janne zum Vater hätte.

Aber können drei Erwachsene eine Familie bilden? Das dürfte sich kompliziert gestalten. Und wie ist es mit dem Sexualleben? Paarige und unpaarige Tage? In dem Falle wäre unpaariger Tag ein recht treffender Ausdruck, fand ich, und meine Gedanken sprangen gleich zum nächsten Punkt: Es war durchaus möglich, dass Elli jetzt nur für ihr Kind einen Vater und nicht für sich selbst einen Mann suchte.

Möglichkeiten gab es viele, und weil Frauen kompliziert sind, mochte es durchaus auch noch etwas geben, was ich gar nicht berücksichtigt hatte.

»Aber warum gerade jetzt?«, hakte Janne nach. »Ist es wegen Jalmari? Wegen des Erbes?«

Elli entdeckte einen interessanten Punkt in der Landschaft. Ich fand, dass Janne wieder taktlos war. Sein Mund müsste für den Rest seines Lebens oder wenigstens der Fahrt mit Klebeband verschlossen werden.

»Das Geld hätte Siiri geholfen«, sagte Elli zu einer vorbeiflitzenden Scheune. »Und es hätte ihr auch zugestanden, eurer Tochter immerhin.«

»Die Vaterschaft verpflichtet zum Zahlen?«, fragte Janne spöttisch. »Zu mehr verpflichtet sie nicht? Etwa dazu, die Windeln zu wechseln oder abends ein Märchen vorzulesen? Zu sehen, wie das Kind die ersten Schritte macht, oder zu hören, wie es das Wort Blume ausspricht? Wird der Vater nicht gebraucht, wenn das Kind Fieber bekommt oder auf den Rodelberg will?«

Elli schwieg, wirkte traurig. Unter diesem Aspekt hatte ich die Sache gar nicht betrachtet, aber jetzt, wo Janne es sagte, leuchtete es mir ein. Ich persönlich sehnte mich zwar nicht nach der Windelei und nach dem Rodelberg eigentlich auch nicht, aber zweifellos war Elli egoistisch gewesen.

»Ich habe falsch gehandelt«, gab sie zu, und es klang ehrlich. »Ich hatte finanziell einige Schwierigkeiten. Allein mit einem Kind, und das in einer schwierigen Arbeitssituation.«

»Nicht so schlimm«, sagte ich, aber Janne machte es umgekehrt, er sagte gar nichts. Die Einstellung unterschied uns. Er war der Nachtragende. Elli lächelte mir dankbar zu, und ich verstand, dass ich die richtigen Worte gewählt hatte. Ich verschloss auch dieses Lächeln in meinem Herzen. Wenn es so weiterginge, würde es dort eng werden.

Ich machte noch immer keinen Versuch, den Fernlaster vor uns zu überholen. Die Verantwortung drückte, aber ich spürte, dass meine Schultern gut in Form und für große Lasten bereit waren. Sogar für solche wie Siiri, die in Kilos nicht viel wiegen, die einen aber zwingen, genau zu überlegen. Plötzlich geht es nicht mehr, dass man Fernlaster überholt oder Berge besteigt, im Urlaub nach Afghanistan fährt oder sonst etwas Unsinniges tut, denn falls man stirbt, bleibt ein kleiner Mensch zurück, der dann keine Schultern zum Anlehnen mehr hat.

Das war ein atemberaubender Gedanke. Ich begriff, dass ich auch den nicht mehr denken durfte, denn die erste Voraussetzung fürs Leben ist, dass das Atmen ungehindert funktioniert.

Es genügte im Übrigen nicht, am Leben zu bleiben, sondern man musste alles Mögliche heranschaffen wie eine ordentliche Wohnung, Essen und genügend Geld, um das Kind so kleiden zu können, dass es ungefähr mittlerem Standard genügte, sich sozioökonomisch auf einem Niveau bewegte, auf dem es nicht wegen Skiern mit altmodischer Bindung gehänselt wurde.

Die Elternschaft hatte auf mich so lange gewartet, dass sie mich nun überrannte und ich im Schnelldurchlauf all das absolvierte, wofür man normalerweise mindestens neun Monate Vorbereitungszeit hat. Ich begriff, dass nicht Kriege, Epidemien und die unerhörte Bösartigkeit der Menschen aus der Welt eine Bedrohung machen, sondern die Kinder. Die Erkenntnis, dass es nicht mehr nur um das eigene Leben geht, sondern dass das Böse auf der Welt wie eine Gewehrkugel gerade das Kleinste und Liebste treffen, dass man jedoch nicht ständig anwesend sein und das Böse abwehren kann. Die Geburt ist der Beginn aller Unsicherheit, denn Geburt ist Reichtum, und die unangenehme Seite des Reichtums ist die, dass er verschwinden kann. Ebenso bedeutet Glücklichsein immer ein Auf und Ab zwischen dem Vorhandensein und dem Verschwinden des Glücks.

Wann war ich selbst glücklich gewesen? Vor allem in den Stunden mit Elli natürlich, aber es gab auch sonst noch ein paar Gelegenheiten. Ich erinnerte mich an einen Sommer in der Kindheit, als wir eine Woche im Sommerhaus unseres Vaters − ausgerechnet − oder vielmehr seiner Freundin verbrachten. Die Sonne schien, und das Wasser war warm. Alles ringsum war gelb und grün, und die Luft flirrte. Janne und ich badeten und tobten im Wald herum. Im benachbarten Sommerhaus urlaubte eine Familie, die eine Tochter in meinem Alter hatte. Wir spionierten sie aus. Eines Tages regnete es, und wir saßen auf dem Dachboden des Schuppens und lasen alte Donald-Duck-Hefte. Der Regen trommelte aufs Dach und brachte Sommerduft mit, der durch die Fensterluke hereinströmte. Ich blickte aufs Meer, das endlos war und so aussah, als wäre Gelatine untergemischt worden. Eine große Gallertmasse, die träge hin und her wogte, und der Sommerregen konnte ihre Oberfläche nicht beschädigen. Ich habe heute noch den Geruch der alten Decken im Schuppen in der Nase, die Feuchtigkeit nach dem Regen, den Duft des Grases und des Grills, auf dem Vater unsere täglichen Steaks zubereitete.

Und auch jetzt fühlte sich das Leben nicht übel an. Vor mir öffneten sich ganz neue Wege, von denen ich nicht wusste, wohin sie mich führen würden.

Ich fuhr an der Kreuzung vorbei.

Ich hätte links nach Punkaharju abbiegen müssen, aber ich fuhr weiter in Richtung Joensuu. Elli bemerkte es als Erste. Ihr war die Gegend sicherlich vertraut, da ihre Mutter hier wohnte. Ich stoppte an einer Tankstelle, um unseren Tank aufzufüllen. Siiri ließ sich durch den Halt und die Geräusche nicht stören. Da sie beschlossen hatte zu schlafen, schlief sie eben. Ich ging hin, um das Benzin zu bezahlen.

»Warum werden keine Motoren entwickelt, in die man direkt die Geldscheine einwirft, so wie man früher bei den

Dampfloks Kohle ins Feuer geschaufelt hat«, schimpfte ich. »Das würde womöglich sogar billiger.«

Vom Geld kam ich auf Jalmari und den Schlüssel, und schon allein wegen Siiri beschloss ich, nach dem letzten Strohhalm zu greifen.

Ich hatte im Handy immer noch Tapanis Nummer eingespeichert, er half damals, als Großmutter starb. Vielleicht könnte er auch jetzt helfen, wüsste vielleicht, wie in Spanien Bankgeschäfte gehandhabt wurden. Ich suchte die Nummer heraus und hoffte, dass sie noch aktuell war. Ich drückte auf das grüne Hörersymbol. Tapani meldete sich, erinnerte sich an mich, und wir tauschten ein paar Höflichkeiten aus. Dann kam ich aufs Thema zu sprechen:

»Jalmari hat einen Schlüssel hinterlassen«, begann ich. »Außerdem kursiert das Gerücht von einem Bankschließfach. Wir wissen nicht, um welche Bank es sich handeln könnte. Überhaupt wissen wir von den spanischen Banken rein gar nichts. Könntest du uns helfen?«

Tapani überlegte eine Weile.

»Wenn ich mich recht erinnere, besaß Jalmari kein spanisches Bankkonto. Er pflegte ja immer alles bar zu bezahlen. Die beiden hielten sich außerdem immer die Hälfte des Jahres in Finnland auf. Und im Bedarfsfall kann man hier auch von einer finnischen Bank Geld bekommen.«

»Bist du ganz sicher?«

»Nein. Die beiden wohnten ja an vielen verschiedenen Orten, aber ich habe ihnen jedenfalls nie geholfen, ein Konto zu eröffnen. Wie sieht der Schlüssel denn aus?«

Ich beschrieb ihn.

»Und er hat keine Inschrift?«, fragte Tapani.

»Nein.«

»In einigen Häusern haben die Sicherheitsschlösser solche Schlüssel. Manchmal sogar die Briefkästen im Erdgeschoss. Die Spanier nehmen Schlösser ernst.«

Ich bedankte mich und beendete das Gespräch. Janne und Elli sahen mich fragend an. Ich erzählte ihnen, was Tapani gesagt hatte.

»Der Briefkasten?«, schnaubte Elli.

»Wie man Jalmari kennt, durchaus möglich«, sagte Janne, und in seinen Augen nistete wieder ein Lachen.

Ich quittierte Jannes verständnisvolle Haltung mit einem Achselzucken. Insgeheim war ich froh, dass nicht ich es gewesen war, der infolge von Jalmaris Täuschungsmanövern einen Hunderter aus dem Autofenster geworfen hatte.

Ich fand die richtige Straße. Nach Punkaharju waren es nur noch fünfzehn Kilometer. Die letzten Kilometer würden wir in einer ästhetisch akzeptablen Umgebung zurücklegen. Ich blickte in den Spiegel und sah Elli.

»Schön«, sagte ich zum Spiegel.

Elli nickte. Sie verstand nicht, was ich wirklich meinte. Sinnbildliche Rede ist problematisch. Es entstehen Missverständnisse, und wenn nicht, so kommt die Botschaft dennoch nicht an.

»Wir müssen einen Vaterschaftstest machen«, sagte Janne.

»Müsst ihr?«, fragte Elli. Ihre Stimme klang eher herausfordernd als fragend. So, als wollte sie Jannes Idee in Zweifel ziehen.

»Etwa nicht?«, wunderte er sich.

»Das ist wohl eure Sache«, sagte Elli schließlich. »Mir wären auch zwei Väter recht. Siiri gewöhnt sich bestimmt ebenfalls daran. Einige ihrer Freunde in der Kita haben zwei Mütter.«

Elli hatte anscheinend über die Sache nachgedacht. Zwei Väter wären eine doppelte Absicherung. Der Gedanke ließ Janne verstummen. Er war von Natur aus besitzergreifend, sodass es ihm schwerfallen würde, etwas so Großes wie die Vaterschaft zu teilen. Er drehte sich zu Siiri um, die im selben Moment ihre Augen öffnete, so, als hätte sie Jannes Blicke gespürt. Sie verharrte allerdings noch im Traumland und blickte nach innen. Elli wünschte ihrer Tochter einen guten Morgen und streichelte ihren Kopf. Siiri kam in der Wirklichkeit an. Sie streckte die Arme nach Elli aus und wollte auf den Schoß. Elli sagte ihr, dass das im Auto nicht gehe, beugte sich aber so dicht wie möglich zu ihr, und Siiri spielte mit ihrem Haar und weinte ein wenig, mehr der Ordnung halber als aus einer Notwendigkeit heraus.

»Das kann eine gute Sache sein«, sagte Janne.

»Was?«, fragte ich.

»Die gemeinsame Vaterschaft«, erwiderte Janne.

Ich war so von Siiri gefangen, dass es einen Moment dauerte, bis ich realisierte, wovon Janne sprach. Aber wenn ich jetzt richtig darüber nachdachte, erschien mir der Gedanke gar nicht mehr vernünftig. Ich war nie verheiratet gewesen und hatte keine eigentliche Familie gehabt. Wenn sich jetzt die Möglichkeit bot, eine zu gründen, musste es ausgerechnet zusammen mit Janne sein? Reichte es nicht, dass ich schon ein ganzes Leben mit ihm im selben Zimmer verbracht hatte?

»Ein Vaterschaftstest wäre besser«, sagte ich. »Für Siiri, meine ich«, fügte ich hinzu, da Janne und Elli mich so erstaunt ansahen.

»Warum?«, fragte Janne.

»Es ist nicht gut für ein Kind, zwei Väter zu haben.«

»Sag das mal den Homopaaren.«

»Damit hat das nichts zu tun«, sagte ich verärgert. »Dies ist eine ganz normale Heterobeziehung.«

»In der es zwei Männer und eine Frau gibt, und die Männer sind Brüder«, sagte Janne.

»Eine ganz gewöhnliche Heterobeziehung«, wiederholte ich sicherheitshalber. Mit diesen Dingen durfte man nicht scherzen.

»Es geht um keine Beziehung, sondern um die Vaterschaft«, erinnerte Elli. Ich umklammerte vor Ärger das Lenkrad.

Siiri wollte ihren Teddy haben. Sie blickte ihre Mutter so verzweifelt an, dass es mir ins Herz schnitt. Die Vaterschaft sensibilisiert einen für Kummer dieser Art. Die Verzweiflung breitete sich bis in meine Zehen aus, und ich wollte Elli schon anschreien, dass sie endlich etwas unternehmen sollte, als sie es tatsächlich tat und den Teddy vom Fußboden aufhob.

Das also ist Mutterschaft, begriff ich. Dinge zu finden, das Universum wieder zurechtzurücken. Janne bemerkte dasselbe und erzählte, dass er vom Higgs-Teilchen gelesen hatte, nach dem die Wissenschaftler jahrelang suchten.

»Sie hätten vielleicht Higgs' Mutter fragen sollen, die hätte es garantiert innerhalb von fünf Sekunden gefunden«, sagte er.

Ich gab zu bedenken, dass es auch bei den Männern Ausnahmen gab, Männer also, die imstande waren, etwas zu finden. Zum Beispiel Kolumbus.

»Aber wie viel eitlen Lärm machte er darum, dass er etwas von der Größe Amerikas gefunden hatte. Das ist kein Kunststück, im Gegenteil, es ist komisch, so was erst mal zu verlieren«, sagte Janne.

Elli amüsierte sich über die Geschichte, und das hob die Stimmung. Allmählich waren wir über das Schlimmste hinweg.

Wir erreichten Punkaharju. Die Straße führte weiter über den Kiesrücken, zu dessen beiden Seiten Seen glänzten. Rechts war es der Puruvesi-See, links vielleicht auch, die Seen in dieser Gegend splitteten sich auf. Ungefähr auf der Hälfte des Höhenrückens hielten wir an.

»Wir sind da«, sagte ich. Siiri blickte sich interessiert um und schien froh zu sein, dass sie aussteigen durfte. Papas Tochter.

32

Es war eine filmreife Szenerie: im Hintergrund der Kiesrücken, zu beiden Seiten Wasser, in der Mitte das Auto, vier Menschen und eine Urne. Hätten wir Maschinenfeuererwaffen dabeigehabt, hätten wir ein gutes Werbefoto für einen Gangsterfilm abgegeben. Der Titel könnte lauten: »Das letzte Ufer« oder »Verwandte«.

Janne stellte Jalmari auf die Motorhaube des Autos, holte den Schlüssel aus der Tasche und legte ihn in die Urne.

»Bist du verrückt?«, fragte ich.

»Ich denke eher, dass ich der Klügere von uns bin«, erwiderte Janne. Elli sagte gar nichts. Der Verlauf der Dinge verursachte ein beklemmendes Gefühl in mir. Der Schlüssel war wichtig. Er verband uns, ob er nun zu einem Schloss passte oder nicht.

»Das Ende des Weges«, sagte Janne, stieg über das Geländer und stellte sich ans Ufer. Wir anderen folgten. Elli trug Siiri auf dem Arm. Der Wind blies von hinten, er würde die Asche an Millionen verschiedner Adressen tragen. Eine Tatsache, die Jalmari zu schätzen wüsste.

Janne öffnete den Deckel der Urne, überließ ihren Inhalt aber noch nicht dem Wind. Er wollte noch etwas sagen und suchte stockend nach Worten.

»Adieu, Jalmari. Wir werden dich und deine Lügen in Erinnerung behalten, auch wenn das unfair ist, denn du warst noch viel mehr. Und deine Lügen unterschieden sich nicht groß von denen anderer Menschen. Sie hatten nur mehr Konsequenzen.«

Dann schüttete er mit einer weit ausholenden Bewegung den Inhalt der Urne in den See. Ein Teil flog sofort davon, ein Teil fiel ins Wasser und vermischte sich damit. Der Schlüssel landete am Rande des Wassers. Er war zu schwer, um vom Wind fortgetragen zu werden, auch wenn er ein Traum und ein Fantasiebild war, eine Seifenblase, der die Kinder hinterherjagen.

Ich dachte an Jannes Worte und unsere Fahrt hierher. Ich dachte über Wahrheit und Lüge nach und darüber, dass alle lügen. Es gehört zum Menschsein und unterscheidet uns vielleicht von den Tieren. Eine Lüge kann ganze Nationen spalten, aber vor allem hält sie sie zusammen.

Ich trat dicht ans Wasser, sah auf den Schlüssel hinunter, steckte die Hand ins herbstlich kalte Wasser und hob ihn auf. Er war leicht, ich schleuderte ihn über die Wasseroberfläche.

Im selben Moment klingelte mein Handy. Ich sah nach der Nummer und erkannte sie wieder.

Jalmari erwachte wieder zum Leben. Ich war bei ihm im Pflegeheim. Er erinnerte sich kaum mehr an etwas, lediglich daran, dass er sich nicht erinnerte. Er wollte ein Ende. Ich gab ihm seine Tabletten und vermischte sie ein wenig. Ich sagte ihm, dass er im Voraus ein paar mehr schlucken könnte, dann bräuchte er am nächsten Tag keine zu nehmen. Ich legte sie ihm in seine Nachttischschublade, dort würde er sie finden.

Ich antwortete dem Polizisten nicht. Das Handygeräusch glitt über den See wie Kälteschauer. Ich betrachtete Siiri, die sich auf die Erde gesetzt hatte und die Steine bewunderte. Elli hockte zwischen Siiri und dem Wasser und sah Janne an, der anscheinend nicht wusste, wohin mit der Urne. Dort, wo wir gehalten hatten, befand sich ein Mülleimer. Ich machte Janne entsprechende Zeichen, aber er zögerte. Kann man eine Urne in den Mülleimer werfen, auch wenn sie leer ist? Er hob die Schultern und brachte die Urne hin. Allerdings warf er sie nicht, sondern stellte sie ordentlich hinein in den Eimer.

Das Handy klingelte erneut. Dieselbe Nummer. Ich trat ein wenig beiseite und meldete mich – das Begräbnis war vorbei. Der Polizist stellte sich vor, und ich spürte das Gewicht meines Herzens bis in den Unterleib. Das also war es jetzt? Falsche Taten werden entdeckt, und man wird dafür bestraft. Nicht im nächsten Leben, denn das gibt es nicht, sondern in diesem einen und einmaligen, in dem man eigentlich keine Zeit dafür übrig hat, im Gefängnis zu sitzen. In einem Leben, in dem jede Sekunde einzigartig ist und in dem ich schon jetzt die drei ersten Jahre meiner Tochter verpasst hatte. Ich seufzte tief und lauschte.

Der Polizist bedauerte die Umstände, die er verursacht hatte, und erzählte, dass sich die Frau, die die Untersuchung veranlasst hatte, als unglaubwürdig erwiesen und dass es bei den Überwachungsfotos keine Unklarheiten gegeben hatte. Eigentliche Bänder gab es gar nicht, denn es handelte sich um einen Irrtum. Die Person auf dem Foto war nicht Jalmari.

Ich musste an das Zeitungsfoto aus der Papierfabrik mit der undeutlichen Gestalt im Hintergrund denken.

»Er passte eigentlich nie recht ins Bild«, sagte ich, da mir nichts Besseres einfiel. »Ich werde also nicht mehr gebraucht?«

»Nein.«

Ich bedankte mich höflich und schaltete das Handy aus. In meinem Inneren brodelte es. Janne hatte sich zu Siiri gesetzt, um mit ihr zu spielen. Elli lachte über irgendetwas. Sie wirkten wie eine richtige Familie. Ich wurde nicht gebraucht, hatte der Polizist gesagt. Ich stellte mir vor, an Jannes Platz zu sein. Dann daneben. Allerdings auf der Seite, die Elli näher war. Vielleicht würde ich dort hinpassen? Ich war immerhin der große Bruder.

Wir traten irgendwie gereinigt die Rückfahrt an. Die Dinge waren klarer als seit Langem, gleichzeitig aber auch komplizierter. Bevor wir Imatra erreichten, klingelte mein Handy erneut. Tapani war dran. Ich stoppte den Wagen und stieg aus, um mit ihm zu sprechen.

»Mir ist eingefallen, dass es ein Schlüssel von der finnischen Bank in Cartagena sein kann. Eigentlich heißt sie gar nicht finnische Bank, aber unter diesem Namen ist sie bekannt. Dort wird man auch auf Finnisch bedient – eine Angestellte ist Halbfinnin, und deshalb ist die Bank bei den Rentnern beliebt. Dies ist natürlich nur eine Vermutung.«

Ich bedankte mich bei Tapani und steckte das Handy ein. Anschließend setzte ich mich wieder auf meinen Platz.

»Was ist los?«, wollte Janne wissen.

»Nichts«, erwiderte ich und steuerte das Stadtzentrum an. »Vater rief an und bat mich zu kommen.«

»Gehst du hin?«

»Ja, das mache ich.«